堅物《かたぶつ》シンデレラ

春風がそよいでいる。

納屋秀美《なやひでみ》は額《ひたい》に手をかざし、雲一つない大空を見上げた。

頭の中で、自分が秘書を務める桜山《さくらやま》会長のスケジュールを確認する。

秀美と会長は今朝、東京《とうきょう》から愛知《あいち》県T市に移動してきた。名古屋《なごや》にほど近いこの工業地域に会長をはじめ重役が勢揃いしたのは、本日アメリカから帰国する『新社長』を迎えるためだ。

彼は午後三時に、ここ桜山製作所東海《とうかい》工場に到着する。

（現在の時刻は午後二時四十分。会議室の準備もオッケー。社長が遅れなければ、すべてスケジュールどおりね）

オーバル型の黒縁眼鏡《くろぶちめがね》の位置を指先で正すと、背後に目をやる。

社屋《しゃおく》前の広場に、大勢の社員が集まっていた。誰もが緊張と期待の入り混じる顔で、社長の登場を待っている。特に女性社員達は、そわそわして落ち着かない様子だ。

秀美は前に向き直ると、あらためて周囲を眺めた。

集会やイベントに使用される芝生《しばふ》グラウンドは、サッカー場ほどの広さがある。工場エリアとの境《さかい》にはポプラの木が植えられ、その梢《こずえ》の向こうに大きな建物が覗《のぞ》いていた。

白い壁に青の塗料で『第一加工部』と書かれている。

秀美は慌てて視線を逸《そ》らす。あの建物には特別な思い出があるけれど、仕事中に考えるようなことではない。

(それにしても、いつ見ても立派な工場だわ)

東海工場は敷地面積が広く、生産設備は日本一の規模を誇る。東京に本社を構える桜山製作所だが、創業当時はこちらを拠点にしていたという。

戦後、小さな町工場《まちこうば》からスタートした工具の会社は、国内外に大きなシェアを持つグローバル企業に成長した。現在は自動車など輸送機器の部品を作るための工作機械や、ＣＮＣ（コンピュータ数値制御）装置の開発・製造販売を主な事業としている。

「納屋君、あれはヘリの音か？」

「はい、会長」

グラウンドに面した最前列に会長が立ち、その左右に副社長ら重役が並んでいた。

秀美は会長の斜め後ろに控えていたが、一歩前に進み出て東の空を指さす。背後の社員らも、その方向に目をこらしている。

青い空に豆粒ほどの影が現れた。まっすぐ近付いてくる機体は、社長を乗せたヘリコプターに違いない。午後二時四十七分。腕時計を確認して、秀美はホッと息をついた。

「空港には、リムジンが迎えに行ったはずでは？」

副社長が尋ねると、会長は肩をすくめた。

「高速が渋滞しているからと言って、社用ヘリを呼んだらしい。まったく、贅沢《ぜいたく》なやつだ」

「なるほど。しかし、そのおかげで時間どおりですよ」

副社長の言葉を聞きながら、秀美はうんうんと頷く。

（新しい社長も時間を守る方のようね。良かった）

安心すると同時に、少し緊張してきた。社長――桜山慧一《けいいち》は会長の一人息子である。

北米支部統括兼事業本部長として現地工場の経営を立て直し、六年ぶりに凱旋《がいせん》帰国するという。

まさに、花も実もある御曹司《おんぞうし》だ。

今年二十九歳の秀美より三つ年上で、とにかく仕事ができる人だと聞いている。いくら跡取り息子でも、ちゃらんぽらんな人間に企業のトップは務まらない。きっと会長に似て厳格なタイプなのだろうと、秀美は想像している。

顔写真、プロフィールなどのデータは揃っていても、実際に会うのは初めてだった。明日から、正式に彼の第一秘書になるというのに。

ヘリコプターが減速しながら敷地内に進入し、ゆっくりと降下してきた。地上にいる男性社員が両手を広げて誘導する。ローターが巻き起こす風にグラウンドの芝生《しばふ》が叩かれ、土埃《つちぼこり》が舞い上がった。

スキッドが地面に接し、社長を乗せた機体は無事着陸した。秀美はヘリに向かって歩き出そうとする。

「お出迎えいたします」

「危ないよ、納屋君。ここで待ちなさい」

会長に止められ、秀美は元の位置で待機した。

やがてスライドドアが開いて、一人の人物が芝生《しばふ》に降り立つ。

社員の間にざわめきが起こった。特に女性社員の興奮した声が高く響く。彼が登場したとたん場は活気づき、華やいだ空気に満たされていく。

（あの人が桜山慧一。王子様のように見目麗《みめうるわ》しいと評判の……）

遠目にも分かる、整った目鼻立ち。アッシュブラウンのミディアムショートがよく似合っている。

データによると身長一八五センチ、体重七十八キロ。一見スマートだが、よく見ると肩幅が広く、身体に適度な厚みがある。その上姿勢が良いので、自信にあふれた頼もしい男性に映るのだ。

ワイルドさが彼に風格を与え、優《すぐ》れた容姿をスタイリッシュに仕上げている。いかにも、若きエグゼクティブといった風情《ふぜい》だ。

慧一はパイロットを労《ねぎら》うと、芝生《しばふ》の上をまっすぐに歩いてきた。

長身にダークブルーのスーツを纏《まと》い、花束を手にしている。百本はあろうかと思われる真紅《しんく》の薔薇《ばら》だ。まるで映画のワンシーンのような光景に、重役から一般社員まで誰もが釘づけになった。

秀美と会長だけが冷静な態度で待ち構えている。

「ただいま戻りました」

「うむ、ご苦労」

親子は短い挨拶《あいさつ》を交わした。重役らは微笑みながら見守っている。

（ああ、なるほど。まさに王子様だわ）

近くで見ると、社長は本当にイケメンだ。人気俳優かモデルのような、洗練された魅力にあふれている。女性社員が色めき立つはずだと秀美は納得した。

だが、そんなことを考えている場合ではない。秘書として、きちんと挨拶《あいさつ》しなければ。

姿勢を正して慧一を見ると、彼の黒い瞳には再会の喜びが浮かんでいる。けれど――

どういうわけかその眼差しは、会長ではなく秀美に向けられていた。

「秘書の納谷秀美さんだね。会いたかったよ」

「……はい？」

彼は爽《さわ》やかに微笑むと、ふいに腕を伸ばして秀美の手を取り、自分のほうへ引き寄せた。

「えっ、あの」

「心を込めて贈ります。どうぞよろしく、俺のお姫様」

薔薇《ばら》の花束を差し出され、秀美は思わず受け取った。わけが分からず、対応に困ってしまう。これは一体どういうことなのか。

（それに今、『お姫様』とか聞こえたような。しかも『俺の』って……？）

その場に居合わせた全員が注目してくる。会長だけが空を見上げて、大きなため息をついた。

秀美は努めて冷静さを取り戻し、慧一の顔を見返す。会長に似て厳格なタイプだろうと想像したのは、間違いだったようだ。

「失礼ですが、今のお言葉はアメリカ式のジョークでしょうか」

「ジョーク？　とんでもない、俺は本気だよ」

「しかし、私は『お姫様』ではありません。本社の秘書課に所属する一介の社員です」

それもアラサーの堅物《かたぶつ》女。決して若くはなく、姫という柄《がら》でもない。秀美が大真面目に対応すると、慧一も笑みを消して真顔になった。思いのほか厳しい顔つきを見て、秀美はドキッとする。

「そう、明日から俺の専属秘書になる、納屋秀美さんだ」

「……」

そのとおりなので返しようがない。シンとした空気に耐えかね、とりあえず掴まれた手を離そうとした。けれど慧一はしっかりと握り、解放してくれない。

「社長、お放しください」

「どうして？」

「ど、どうしてって……」

秀美は堅物眼鏡《かたぶつめがね》の異名を取る、真面目で地味な社員だ。男性に絡まれることなどめったにないので、うまく対処できない。

(新しい社長って、こんな人だったの？　初対面で、しかも衆人環視《しゅうじんかんし》の中でからかうなんて、ふざけてる！)

自分は困っているのに、慧一のほうはなぜか嬉しそうに頬を緩《ゆる》めた。秀美はカッとなり、花束ごと彼を押し返そうとする。

「納屋君、受け取っておきなさい」

会長が突然、厳しい声で命じた。

「えっ？」

（受け取れって、花束を？）

命令を理解できず、秀美は戸惑う。この手の冗談は会長も嫌いなはずなのに。

「それでは秘書さん、参りましょうか」

慧一は満足そうに笑うと、社屋《しゃおく》に向かって歩き出した。秀美は花束を抱えたまま、強引に連れていかれる。慌てて道を空ける社員達に、驚きの目で見送られながら。

「ちょ、ちょっと待ってください……会長ーっ！」

助けを求めて振り返るが、会長の姿はどんどん遠くなる。

春風に乗ってやってきたのは、ふざけた王子様。先行きが思いやられる、衝撃の出会いだった。


帰国早々、役員との会議や食事会、式典の打ち合わせなど、タイトなスケジュールをこなしていく慧一。そのふるまいには既に社長らしさが滲《にじ》み出ている。女性のみならず、すべての社員がまぶしそうに目を細め、彼に見惚《みと》れていた。

慧一は社長としての資質を十分備えている。初対面での言動には面食らったけれど、秀美はひとまず安心した。

やはりあれはジョークだったのだ。専属秘書となる自分に『どうぞよろしく』とユーモアたっぷりに伝えたかっただけ。ちょっとやりすぎの気もするが、アメリカでは普通なのかもしれない。

（でも、『お姫様』は勘弁してほしい。あと、手を繋ぐのも）

男性が苦手な秀美には、刺激が強すぎるジョークだった。

その翌日、名古屋市内のホテルで、新社長の就任式が執《と》り行《おこな》われた。重要な式典は創業の地で行《おこな》うのが桜山製作所の決まりである。会場には得意先や関連会社の重役など、多くの招待客が集まっている。

社長就任の挨拶《あいさつ》をする慧一は完璧だった。トップに立つ者に相応《ふさわ》しい、堂々とした態度。張りのある声と滑《なめ》らかな口調。若く頼もしいリーダーの登場に、人々はさすが桜山家の御曹司《おんぞうし》だと褒め上げ、期待の拍手を送った。

就任式の後、秀美は会長に呼ばれた。会長の傍には、新しい男性秘書が控えている。彼は本社の社員ではなく、海外支部で経験を積んだ国際秘書だ。

「納谷君。君は三年もの間、社長秘書として私を支えてくれた。社長交代の間際《まぎわ》までスケジュールを管理してくれてありがとう。感謝しているよ」

「会長……」

尊敬する会長の言葉に、秀美は胸がいっぱいになる。

「これより我が社は新しい時代に入る。未熟な若社長を、君がサポートしてやってくれ」

「はいっ。頑張ります！」

これからも社長秘書としての責務を全力で果たす。秀美は心に誓った。

慧一の初対面での言動は、あくまでも冗談なのだと信じて——

社長就任に関わる全日程は無事終了した。秀美は慧一とともにハイヤーで名古屋駅に向かい、東京行きの新幹線に乗り込む。他の重役とは別行動なので、二人きりの帰京である。

シートに並んで座ると、秀美はスケジュールアプリを開き、今後の予定について説明した。

慧一は身体ごとこちらを向き、黙って聞いている。うんともすんとも言わないので、秀美は心配になってきた。スケジュールに問題があるのかなと思い、彼の表情をそれとなく窺《うかが》う。

「どこか不備があれば、調整いたしますが」

「いや、特には」

慧一はにこりと微笑んだ。不満のある顔ではない。

「それで、東京駅に着くのは八時半だっけ？」

「午後八時三十三分です」

「今日は本社に寄らないんだな」

「はい。社長としての初出社は明日二十九日です。午前七時四十五分に運転手の友部《ともべ》さんが、ご自宅までお迎えに……」

「だったら、今夜飲みに行かないか」

「かしこまり……は？」

秀美はぽかんとする。流れるような誘いに、うっかり乗ってしまうところだった。

「飲みに……って、私とですか？」

「ああ。二人きりで」

慧一が顔を近付けてきた。彼の黒い瞳に、秀美は閉じ込められてしまったように感じる。

初対面の時の驚きと戸惑いがよみがえってきた。

「ど、どういうことでしょうか。なぜ私と？」

「見れば見るほど、君は美しい。さっきから俺は見惚《みと》れているんだよ」

「……」

またしても悪い冗談が始まった。これではまるで昨日の続きである。

「社長。あのですね……」

「白い素肌。艶《つや》やかな黒髪。ほっそりとした首筋。君のすべてが、日本女性のたおやかな美しさを体現している。女らしい色香に惑い、我を忘れそうだよ」

「う……」

褒めているつもりなのだろうが、秀美は恥ずかしくなってしまう。

もちろん、まともに受け取ってはいない。入社してからこっち、男性社員からの評価は一貫して『堅物眼鏡《かたぶつめがね》』あるいは『色気ナシの地味女』だ。からかうのもいい加減にしてほしい。

口ではうまく言えないので目で抗議する。しかし、敵の攻撃はさらに続いた。

「帰るには、まだ早いだろ。もう少し君と一緒にいたい」

上司が部下を誘う時の口調ではない。男が女を口説くための甘い囁《ささや》きだと、男性経験がゼロに等しい秀美にも分かった。頭がくらくらして倒れそうになる。

何て不埒《ふらち》な男だろう。心底呆れてしまう。こんな人が社長だなんて信じられない！

「ご遠慮いたします」

秀美はきっぱりと断った。

「どうして？　何か予定でもあるのか」

あるわけがない。仕事が終われば帰って寝るだけの枯れ女だ。でも――

「本日のスケジュールに、そのような予定は入っておりませんので」

「スケジュールって、飲みは仕事じゃないぞ」

「私はあなたの秘書です。個人的なお誘いは困ります」

「仕事を終えたら一人の女性だろ。とても魅力的な、ね」

「うぐ……」

歯の浮くようなセリフもアメリカ仕込みだろうか。秀美は全身が痒《かゆ》くなってくる。

「とにかく、からかうのはおやめください！」

秀美はぴしりと撥《は》ねつけ、慧一の瞳から脱出した。もはや丁重にお断りする余裕などない。

「……仕方ないな。今夜はあきらめるか」

慧一は残念そうに呟《つぶや》くと、シートを倒して目をつむった。すぐに寝息を立て始める彼を見て、秀美はあんぐりと口を開ける。

（今夜はあきらめるって……これから先も、永遠にあきらめてください！）

さんざん人を振り回しておいて、勝手すぎるこの態度。やはり慧一は、秀美をからかっているだけなのだ。

西葛西《にしかさい》のマンションに帰り着いたのは、午後九時半。秀美はコートのままソファに倒れ込む。たった二日間の出張なのに、世界一周でもしたかのようにヘトヘトだった。

（体力、精神力とも人並み以上のつもりでいたのに、トシなのかしら……いや、違う！）

カッと目を見開くと、ボストンバッグの横に転がる薔薇《ばら》の花束を睨《にら》みつけた。

「桜山慧一、一体どういうつもりなのよ！」

遮音性《しゃおんせい》の高いマンションだから、少々叫んでも大丈夫。怒りながらも、そんなことを考える辺りが秀美だった。しかし、自分がこれほど興奮するのは珍しい。すっかり調子を乱されている。

「……ちょっとだけ飲もう。確か、いただきもののウイスキーがあったはず」

コートと一緒にジャケットも脱いだ。三月下旬にしては気温が高く、半袖のブラウス一枚でちょうどいい。バレッタを外して結い上げた髪をほぐすと、少しリラックスした。

対面式キッチンに入り、冷蔵庫のハムとチーズで簡単なおつまみを作る。飲み物はウイスキーとジンジャーエールのハーフ・ロック。

「ふー」

リビングに戻ってソファに腰かけると、ひと口飲む。爽《さわ》やかな喉《のど》ごしが気持ちいい。

秀美はたまに家飲みする。仕事の付き合いで飲むうちに、お酒の楽しみを覚えたのだ。

「うーん、やっぱりお家《うち》が一番」

七階建ての賃貸マンションに住み始めたのは三年前の春。二十六歳だった秀美は、特定の重役に付かないグループ秘書から、社長付第一秘書に抜擢《ばってき》された。給料が上がったので、少し家賃が高いところに引っ越したのだ。

通勤に便利だし部屋も広い。当時は贅沢《ぜいたく》な気がして落ち着かなかったが、今ではゆったりとくつろげる『我が家』である。

手足を伸ばし、ちょっとだらしない格好でソファに寝そべる。一人暮らしの部屋は、オフィスと違って自分だけの空間だ。堅物眼鏡《かたぶつめがね》の社長秘書も、束の間のオフタイムに浸《ひた》る。

「社長秘書……か」

秀美は起き上がると、ハーフ・ロックの残りを呷《あお》った。多少は落ち着いたものの、慧一を思い出すとやはりムカムカしてくる。こんな時は、精神安定剤が必要だ。

ずり下がった眼鏡《めがね》の位置を直し、テーブル横のラックから一冊の本を取り出す。

それを膝《ひざ》の上に乗せて、ハードカバーの表紙を眺めた。

——男の色気・魅惑の美尻写真集——

表紙をめくると、現れたのは男性の下半身。といっても、すっぽんぽんの危ない写真ではない。スラックスやデニムを穿《は》いた男性の、腰から尻にかけてのバックショットである。

秀美は重度のパーツフェチ——それも、お尻フェチなのであった。

「ああ、和《なご》むなあ……」

男達の逞《たくま》しくもセクシーな腰つき。挑発的に突き出された臀部《でんぶ》。見ているだけで心が安定し、元気がもりもり湧いてくる。

なぜお尻なの？　と訊《き》かれてもハッキリと答えられない。これはもう秀美の本能であり、生まれつきの感性なのだ。顔の良さや背の高さなどとは一切関係なく、強烈に惹《ひ》かれてしまう。

「いつ見てもキレイだなあ。さすがモデルさんよね」

この写真集は海外から取り寄せたもので、モデルは外国人。いわゆるパーツモデルの男性達だ。逞《たくま》しく引き締まった下半身を主役に、オフィスや街中での日常的な動きを演出している。

インターネットで画像を探しても、これほどの逸品《いっぴん》はなかなか見つからない。それどころか趣味に合わないお尻に遭遇し、がっかりすることもある。

同好の士が集まるＳＮＳや掲示板を覗《のぞ》くとよく分かるのだが、同じパーツフェチでもそれぞれ好みがあって、尻なら何でもいいわけではない。

秀美の場合は鍛《きた》え上げられた腰回りと、引き締まった臀部《でんぶ》がタイプである。中でもボクシングや空手など、格闘技で鍛《きた》えたものが最高だった。

そして、生尻よりも着衣の状態に萌《も》える。想像力をかき立てられ、勝手に妄想できるからだ。

「ワイシャツにスラックスもセクシーだけど、Ｔシャツにデニムとか、作業服もいいのよねえ……」

写真集をひと通り堪能《たんのう》すると、秀美はふうっと息をつく。

プロのモデル達は確かに魅力的だけれど、『彼』には敵《かな》わない――

バッグからプライベート用のスマートフォンを取り出し、ロックを解除する。写真アプリを選び、暗証番号を入力して、厳重に保護されたファイルを開く。

すると秀美の頬はみるみる紅潮し、瞳も潤《うる》んできた。

「ああ、私の究極の癒《いや》し……ストレスなんてどこかに吹き飛んじゃう」

職場では絶対に見せない、蕩《とろ》けそうな表情。秀美は『彼』を前にすると理性を失い、何もかも忘れてしまう。

「久しぶりに東海工場に行って、思い出しちゃった」

画面に映っているのは、作業ズボンを穿《は》いた男性の完璧なバックスタイル。その腰からお尻にかけてのラインにうっとりしつつ、あの夜の記憶をたどった。


入社一年目の初夏。東海工場にて、本社勤務の新入社員を対象とする研修が行《おこな》われた。創業の地で会社の歴史を学び、製造の現場を見学するという内容だ。

日程は二泊三日。秀美を含む参加者達は、敷地内の研修施設で寝泊まりしていた。

二日目の夜。新人達は研修施設の食堂に集まり、意見交換会を開いた。とはいえ自主的な会なので監督者などいない。しかも男女合わせて三十人ほどの参加者は、二十代前半の若者ばかり。仕事の話題が尽きると雑談が始まり、いつしか合コンの様相を呈《てい》してくる。

「納谷さんって秘書課なの？　そのわりに色気がないし、お堅いよね。もっと愛想よくしなきゃ、重役サンに嫌われるぜ」

隣に座っていた男が、呆れたように言った。

「え……」

秀美が反応できずにいると、男はさっさと席を離れ、別の女の子とお喋《しゃべ》りを始めた。

（失礼な！　っていうか、秘書を何だと思ってるの？）

秀美はノリのいい会話ができない。無愛想で堅苦しいし、色気がないのも認める。だけど、秘書の仕事をそんなふうに言われるのは心外だ。

意見交換会ならぬ合コンを途中で抜け出し、外の空気を吸った。

やっぱり男の人は苦手だ。自分はもう恋なんてしないだろうと秀美は思う。

実は大学時代に、男性と付き合った経験がある。相手は商学部の先輩で、自分と同じ堅物《かたぶつ》なタイプだった。二年ほど真面目に交際し、男女の関係も結んだけれど、互いにクールすぎたのだろう。テンションを低めに保ったまま自然消滅した。

あれ以来、秀美は誰とも付き合わず、恋愛とは無縁の生活を送っている。

考えてみれば、元カレのお尻は今一つ好みではなかった。彼が素晴らしいパーツの持ち主なら、もっと好きになれたのかもしれない。

「なーんて、そんなの不純だよね」

苦笑したあと、小さく身震いした。梅雨《つゆ》の走りだろうか。長袖のトレーナーを着ているのに、肌寒く感じる。

秀美はふと思い立ち、ポケットから携帯電話を取り出すと、実家の短縮番号を押した。

「もしもし、秀美です。今、研修に来てるんだけど……」

電話に出たのは母親だった。八王子《はちおうじ》の実家には、両親と弟が暮らしている。

「うん、今夜は冷えるから温かくしてねって、お父さんに伝えて。心配しすぎ？　そんなことないって。とにかく、無理は禁物だからね」

二十年ほど前、秀美の父親は身体を壊している。今で言うブラック企業に勤め、始発で出勤して終電で帰る生活を続けた末、倒れたのだ。

その後は健全な会社に転職したのだが、寒い日などは体調を気にかけてしまう。

「それじゃ、もう切るね。はい、おやすみなさい」

父も家族も元気なようで安心した。時計を確かめると、午後九時を回っている。

「風が冷たい……あったかいコーヒーでも飲もうっと」

第一加工部の工場内には売店があり、夜遅くまで開いている。消灯は午後十時なので、それまでに戻ればいいと考え、秀美は工場エリアへと歩き出した。

東海工場で最も巨大なその建物は、闇に覆《おお》われていた。人の気配はなく、機械がフル稼働している昼間とは様子が違っている。

「夜の工場って不気味……あれ？」

売店に続く薄暗い通路は、片側の壁が工場見学のためのガラス窓になっている。広々とした工場内の一角にライトが点《つ》き、一人の男性が作業しているのが見えた。

「機械のメンテナンスかな？　こんな夜遅くまで大変だなあ」

何となく気にしながら売店に行くと、お客さんがいた。振り向いたその人を見て、秀美は反射的に背筋を伸ばす。東海工場の佐山《さやま》工場長だった。

「おや、君は新人研修で来てる……確か、秘書課の納屋さんだね」

工場長は昨日今日と研修の講師を務めたので、参加した新人の顔や名前を把握しているらしい。

「どうした、意見交換会はもうお開きか？」

「いえ、ちょっと……温かい飲み物が欲しくて、抜けてきました」

「なるほど。そういえば、今夜は妙に冷えるな」

合コンまがいの雰囲気に馴染《なじ》めず逃げ出したとは言えない。秀美はレジに進み、コーヒーを注文した。

「もうすぐ店じまいなのよ。間に合って良かったねえ」

売店のおばさんが明るく笑い、ドリップコーヒーを淹《い》れてくれた。壁際のベンチに腰かけて、ふうふうと冷ましながら飲む。自動販売機の缶コーヒーより、ずっと美味《おい》しい。

「そうだ！　納谷さん、ちょっと頼まれてくれないかな」

工場長が急に大きな声を出すので、秀美はビクッとした。

「はっ、はい？」

慌ててベンチを立つと、ビニール袋を差し出される。中には、おにぎりとお茶が入っていた。

「工場で作業してる人に渡してほしいんだ。子会社から来た技術者なんだけど、機械の修理がなかなか終わらないみたいでね、夜食の差し入れだよ。秘書課の新人なら適任だ」

「適任……ですか？」

秀美が聞き返すと、工場長は焦ったように手を振る。

「いやいや、何でもない。俺が行ってもいいんだけど、今ちょっと忙しくてさ。そこの通路のドアから工場に入れるから、頼んだよ。あ、くれぐれも失礼のないようにね」

彼はビニール袋を秀美に押しつけ、そそくさと出ていってしまった。不思議顔で見送る秀美の横で、おばさんもレジを締めながら首を傾げている。

「変な人だねえ。さっきまで暇そうにしてたのに」

「そうなんですか？」

佐山工場長の言動は謎だが、与えられた仕事は全《まっと》うすべきだ。

（お茶出しも秘書の大切な仕事ってことかな？　まあ、これも研修の一環と思えば……）

秀美は売店を出て通路に戻り、工場に入るドアを開けた。研修で見学した際に習ったとおり、棚に設置されたヘルメットを被ってから、グリーンの床に足を踏み入れる。

大型の加工機械が両側にそびえ、その影が通路に落ちている。ライトが照らす場所へ、秀美はゆっくりと歩いた。

技術者というのは、つまり職人である。工場長が『失礼のないように』と念を押すくらいだから、かなりベテランで気難しい人なのかもしれない。

その人はこちらに背を向けていた。カバーを外した機械の前にしゃがみ込み、何やら作業している。秀美がライトの下に入ると、気配を感じたのか、技術者がサッと振り向いた。

帽子を被り、ゴーグルと保護マスクも着けているので顔が見えない。

「お仕事中すみません。私は桜山製作所の本社秘書課に所属する、納屋と申します。佐山工場長からの差し入れをお持ちしました」

秀美は丁寧に自己紹介した。気難しい職人が相手だと思うと緊張してしまう。

「それは、わざわざありがとうございます」

技術者は立ち上がり、ぺこりと頭を下げた。ずいぶんと背の高い人だ。

声と雰囲気から、若い男性であることが窺《うかが》えた。ある意味、気難しい職人よりも苦手な相手である。

差し入れを置いたらすぐに立ち去ろうと思い、秀美は適当な場所を探す。

「ちょっと待った！　下手に動くと危ないから、その辺に置いといてください」

「あっ、ごめんなさい」

秀美は足を止めて周りを見回す。床にはたくさんの工具や部品が並べてある。転んで怪我などしたら大変だ。

傍《かたわ》らにパイプ椅子を見つけ、その上にビニール袋を置いた。

「ここでいいでしょうか」

「はい、大丈夫です。ところで納谷さん」

早々に立ち去ろうとする秀美に、彼が話しかけてきた。そちらに向き直ると、ゴーグル越しにじっと見つめられる。とても熱心で、意味ありげな眼差しだった。

「な、何でしょうか！」

この人も若い男性だ。秀美は合コンの空気を思い出し、つい身構えてしまう。

しかし、彼は予想と違うことを口にした。

「本社の秘書課ということは、もしかして研修中の方ですか？」

思わぬ質問に戸惑いつつも、彼の口ぶりが真面目なので、秀美も真面目に答える。

「はい。新入社員研修で東海工場に来ています」

「なるほど」

気のせいか、嬉しそうな声に聞こえた。

「秘書の仕事は厳しいけれど、やりがいがあると聞きます。頑張ってください」

「あ、ありがとうございます」

同期の男達と違って、彼は秘書の仕事をきちんと理解してくれている。元気で爽《さわ》やかな声に、秀美は励まされた。

「あの……夜遅くまで大変ですね」

今度は自分から話しかけた。若い男性は苦手なはずなのに、もう少しだけ彼と話したいと思ったのだ。彼は機械に向きかけた身体を、半分こちらに戻して答える。

「大変ってほどじゃないな」

手袋を外すと、加工した部品を拾い上げ、ヤスリで磨き始めた。言葉遣いがラフになっている。

「朝から晩まで働き詰めだが、仕事が好きだし、あまり苦にならない。それに、責任もあるからね」

彼の口ぶりから、嘘は感じられない。でも、秀美はかえって引っかかりを覚えた。父も倒れる直前まで、同じことを言っていたのだ。

「お身体、辛くないですか？」

「それなりにね」

秀美は微《かす》かに眉をひそめた。部品を丁寧に磨く彼の手には、すり傷がついている。

「いくら仕事がお好きでも、長時間労働で身体を酷使《こくし》するのは……」

彼が部品から目を上げた。ゴーグルとマスクのせいで、表情が読み取れない。

「これくらい何てことないさ。例えばこの会社──桜山製作所の創業者は誰よりも早く現場に入り最後まで残って仕事をしたという。そうやって寝る間も惜しんで働いたからこそ、小さな町工場《まちこうば》が、世界に通用する大企業に成長したんだよ」

まるで小さな子どもに言い聞かせるような話し方だ。秀美はますます父を思い出し、ムキになってしまう。

「その顔は、異論がありそうだな」

「はい。生意気かもしれません。でも言わせてください」

「どうぞ」

彼は聞く体勢をとった。研修中のひよっこに、真摯《しんし》に向き合ってくれている。

「経営者の役割は、二十四時間働くことではなく、密度の濃い仕事を見せること。そして優秀な人材を育てて適材適所に配置し、生産性を上げることだと考えます。そのために大切なのは、徹底したスケジュール管理。個人の能力や体力を考慮し、無理のない予定を立てるのです。それは大企業でも町の小さな工場でも変わりません。経営者自《みずか》らが実践すれば、社員の労働環境はおのずと整うのではないでしょうか」

「それは現実的ではない、ただの理想だね」

彼はバッサリと斬り捨てたが、秀美は負けない。どういうわけか珍しく興奮していた。

「信念を持って努力すれば、理想は必ず実現します。私は秘書として、スケジュール管理を徹底することで社長を支えたい。それはいずれ、この会社で働くすべての人のためになると信じています」

いつかは社長秘書になる——ひよっこが語る大それた未来を、彼は茶化すことなく聞いている。

「だから、私は秘書の仕事を選んだのです！」

過労でボロボロになった父の姿が忘れられない。秀美には労働環境の改善に対する強い思いがあった。生半可《なまはんか》な気持ちで秘書を希望したのではない。

「この会社で働くすべての人のために……か」

彼が発した声で秀美は我に返る。新人のくせに、偉そうに演説したことが恥ずかしくなった。

「すみません！　本当に生意気でした」

「……」

彼はゆっくりと近付いてきた。安全靴の重そうな足音が、静かな工場に響く。

もしかして怒ったのだろうか。秀美はその場から動けず、怯《おび》えながら彼の姿を見つめた。

ライトグリーンの作業服。胸元には赤い糸で『Mino《ミノ》 Parts《パーツ》 Industry《インダストリー》』と会社名が刺繍《ししゅう》されている。

彼は目の前で立ち止まり、大きな手を秀美のヘルメットにポンと置いた。

「なかなか骨のある新人だ。感じ入ったよ」

秀美はそっと彼の顔を覗《のぞ》く。ゴーグルの内側で、黒い瞳がキラキラと光っているのが分かった。

「……また、お会いできますか？」

秀美は自分の発言に驚き、かあっと赤くなる。一体、何を口走っているのか。

「ああ、いつかまた。そうだな……君が社長秘書になった頃に」

彼は笑わず真面目に答えてくれた。社交辞令だとしても、とても嬉しい。

「はい、必ず！」

「楽しみにしてるよ。ありがとう」

彼はこちらに背を向け、機械の修理に戻った。作業台からコテらしき道具を取り、上半身を前に倒して、部品を取り付けにかかる。

（ありがとう……って？　あ、差し入れのことかな？）

首を傾げていると、ポケットの中の携帯電話が震えた。慌てて取り出してアラームを止める。

「消灯まであと十五分。もう行かなくちゃ……ええと」

そういえば、まだ彼の名前を聞いていない。でも今さら尋ねるのも変なので、名残惜《なごりお》しく思いつつ彼を見やった。

「あっ……」

その場でピタリと固まり、動けなくなってしまう。作業中の彼の姿に、秀美の目は釘づけになった。

（う、嘘……ちょっと、待っ……）

前屈《まえかが》みになっているため、上着がずり上がっている。そのせいで、腰とお尻のラインが丸見えだ。

写真集のパーツモデルに勝るとも劣らぬ素晴らしい臀部《でんぶ》。いや、それ以上の艶《なま》めかしさに、強烈な刺激を受ける。あまりにも見事なバックスタイルに驚愕《きょうがく》し、震えが止まらなかった。

（ど、どうしよう。この人のお尻すごい。もっと近くで見たい。でも、そんなこと……）

作業ズボンに包まれた逞《たくま》しい腰、力の漲《みなぎ》るお尻。いけないと思いながら、秀美は一歩二歩と前に進んだ。

そして、震える手で二つ折りの携帯電話を開き、カメラを起動する。

ピロリン——

軽やかなシャッター音が工場内に響いた。意外なほど大きな音が出て、自分でもびっくりしてしまう。彼にも聞こえたらしく、上半身を起こし、こちらを振り向こうとしていた。

（わ、私ったら何てこと……逃げなきゃ！）

大慌てでポケットに携帯をねじ込む。ガラスビーズのストラップが引っかかり、紐が切れて床に落ちてしまったが、構っていられない。後ろを振り返らず、急ぎ足で出口に進んだ。

彼の声が聞こえるけれど、何を言っているのか分からない。罪悪感と恥ずかしさ、喜びと興奮。あらゆる感情に混乱しながら、秀美は工場を脱出した。


翌日、研修を終えた新人達は施設の前に集まり、佐山工場長と世話役の先輩社員に挨拶《あいさつ》をした。挨拶《あいさつ》が済むと、工場長が秀美に近付いてくる。

「やあ、納谷さん。昨夜はどうもありがとう、助かったよ」

「工場長、あの……」

秀美は思いきって『彼』の名前を尋ねてみた。どうしても気になって仕方がなかったのだ。

「昨夜の技術者？　ううーん……彼はねえ」

工場長は困ったように頭をかいた。桜山製作所の関連会社『美濃《みの》部品工業』の社員であること以外、よく知らないという。

そんなことがあるだろうか。秀美は納得できなかったが、工場長が嘘をつくとも思えない。

「名前は何だったかなあ。いつもの技術者が休みで、その代理で来てくれたんだよ。それに近々転職するから、昨夜が最後の仕事だとか言ってたぞ」

「ええっ！　転職って、どこにですか？」

「個人情報だからねえ。そこまで訊《き》けなかったよ」

秀美は呆然とした。一つも手がかりを残さず消えてしまうだなんて。

だけど、確かに彼は『また会える』と言ってくれた。秀美が社長秘書になった頃に――と。

(あれはただの社交辞令？　でも、口先だけの人には思えない)

狐につままれたような気持ちだった。


――あれから六年の年月が流れた。

自分は夢でも見たのだろうか。時が経つほど現実感が薄れるけれど、携帯電話には彼の完璧なバックショットが残っていた。誤って削除しないよう慎重に扱い、スマートフォンに機種変更した後も、データを移して保護している。誰も知らない、秘密の宝物だった。

「私、社長秘書になりましたよ。あなたはどうしていますか？」

仕事で辛いことがあっても、『彼』を観賞すれば秀美は元気になる。秀美にとって『彼』は理想的なパーツの持ち主であるとともに、忘れられない男性だった。

「はあ……それにしても」

写真アプリを閉じると、ため息をついた。社長秘書になったはいいが、今はその『社長』に悩まされている。

（まったくもう。秘書を口説くなんて、セクハラとパワハラのコンボでしょ。訴えてやろうかしら）

だけど……と冷静に考えてみる。前社長の桜山会長は厳格な人だ。その息子である慧一が、芯からふざけた人間とは思えない。

――未熟な若社長を、君がサポートしてやってくれ。

秀美はソファから立ち上がり、薔薇《ばら》の花束を拾い上げる。いかにも高そうな真紅《しんく》の薔薇《ばら》だ。経費ではなく自腹で買ったのだろう。桜山慧一は不埒《ふらち》な男だが、決してけちではない。それは仕事を通して多くの人間を見てきた秘書としての直感だった。

一応、薔薇《ばら》は飾っておくことにする。戸棚を開けて花瓶《かびん》を探していると、着信音が鳴った。テーブルの上で、仕事用のスマートフォンが震えている。

「うわあ……」

発信者の名前を見て、秀美は眉根を寄せた。しかし、仕事に私情を挟むのはご法度《はっと》。軽く深呼吸してから、通話ボタンをタップする。

「納谷でございます」

『こんばんは。まだ起きてたのか』

慧一の低くて男らしい声が聞こえてくる。彼のふるまいを知らなければ、硬派なイメージを持つだろう。

「はい。この時間でしたら、たいてい起きております。何かございましたでしょうか？」

『いや、どうも眠れなくてさ。君の声を聞きたいと思ったんだ』

「……」

秀美は花束をグッと握りしめ、仕事、仕事と頭の中で念仏のように唱える。

『どうした、感激してるのか』

クスクスと笑う声がして、秀美の精神は早くも限界を迎える。この社長にかかるとたちまち興奮し、クールな態度を保てなくなってしまう。

「社長、おふざけにならないでください。私まで眠れなくなりそうです」

『それはすまない。でも、俺はリラックスできたよ。ありがとう』

何を考えているのかよく分からないが、眠れないというのは嘘ではなかったらしい。さすがの彼も、社長としての生活が始まったばかりで緊張しているのだろうか。

「リラックスされたのなら何よりです。それでは、ごゆっくりとおやすみください」

『君も眠れないなら、薔薇《ばら》の花を数えるといい』

秀美はドキッとした。今まさに、慧一から贈られた薔薇《ばら》の花束を手にしている。どこかから覗《のぞ》いているのでは？　と不安になって部屋を見回すが、いくら何でもそれはあり得ない。

「薔薇《ばら》……ですか。では、そういたします」

余計なことは言わず、努めて冷静に返事をする。ちょうど飾ろうとしていたところですなんて教えるのは、何だか悔しい。

『それじゃ、また明日。おやすみ、俺の秘書さん』

「お、おやすみなさい。失礼いたします」

含みのある呼び方に動揺し、思わず噛んでしまった。スマートフォンに表示された通話時間は一分五十秒。仕事以外の用事で電話をかけてくるとは、まったく困った社長である。

「時間の無駄遣いだわ……はあ」

秀美は戸棚から花瓶《かびん》を探し出すと、水を張ったバケツとハサミを用意する。そして薔薇《ばら》の茎を斜めにカットし、水切りしながら生《い》けた。手間はかかるが、こうすると花が長持ちするのだ。

新人の頃は、社長室に花を飾るのが日課だった。初心を思い出し、秀美は少し懐かしくなる。

「それにしても、豪華な花束。何本あるのかな」

本数を数えるのは、純粋な興味からだ。決して彼に言われたからではない。

そんな言い訳じみたことを考えながら、秀美は「二十二、二十三……」と呟《つぶや》いていく。

「九十九……あれ？」

キリよく百本かと予想したのに、ずいぶん半端な数だ。

「一本数え損ねた？　ううん、確かに九十九本だった」

きっと花屋に在庫がなくて、一本足りないまま花束を作ったのだ。つまり慧一の秀美に対する気持ちはそのていどであり、豪華な贈り物にも深い意味はない。秀美はそう推測した。

「ふあぁ……数えたらホントに眠くなってきた」

チェストの上に花瓶《かびん》を置くと、飾り気のない部屋が急に華やかになる。

秀美はどこか拍子抜けした思いで、真紅《しんく》の薔薇《ばら》を見つめた。


新社長が初めて出社する今日、朝礼でセレモニーが行《おこな》われる。その後も重役会議、執行役員との面談と、分刻みのスケジュールが続く。業界紙など、メディアの取材も受ける予定だ。

社長付第一秘書の秀美も、目が回るような忙しさになるだろう。

「気合を入れて、頑張らなきゃ」

いつもより一時間早く起きて、身支度を整える。

化粧は普段どおり地味な色合いだが、崩れにくいよう下地から丁寧に施《ほどこ》す。化粧直しする時間を節約するためだ。カールした髪はほつれにくいように編み込み、アップスタイルにする。黒のパンツスーツに着替え、レンズを磨き上げた黒縁眼鏡《くろぶちめがね》をかければ準備完了。

「よし、行ってきます！」

早めにマンションを出て、駅に向かってまっすぐ歩く。雲一つない青空がまぶしい。

電車に乗ると、新社長のデータを頭の中で再確認した。

桜山慧一。十二月一日生まれ。三十二歳独身。身長一八五センチ。体重七十八キロ。墨田《すみだ》区東向島《ひがしむこうじま》のマンションで一人暮らし。食事は基本的に外食。掃除や洗濯などの家事は桜山家のベテラン家政婦に任せている。好きな食べ物は寿司、天ぷら、果物。アルコールでは特にウイスキーを好む。趣味はドライブ、模型作り、スポーツ、音楽鑑賞など。

(国内外に友人は多いが、現在交際中の女性はいない……ホントかしら)

秘書は業務上、社長のプライベートや趣味嗜好《しゅみしこう》を把握する必要がある。データは秘書課の上司と共有しているので、情報に誤りはないはず。

しかし、恋人の一人もいないというのは不自然な気がする。アメリカにいた時も、特定の女性と付き合うことはなかったようだ。

あんなチャラ男なのに、なぜ？　それとも、チャラ男というのは秀美の主観にすぎないのだろうか。

男性経験がゼロに等しい枯れ女には謎だった。

(まあ、その辺りは置いといて。ええと、最終学歴は東名《とうめい》大学経済学部経営学科。卒業後は……)

慧一は大学卒業後、桜山製作所の子会社であるキタジマ機械工業に就職した。技術者として経験を積みたいと、本人が希望したそうだ。

桜山製作所に入社したのは六年前。その半年後、二十六歳の誕生日に、米国にある子会社サクラヤマエンジニアリングアメリカに出向した。生産拠点のミネソタ工場で二年間工場長を務めた後、総務・管理部長の職を経て、北米支部統括兼事業本部長という大役を任される。

そして渡米五年目の夏、現地工場の経営を立て直すという使命を果たした。

前社長が退任の意思を示したのは、その直後のこと。次期社長候補の筆頭はもちろん、御曹司《おんぞうし》である慧一だった。

若すぎると反対する者もいたが、米国における彼の実績は申し分なく、取締役会で三分の二の賛成を得て次期社長に選ばれた。前社長が会長として彼をバックアップするという条件付きではあるが。

そんなわけで慧一は、帰国前から仕事ができると評判だった。だから秀美は、前社長と同じ厳格な人柄を想像していたのだが……これまでの彼の言動を思い返し、こめかみを押さえる。

若くしてトップの座に就《つ》くイケメンハイスペック。今後は業界のみならず、世間一般の注目を浴びることが予想される。特に、若い女性達は色めき立つだろう。

(桜山の名を貶《おとし》めないよう、ふるまいには十分注意してもらわなければ)

データの確認を終えたところで、秀美は電車を降りた。本社の所在地は江東区《こうとう》新砂《しんすな》。駅から徒歩五分で二十階建ての社屋《しゃおく》に到着する。

秀美は上階用エレベーターに乗り、十九階の重役室フロアに直行した。

秘書課のオフィスに入ると、上司以外の課員が既に揃っていた。ちなみに秀美も入れて十名いる課員のうち、七名が女性である。気のせいか、今朝はいつもより華やかな雰囲気だ。

(皆、メイクが心持ち派手なような……まったくもう)

「納谷先輩、おはようございます！」

元気よく挨拶《あいさつ》してくれたのは、入社三年目の三浦利絵《みうらりえ》。グループ秘書の一人だった彼女は、今日から社長付第二秘書の任に就《つ》く。ありていに言えば、第一秘書である秀美の助手だ。

持ち前のガッツと機動力で仕事をこなす三浦は、秘書課には珍しい体育会系女子だった。そんな彼女を第二秘書に推薦したのは、他ならぬ秀美である。

「おはよう、三浦さん。張り切るのはいいけど、声は控え目にね。あと、『先輩』はやめて」

「はいっ！　あ、すみません。納谷……さん」

元気すぎるのが玉に瑕《きず》だが、頼りにしている。それに、彼女だけは化粧も普段どおりだった。

しばらくすると上司が出勤してきた。頭髪の薄い小太りの男性は小田《おだ》課長。その後ろから入ってきた女性は井本《いもと》主任だ。

三十八歳の彼女は経験豊富なベテラン秘書であり、英語と中国語の他、複数の外国語を操《あやつ》る。社長をはじめ重役が海外出張する際は、必ず同行していた。

井本は緊張の面持《おもも》ちで席に着くと、秀美を手招きする。

「社長が到着されるのは二十分後ね。セレモニーの準備はどう？」

「はい、整っております。先ほど総務部の担当者に、最終確認をいたしました」

井本は「結構」と頷き、それから思いついたように手を打つ。

「あなた、名古屋で社長にお会いしたのよね。ひと言で表現すると、どんな方だった？」

オフィスが急に静かになり、女性陣の耳目《じもく》が秀美に集中する。

「そうですね……」

ひと言で表現するなら『チャラ男』です――

そう言いたいところだが、あくまでも秀美の主観であり、そのまま伝えるのはどうかと思う。

「社長は堂々としたお方です。前向きで、自信にあふれていて……」

嘘ではない。社長就任の挨拶《あいさつ》は立派だったし、あらゆる方面に前向きで、自信にあふれている。

「なるほど。さすが会長のご子息だわ」

主任が感心するのを見て、秀美は胸を撫で下ろす。無難すぎる答えに女性社員達は不満げだが、これでいいのだ。

「そういえば、会長は今日から海外視察なのよね。せっかくのセレモニーなのにねえ」

残念そうな井本に、小田が横から声をかける。

「入社式には会長も出席されるよ」

「あっ、そうか。来週は入社式だったわね」

春は何かと忙しい季節である。社長も秘書も、落ち着くまで少し時間がかかりそうだ。

「それでは主任。私と三浦さんは先に玄関に向かいます。社長をお出迎えして、セレモニー会場にご案内いたします」

「ええ、お願いね。私と小田課長もすぐに下りるわ」

秀美が三浦を連れてオフィスを出ると、社内放送が流れ始めた。

《本日は臨時朝礼を行《おこな》います。社員の皆さんは、二階の大ホールに集まってください——》

それを聞きながら、エレベーターで一階に下りた。じきに小田と井本もやってきて、四人は玄関前で待機する。総務部からも課長と社員数名が来ていた。

待つこと十分。社長を乗せた黒のベンツが、ビルのロータリーにゆっくり進入してきた。時刻は到着予定の午前八時ちょうど。幸先《さいさき》のいいスタートと言える。

秀美は車の脇に控え、運転手の友部が後部席のドアを開けるのを見守った。

「皆さん、おはようございます」

慧一の張りのある声が、玄関ホールに響きわたる。

彼は車から降り立つと、出迎えの社員達に笑顔を見せた。

「おっ、おはようございます！」

社員達が一斉に頭を下げた。社長から先に挨拶《あいさつ》されてしまったので、皆慌てている。

髪をきれいに整え、高級スーツを着こなす青年社長。若く凛々《りり》しく爽《さわ》やかなその姿は、太陽のように辺りを照らす。社員達はまぶしそうに目を細めた。

「やあ、納屋君。今日もよろしく」

「よろしくお願いいたします」

秘書として、社長とごく普通の挨拶《あいさつ》を交わす。クールに構える秀美だが、内心ホッとしていた。

初対面と同じようなふるまいをされたら困ってしまう。

「セレモニーの準備が整っております。二階の大ホールへどうぞ」

「分かった」

会場に案内しようとすると、総務課長が慧一の傍に来て、段取りを伝えながら歩き始める。秀美は三浦とともにその後を追った。

「威張《いば》ってるわけじゃないのに、すごいオーラですね。まるで一流のスポーツ選手みたいな」

三浦が小声で話しかけてくる。今のたとえは的《まと》を射《い》ていると秀美は思った。ビジネスは格闘技に似ている。強敵が立ちはだかる闘技場で彼は戦い、いくつもの死闘を制してきたのだろう。その自信がオーラとなって、彼を輝かせているのだ。

「かっこいいなあ。ストイックで硬派な方なんでしょうね」

「……」

それには同意しかねる。本当にストイックで硬派なら良かったのだけれど。

ふと、一人の男性が頭に浮かんだ。六年前、夜の工場で出会った謎の技術者。『彼』なら、今の表現に当てはまるかもしれない。

秀美はぶんぶんと頭を横に振った。余計なことに気を取られ、仕事をミスしたら大変だ。気を引き締め、慧一の歩調に合わせてきびきびと歩いた。

セレモニー会場の控え室に着くと、総務課長が秀美達のほうを振り返った。

「あとは我々で段取りしますので、秘書課の皆さんは社員席にお座りください」

「それでは、よろしくお願いいたします」

そう言って慧一を見ると、姿見の前に立ち、ネクタイを直している。総務部の女性社員がその周りを囲み、うっとりとした表情で見惚《みと》れていた。

「すごい！　早速モテモテですね」

「……行くわよ、三浦さん」

ステージの前には、社員用のパイプ椅子が並んでいる。前列に空席を見つけた秀美は、三浦と並んで座った。周りはなぜか女性社員が多く、化粧と香水の匂いでむせ返りそうになる。

(やっぱり昨日までのあれは、冗談だったのね)

今朝の慧一は、秀美に対して妙なアプローチをせず、普通にふるまっている。いや、むしろ素《そ》っ気《け》なく思えるほどだ。他の女性社員にも紳士的に接していた。チャラ男とはほど遠い、真面目な青年社長といった感じである。秘書としてはありがたいことだと思う。

しかし、どうにも解《げ》せない。昨日までの不埒《ふらち》な態度は何だったのか。

あの人は一体、何を考えているのだろう――

「ねえねえ、さっき廊下で社長をチラッと見かけたんだけど、マジで素敵だったよー」

「ええっ、いいなあ。私も早く見たーい」

「幻の御曹司《おんぞうし》を、ついにこの目で確かめられるのね！」

女性社員達の弾《はず》んだ声が後ろから聞こえた。まるで芸能人の噂話《うわさばなし》をしているようだと秀美は眉をひそめる。ステージが近い場所に女性が集中しているのは、桜山慧一を間近で見るためらしい。彼女達にとって、慧一はまさにアイドルなのだ。

「幻の御曹司《おんぞうし》って、何だかツチノコみたいですね」

隣の三浦が面白そうに囁《ささや》く。ミーハーな騒ぎ方に呆れるが、社長を未確認生物《UMA》扱いするのもどうかと思う。秀美が私語を慎《つつし》むよう注意すると、三浦は「スミマセン」と首をすくめた。

その背後では、噂話《うわさばなし》がますます盛り上がっている。

「社長って独身なんだよね？　私達にも玉の輿《こし》のチャンスがあったりして」

「えー？　それはさすがに無理でしょ。ああいう人達は庶民なんて相手にしないって」

「でも可能性はゼロじゃないしー。もし結婚できたら、シンデレラウエディングよね」

「――ウオッホン！　君達、静かにしなさい」

夢見る乙女達の妄想を打ち破ったのは、男性社員の咳払《せきばら》いだった。口調から察するに、彼女達の上司らしい。ようやく噂話《うわさばなし》が収まり、秀美はやれやれと息をついた。

(それにしても、シンデレラウエディングか……私には理解できないわ)

魔法をかけられ美しくドレスアップした娘が、舞踏会で王子様に見初《みそ》められるというおとぎ話。ロマンティック要素満載のストーリーは、世界中の女性に愛されている。

しかし秀美には、シンデレラの行動が理解不能だった。魔法が解ける時間を忘れるなんて信じられない。魔法使いが前もって告げたはずなのに、何を聞いていたのだろう。

彼女を深夜まで拘束する王子も王子だ。夜中の十二時といえば、秀美のスケジュールでは就寝時間である。寝不足は翌日の仕事に悪影響を及ぼすだろう。

(人間、理性を失ってはダメね。大事な場面でミスをすることになるわ)

「そういえば、東海工場の同期に聞いたんだけど」

「えっ、なになに？」

上司に叱られ一旦静かになった女性社員達が、再びお喋《しゃべ》りを始めた。いい加減うんざりした秀美は、後ろを向いて注意しようとしたが……

「桜山社長が、秘書に薔薇《ばら》の花束を贈ったんだって」

ハッと息を呑み、斜めにした身体をゆっくりと元に戻す。

「ふうん。単なる挨拶《あいさつ》じゃないの？」

「それが、恋人に贈るような豪華な花束だったらしいのよ。そのあと、手を繋いで歩いたとか何とか」

冷や汗がだらだら流れる。あの東海工場での出来事が、こちらにも伝わっていたとは。

「ええー？　でも、社長秘書ってあの人でしょ。お堅いことで有名な……ほら、何て言ったっけ」

「ああ、納屋さんね。仕事大好きな堅物眼鏡《かたぶつめがね》って呼ばれてる」

「なーんだ。じゃあ、やっぱりただの挨拶《あいさつ》じゃん」

彼女達は冷笑した。周囲一帯に、白《しら》けた空気が漂《ただよ》っている。

「あなた方、失礼じゃないですかっ」

いきなり立ち上がり、声を上げたのは三浦だった。彼女はまっすぐな性格で、悪口が許せないタイプだ。先輩を悪く言われてカッとなったのだろうが、ここは抑えてほしかった。

「あれっ、あなた秘書課の……えっ、そこにいるのは納谷さん？」

もうすぐセレモニーが始まる。騒ぎなど起こして式の進行を妨《さまた》げてはならない。秀美は椅子から立ち上がると、何か言おうとする三浦を制し、身体を真後ろに向けた。

女性社員達はメドゥーサに睨《にら》まれたかのように固まっている。そんな中、東海工場での噂《うわさ》を口にした社員が、おずおずと言い訳を述べた。

「すっ、すみませーん。たぶん、同期の見間違いだと思います。納谷さんのような真面目な方に限って、あり得ませんよね」

ある意味失礼な発言だが、彼女は謝罪しているつもりらしい。

（こうなったら仕方ない。社長の真意はともかくとして、私の態度だけはハッキリさせておこう）

浮いた噂《うわさ》の一つもない枯れ女。男性社員には、仕事と結婚したと陰で揶揄《やゆ》されている。

六年前の新人研修の夜から、何も変わらない。仕事と関係のない誘いはすべて断ってきたし、これからもそのつもりだ。そう、相手が誰であろうと。

すうっと息を吸い込むと、秀美は涼やかな笑みを浮かべて言った。

「皆さんの推測どおり、社長は私に挨拶《あいさつ》をしてくださったの。部下に花を贈るのは欧米では珍しいことではないし、そこに特別な意味などありません」

欧米云々《うんぬん》はでまかせだが、そういうことにしておく。大体、九十九本なんて半端な数の薔薇《ばら》に、特別な意味などあるわけがない。

「それじゃあ、手を繋いだというのは……」

「握手の一種です」

「そういうものなんですか？」

「ええ、そういうものです！」

質問は一切受け付けませんとばかりに、秀美は眼力《がんりき》を強くする。

女性社員達は秀美の迫力に気圧《けお》されたのか、お喋《しゃべ》りをやめて大人しくなった。

タイミングよく流れ始めた音楽が、セレモニーの開始を告げる。秀美は前を向き、背筋を伸ばしてきちんと座り直した。三浦が「さすが先輩！」といった顔でこちらを見ている。

（やれやれ……秘書の仕事より疲れるわ）

冷や汗を拭《ぬぐ》いつつ、あのセリフまでは伝わっていないようだと、秀美は安堵《あんど》していた。

――心を込めて贈ります。どうぞよろしく、俺のお姫様。

主役の桜山慧一が登場すると、会場は大きな拍手に包まれた。周囲の女性社員はアイドルコンサートのノリで盛り上がっている。

（社長、お願いです。ゴシップのネタになるような行動は控えてください！）

慧一の滑《なめ》らかなスピーチを聞きながら、秀美は切《せつ》に願った。


セレモニーが終わると、秀美は慧一を社長室に案内した。三浦がお茶を用意してくれている間に、本日のスケジュールをプリントアウトして慧一に手渡す。社長専用端末に入っている共有スケジューラーにも同じデータを送り、操作方法を説明した。

「このように、スケジュールは私が作成しております。なお、プライベート及びコンフィデンシャルな予定は表示されません。それらにともなう調整が必要な場合は、都度《つど》お知らせください」

「なるほど、これがかの有名な納谷式スケジュール管理か。君が社長秘書に起用されるきっかけになったという」

「恐れ入ります」

まだグループ秘書の一人だった頃、役員のスケジュール作成をたびたび任された。細やかな仕事ぶりが役員の間で評判になり、それがきっかけで秀美は社長秘書に抜擢《ばってき》されている。

『納谷君の予定表は完璧で無駄がない。しかも、どういうわけか体調が良くなる』

役員達がそう感じていたのには明確な理由がある。

秀美は日頃から役員一人一人の行動パターンを手帳に記《しる》し、データを集めていた。それを利用して作ったものが納谷式スケジュールなのである。

例えば、トイレが近い役員の場合は会議の前後に時間的余裕を持たせるなど、体質に合わせた工夫をした。秀美にとってスケジュール作成は、体調管理の一環でもあるのだ。

もちろん、上手に予定を組むだけでは社長秘書は務まらない。総合的な能力を評価された結果だと、秘書課の誰もが納得してくれている。

「素晴らしいね、さすがだ。君ならやれると信じていたよ」

「……え？」

秀美は微《かす》かな違和感を覚えた。まるで、前から期待していたかのような発言だ。

慧一は秀美の顔をじっと見つめている。熱のこもった瞳は、何らかの反応を期待していた。でも、どう反応すればいいのか秀美には見当もつかない。

こうして秘書になるまで、彼に会ったことなど一度もないのだから。

「失礼します！」

元気な声が響き、三浦が入室してきた。社長室のドアは基本的に開け放されている。

慧一はようやく視線を秀美から外し、デスクにお茶を置く三浦に声をかけた。

「ありがとう。君は三浦君だったね」

「はいっ。社長付第二秘書の三浦利絵です。よろしくお願いします！」

緊張のためか、いつにも増して声が大きい。秀美はハラハラするが、慧一は明るく笑った。

「君は体育会系だな。俺と気が合いそうだ」

「ありがとうございます！」

そういえば二人とも声に張りがあり、動作もキビキビしている。運動部の先輩後輩のような、ちょっと暑苦しい組み合わせだと秀美は思った。

「ひと息入れたら、すぐに仕事を始める。二人とも、よろしく頼むぞ」

引き締められた表情は凜々《りり》しく、どこから見ても硬派な男性だ。秀美はさっきの違和感を忘れ、社長業に取り組む彼をフォローした。


午後七時。仕事を予定どおりに終えた慧一は、椅子の上で大きく伸びをした。

「思ったより早く片付いたな。さぞかし仕事が溜まっているだろうと覚悟していたが、意外とそうでもなかった」

椅子ごとくるりと反転し、ロールスクリーンを全開にした窓から夜景を眺める。

秀美はデスクの脇に控えたまま、彼の横顔をそれとなく窺《うかが》った。

疲労の色は見えず、余裕の笑みが浮かんでいる。若いだけあってタフなのだ。仕事のできる男が皆そうであるように、精神力も強いのだろう。

「会長がギリギリまで社長代理を引き受けてくれたおかげだ」

ほんの少し声のトーンが落ちた気がする。しかし、椅子を戻した慧一の顔は明るかった。

「ところで納谷君、花は何本だった？」

「……？」

突然質問されて秀美は戸惑う。

「俺が君に贈った、薔薇《ばら》の花束だよ」

その言葉を聞いて、昨夜の電話をハッと思い出す。

「しょ、少々お待ちください」

部屋の入り口へ足早に向かい、外を覗《のぞ》いた。社長室の前にはフロントと呼ばれるスペースがあり、秘書席が設置されている。デスクをパーティションで囲っただけの開放的な空間だ。秀美は三浦と交代で席に座り、電話や来客の対応をしていた。

その三浦は夕方から秘書課オフィスに入っているので、フロントには誰もいない。秀美は迷ったが、結局ドアは開けたまま急いで中に戻った。外に声が漏れることより、密室で二人きりになることを危惧《きぐ》したのだ。

「どうしたんだ、そんなに慌てて」

とぼけた顔で訊《き》く慧一が憎らしい。今日一日、社長業を真面目にこなす姿を見て、秀美はすっかり油断していた。やはり、桜山慧一はふざけた軟派《なんぱ》男なのだ。

「社長。仕事に関係のない話はおやめください」

「前の社長とだって、雑談くらいしただろう」

「会長は秘書を口説くような真似などなさいません」

仕事ができるという点は共通するが、彼ら親子の気質は真逆。言うなれば、硬派と軟派《なんぱ》である。

「なるほどね。で、花は何本だった？　君のことだから、律義《りちぎ》に数えたんだろ」

「う……」

悔しいけれど、そのとおり。なぜここまで行動を読まれてしまうのか不思議だった。

「……九十九本でした」

「それで？　俺の気持ちは分かってくれたんだろ」

「はい？」

意味を取りかね、秀美は彼を見返す。

(俺の気持ちって……あの中途半端な数の薔薇《ばら》が、私に対するメッセージってこと？)

「一本足りないけどまあいいや――という、適当なお気持ちですね」

こんなことをわざわざ答えさせて、どうするつもりだろう。秀美は意外なほどの苛立《いらだ》ちを覚えた。

「何だって？」

慧一の眉がピクリと動く。彼は心外といった顔で立ち上がり、大股で近付いてきた。

「え、あのっ？」

「……ったく。勝手な解釈をして」

秀美を見下ろし、大きなため息をつくと、デスクの上からスマートフォンを取り上げた。

「ほら、少しは調べてみろ」

「は、はあ」

差し出されたのは、彼のプライベート端末だ。

「薔薇《ばら》・花束・九十九本がキーワードだぞ」

「はい。ええと……」

言われるままネット検索をかけると、いくつかのサイトがヒットした。九十九本の薔薇《ばら》で作られた花束。その意味するところは――

《永遠の愛》

《ずっと好きだった》

自分の解釈と真逆の結果が出てきて、秀美は首を傾げる。

「分かっただろ?」

「ええ……っと、一体どういうことなのか、私にはさっぱり……」

慧一は絶句している。でも、秀美は正直に言っただけなのだ。

(永遠の愛だなんて唐突すぎるでしょ。ましてや、ずっと好きだったなんて……ずっと?)

そこで、秀美は思い出す。今朝も同じような違和感を覚えたことを。

――君ならやれると信じていたよ。

「いつか、どこかでお会いしましたか?」

「ああ、一度だけな」

慧一は即答した。しかし秀美の頭に、彼と出会った記憶は欠片《かけら》も見当たらない。

「あの……社長は六年間、アメリカにお住まいでしたよね。盆も正月も帰国されないので、会長から奥様が寂しがっているとお聞きしました」

「そうだよ。俺は一度も帰国しなかった。そして君も、北米支部に来たことはない」

それでは、秀美と会ったというのは、彼がアメリカに渡る前のことなのだろうか――

秀美は唸《うな》った。いくら考えても思い出せない。もし本当に出会っていたなら、こんな強烈な人物を忘れるはずがないのに。

「すみません。まったく記憶にありません」

「……」

慧一は不機嫌というより、落胆の表情になる。秀美は自分が彼をひどく傷つけている気がした。

「ええと、もしよろしければ、いつ、どこでお会いしたのかを、お聞かせ願えますか？」

「いつ、どこで……か」

慧一はいったん口を閉じる。静まり返った部屋で、秀美は緊張しながら答えを待った。

「ダメだ。君が思い出してくれなきゃ、意味がない」

肩透《かたす》かしを食らい、秀美はぽかんとする。

「教えていただけないのですか？」

「ああ。悔しいからね」

慧一は腕時計を確かめると、秀美の傍を離れて帰り支度を始めた。話は終わったと言わんばかりの素《そ》っ気《け》ない態度である。

（悔しいって、そんな。子どもみたいに）

こうなると、かえって真相が気になってしまう。けれど、社長の行動に合わせるのが秘書の仕事だ。納得いかないが、これ以上追及することはできない。

守衛室で待機している運転手の友部に連絡するため、スマートフォンを構えた。

「納谷君」

帰り支度を整えた慧一が、少し気まずそうな顔でこちらを見ている。

「帰国してからこれまでのことを謝る。君との再会が嬉しくて、つい舞い上がってしまったんだ」

「社長……」

過去の出会いについては謎のままだが、率直に詫《わ》びる姿から彼の誠意は伝わってくる。秀美の立場や気持ちを、おもんぱかってくれたのだ。

「いえ、私こそ社長に対して失礼な態度をとってしまいました」

正直なところ、彼のアプローチは迷惑だったし、花束の意味も未だに理解できない。でも、それはそれとして、与えられた職務を全《まっと》うするつもりだ。

「これからも、どうぞよろしくお願い申し上げます」

「ああ、頼りにしてる」

良かった――と秀美は思う。今後は妙なアプローチを仕掛けることなく、社長業に専念してくれるだろう。こちらも秘書として普通に接すればいい。

（過去の出会いがどんなものであれ、社長が私のことを『ずっと好きだった』なんてあり得ない。わざわざ追及する必要もないし、忘れてしまおう）

そう思っていたのだが――

「ところで納谷君。食事に付き合わないか」

「……はい？」

どういう意味だろう。秀美は念のため確認する。

「それは、仕事とは無関係のお誘いでしょうか」

「もちろん、個人的に誘っている」

聞き間違いだと思いたい。だって、この流れでどうしてそうなる？

「言っておくが、俺は仕事にかこつけて部下を嵌《は》めるような、小狡《こずる》いやり方はしない。公私混同は君も嫌いだろ？」

「……なっ」

「これからは多少控え目にアプローチするから、安心してくれ」

秀美は頭痛がしてきた。こちらの立場と気持ちを、おもんぱかってくれたはずでは？　今までの発言は全部おためごかしなのだとしたら、安心などできるはずがない。

「ハッキリと申し上げます。相手がどなたであれ、そういったお誘いはすべてお断りしています」

「ほう、問答無用か」

「はいっ」

慧一は肩をすくめるが、気分を害した様子はない。

まったく、どこまで本気なのか疑わしい。こういう軟派《なんぱ》なところが気に入らないのだ。

「さすがだな。そこが君の素晴らしいところだ」

「……お車をご用意いたします。少々お待ちください」

秀美はスマートフォンを素早くタップし、友部に「社長がお帰りです」と連絡した。一刻も早くご帰宅願いたくて早口になってしまう。

(いけない、いけない。落ち着け、私)

不埒《ふらち》な誘惑に負けてたまるか。こうなったら根競《こんくら》べだ。

「社長、お車をご用意いたしました。さあ、参りましょう」

てきぱきと段取りする秀美に、慧一は苦笑を浮かべる。

「分かったよ。また明日、リベンジだな」

(何度誘われても、返事は『ＮＯ』一択ですから！)

堅物《かたぶつ》女と軟派《なんぱ》男の攻防戦は、こうして幕を開けた。


湿り気を帯びた風が、梅雨《つゆ》の到来を報《しら》せている。今は六月の上旬。いつの間にか四月が終わり、五月も連休や度重なる出張でバタバタするうちに過ぎていった。

金曜日の夜七時。秀美は駅までの道を歩いている。

(かなり溜まってる。でも、何とか乗り切ってるわ)

ハードワークには慣れているので、体調はさほど悪くない。溜まっているのは肉体的な疲れではなく、鬱憤《うっぷん》である。その原因は言うまでもなく、桜山慧一との攻防戦だ。

彼は毎日毎日、懲《こ》りもせず秀美を誘い続けている。その攻撃は一日のスケジュールをこなしたあと、秀美が身構える間もなく始まるのだ。

今日も必死にそれをかわし、何とか逃れてきた。

『明日は休日か……どうだ、納谷君。ドライブがてら食事に行かないか』

『お断りいたします』

社長相手でも秀美は遠慮しない。ハッキリ意思表示しなければ、どんどんつけ込まれてしまう。

それに、ドライブと言うからには慧一が運転するはずだ。きっとどこか遠くまで走り、食事して、お酒を飲んで、泊まることになる。冗談じゃない！

『本当につれないな。親父の時は、そうでもなかったようだが』

痺《しび》れを切らしたのか、彼は作戦を変えてきた。社長用端末に保存してある、前社長のスケジュールを調べたらしい。

『週に一度の割合で、スポーツクラブに同行してる。聞くところによると、君が親父に勧めたそうじゃないか』

秀美は内心ギクッとしたが、前社長にジムやプールでの運動を勧めたのは、主治医と相談した結果だ。つまり、秘書としての仕事のうちである。スポーツクラブまで同行し、様子を見守るのも、決して不自然な行為ではない。

『あくまで健康管理の一環です。個人的に食事をともにするのとは、まったく意味合いが違います』

『なるほど。それなら、俺もスポーツクラブに通おうかな。もちろん付き合ってくれるだろ？　健康管理の一環として』

『ぐっ……』

ああ言えばこう言う。いつの間にか彼の術中《じゅっちゅう》に落ちているところが恐ろしい。

しかし秀美は、決して降参などしない。

『とにかく、社長のお誘いはすべてお断りいたします！』

必殺・問答無用！

ぴしゃりと断ると、慧一はなぜか楽しそうに笑い、それ以上は誘ってこなかった。おそらく、しつこくして完全に嫌われないよう計算しているのだ。

（仕事中は真面目なのに。あのギャップに疲れるのよ）

実際、普段の慧一は社長らしく精力的に働いている。会社の経営状態を常に把握し、問題があればその根幹を捉《とら》え、的確な指示を出して解決に導く。集中して仕事をこなすその横顔には、近寄りがたい厳しささえ感じられた。

彼は確かに創業家の血筋であり、トップに立つ者としての資質を備えている。仕事モードの慧一は、秀美にとってサポートしがいのある上司だった。

「社長は一体、何を考えているのかしら。……あなただけが、私の癒《いや》しだわ」

歩きながらスーツのポケットを探り、スマートフォンをぎゅっと握りしめた。

どんなに疲れていても、『彼』の写真を眺めれば復活できる。魅惑の腰つきと理想のお尻に、秀美は日々癒《いや》されていた。

「でも、あなたに頼ってばかりじゃダメよね。他にも気晴らしの方法を見つけなくちゃ」

週末の街はサラリーマンやＯＬ、学生など、飲みに繰り出すグループであふれ返っている。秀美も明日は休みなので、久しぶりに外で飲みたい気分だった。

「ん？　誰からだろ」

スマートフォンが鳴動《めいどう》していた。発信者を確かめると、秀美は思わず笑顔になる。

何と素晴らしいタイミングだろう。


居酒屋『おふくろめし』は、通りから一本入った場所にある。昼間は定食屋として営業するこの店は、素朴な家庭料理が売りだ。ほとんどの席を、ワイシャツ姿の男性客が占めていた。

「美味《おい》しい！　やっぱり鯖《さば》の塩焼きは最高。肉じゃがもホクホクしてる」

「秀美って、相変わらず庶民的な味覚よねえ」

派手な美人顔の彼女――内海加奈子《うつみかなこ》は桜山製作所の社員にして、秀美の大学時代からの友人である。

所属部署は資材部仕入課。彼女は製造用資材を調達する係であり、商社や海外の仕入先との窓口を担当していた。英語と中国語を得意とするが、さらにスキルを高めるために他の外国語も勉強中だという。仕事に対する意欲は秀美に負けていない。

「最近は特に煮物系が好きなのよね。年取ったせいかしら」

「そうねえ。納谷先輩もアラサーですから」

「もう、加奈子もでしょ！」

いつものネタが飛び出し、声を合わせて笑う。二人とも年齢は同じだが、加奈子は院卒なので秀美より二年あとに入社している。

「こうしてお酒を飲むのも久しぶり。このところずっと忙しくて、睡眠時間を確保するので精一杯だったわ」

「秀美が忙しそうだから、私も誘うのを遠慮してたの。どう、仕事のほうは？」

秀美はビールを追加注文すると、一旦箸《はし》を置いて親友と向き合う。

加奈子は秀美のフェティシズムを知る唯一の友人。つまり、どんなことでも相談可能な相手だ。

鬱憤《うっぷん》が溜まっている現状もその原因も、彼女になら話せた。

「へええ、噂《うわさ》には聞いてたけど、マジで秀美を口説いてるんだ。若社長、なかなかお目が高い」

「からかわないで。本当に困ってるんだから！」

そう言いつつも、秀美の気持ちを和らげようと、わざとからかっているのは分かっていた。長い付き合いの加奈子は、言葉にしなくてもいろいろと察してくれる。

「うーん、参るよねえ。たいていの女性なら大喜びだけど」

加奈子は真顔になり、同情の眼差しを注《そそ》いできた。秀美の苦手なタイプも彼女は知っている。

「それにしても、一体どこで秀美を見初《みそ》めたんだろ。教えてくれたっていいのにね」

「み、見初《みそ》めたって……それはその、嘘に決まってるわ！」

秀美は投げやりに言ったが、嘘だと断定できないのが悩みどころだ。九十九本の薔薇《ばら》にしても、慧一の言動には本気が窺《うかが》える。

「とまあ、私のほうはそんなところ。加奈子は最近どうなの？」

これ以上慧一のことを話せば、ただの愚痴《ぐち》になってしまう。せっかくのお酒の席でそれは無粋《ぶすい》だし、加奈子に悪い。それに、『見初《みそ》める』という言葉が妙に照れくさかった。

「実は、資材部も結構忙しいのよね。近頃は仕入先の開拓に必死になってるわ。今のところ武宮《たけみや》物産が主な仕入先だけど、生産量の増加スピードに追いつかなくて。資材の安定確保のために、もっと大きな商社と契約しなくちゃ……」

「つまり、九野《くの》商事ね？」

秀美が言い当てると、加奈子はさすがという表情で頷く。加奈子ほどではないが、社長秘書の秀美も、あるていどの情報は把握していた。

「でも、なかなか難しいらしいの。なぜかと言えば……ほら、さっきの若社長よ」

「えっ」

まさか社長に問題が？　秀美は秘書として緊張する。

「ここだけの話、九野商事は桜山との契約に慎重になってるわ。新しい社長の力量がどんなものか、見極《みきわ》めてから話を進めたいのね。要するに資材の確保は、社長の経営者としての資質と手腕、それと人間性にかかってるわけ」

「……」

ずいぶんと現実的で重たい話だった。資材確保は、ものづくり企業の生命線だ。社長になったばかりの慧一に、その問題がいきなり伸《の》しかかってくるとは。

「世代交代が早すぎたんじゃない？　会長がもう少し長く社長でいてくれたら……」

秀美は微《かす》かに首を横に振った。慧一は軟派《なんぱ》な人だが、社長としての資質は十分に備わっている。だからこそ、あの厳格な会長が彼にバトンタッチしたのだ。

秀美はハッとし、加奈子が分けてくれた煮卵をぱくぱくと食べた。今、慧一のことを内心で擁護《ようご》した自分に気付き、一人で焦っている。彼のにやけた顔が目に浮かび、どうにも落ち着かない。

（私個人ではなく、あくまで秘書としての意見です！）

まるで慧一がそこにいるかのように、心の中で言い訳した。

「でも、会長が社長に就任したのも三十代の時だっけ。確か、お父様が急逝《きゅうせい》したとかで」

「あ、うん」

実は、会長も若くして社長になった。取締役のほとんどが親族とはいえ、全員が味方なわけではない。当時は若くて未熟な跡取りでは頼りないと、出資者からも不安の声が上がったそうだ。

「一時《いちじ》は解任が決議されかけたとか。そんなふうに自分が苦労したから、早めに世代交代したのかな。会長という役職を設けてそこに就《つ》いたのも、若社長をバックアップするためでしょ？」

「そうみたいね」

加奈子の推測は正しい。会長は明言しないが、秀美ら周りの人間はよく分かっている。

「まあ、交代しちゃったものはしょーがない。契約を勝ち取るためにも、社長には精一杯頑張ってもらわなきゃね。いざとなれば会長もついてるし、大丈夫でしょ」

加奈子はポジティブにまとめると、ビールを追加注文した。酔いが回ったのか、ずいぶんとご機嫌な様子だ。

「ところで秀美。若社長って、いい身体してるよね」

「へ？」

加奈子の酔眼《すいがん》が、意味ありげに秀美を見つめる。

「いかにもスポーツマンって感じじゃない。あれだったら、かなりイケてるんじゃない？」

「何が？」

言わんとすることが分からず、秀美は真顔で尋ねた。加奈子はけらけら笑うと、運ばれてきたビールをグイッと呷《あお》る。

「お尻だよ、お・し・り。あんたの理想に適《かな》う、魅惑のヒップラインでしょってこと！」

「はあ？」

突拍子《とっぴょうし》もない発言だった。そんなこと一度も考えたことがない。

絶句する秀美に、加奈子は目を丸くした。

「まさか、チェックしてないの？」

「あっ、当たり前でしょ！　どうしてあの人に、私がそんなこと……」

「変ねえ。いつもの秀美だったら、とうにチェック済みのはずだよ。あれほど秀逸《しゅういつ》な素材を見逃すなんて考えられない。お尻フェチとしてどうなの？　たるんでるわよ！」

「ちょっ……声、抑えて！」

加奈子は酔うと声が大きくなる。店内は賑《にぎ》やかだが、近くの席には聞こえてしまいそうだ。

「あーら、ごめんなさい。でもさ、チェックを怠《おこた》るなんて絶対に変でしょ。マジであんたらしくない。こりゃ、かなり調子が乱れてるわねえ」

テーブルに身を乗り出し、顔を近付けてくる。好奇心いっぱいの瞳から逃げるように、秀美は横を向いた。

「加奈子、ちょっと飲みすぎだよ。そろそろ帰ろう」

「ええー？　久しぶりなんだから、もう少し付き合ってよ。明日は休みでしょ？」

「ダーメ。私、午前零《れい》時には寝る習慣なの」

「相変わらずねえ」

加奈子はブツブツ言っているが、先ほどの話は忘れたようだ。秀美は密《ひそ》かに胸を撫で下ろす。

それにしても、彼女の指摘には驚いた。

(確かに調子が乱れてる……ううん、乱されてるわ)

秀美は体格のいい男性に出会うと、真っ先にパーツをチェックする。それなのに、加奈子に指摘されて初めて気が付くなんて。

桜山慧一の腰つきと、お尻――

どんなだったか思い出そうとしてしまい、頭を左右に振った。一体、何を考えているのか。

秀美は眼鏡《めがね》の位置を直し、バッグを手に立ち上がる。早く一人になって『彼』の写真を堪能《たんのう》しよう。あれ以上のものが、この世に存在するわけがない。

「行くよ、加奈子！」

「待ってよお。まだビールが残ってるし」

そわそわしながら、彼女がビールを飲み干すのを待つ。

どうしてこんなに落ち着かないのか、自分でもさっぱり分からなかった。


加奈子と飲んで秀美の鬱憤《うっぷん》は晴れた。その代わり、困った症状に悩まされている。

週明けの昼下がり、秀美は社長室にお茶を運んだ。ドアは開放してあるが、三浦はお使いに出ているので、慧一と二人きりの空間だ。仕事中だというのに、いつになく彼との距離を意識してしまう。

「社長、お茶をお淹《い》れしました」

「……ありがとう」

慧一は窓辺に立ち、思案げに顎《あご》を撫でていた。ついさっき、取引先とのランチミーティングから戻ったばかりなので、エスニック料理が口に合わなかったのかなと秀美は推測する。

窓の外は雨が降りしきっている。街は灰色の雲に閉ざされ、濡れたガラスに映るビルの輪郭《りんかく》がぼやけていた。

「どうも変だな」

「は？」

「いや、何でもない」

慧一はデスクの椅子に座ると、お茶を飲んだ。独《ひと》り言の意味は気になるが、何でもないと言われたら黙るほかない。秀美は深く考えず、フロントに下がろうとした。

「納谷君」

低い声で呼ばれ、秀美はギクッとする。

「はい、何でしょうか」

慧一は組み合わせた両手に顎《あご》を乗せ、秀美を見上げた。気のせいか、疑いの目で見られているように感じる。

「いや、どうも今朝から変なんだよ」

「変……と申しますと？」

慧一は勘が鋭い。ちょっとした表情の変化や仕草から、こちらの動揺を見抜くだろう。秀美は内心焦りながらも、ポーカーフェイスを貫《つらぬ》く。

「視線を感じるんだ」

「……視線？」

「誰かに、じっと見られているような気がしてね」

「……」

背中を冷たい汗が伝《つた》う。まるで、忍びの気配を捉《とら》える侍《さむらい》のごとき鋭さだ。

あなたは一体何者ですか！　と叫びそうになる。

しかし秀美は我慢した。懸命に自分をコントロールし、慧一の目をまっすぐに見返す。

「さあ、私は何も感じませんが」

「そうか……」

慧一は秀美から目を離さない。高まる緊張感に耐えられず、秀美はもっともらしいことを口にした。

「念のため、怪しい人物がいないかフロアを点検してみましょう。三浦さんにも、人の出入りには気を配るよう言っておきます」

「ああ、そこまでしなくていい。たぶん、俺の気のせいだから」

「しかし……」

「おかしなことを言ってすまない。大丈夫だから、君も仕事に戻ってくれ」

慧一は話を打ち切り、デスクに積まれた書類の処理に取りかかる。秀美は少し拍子抜けしつつも、逃げるように社長室を出た。

視線を感じる原因に心当たりはあるが、言えるわけがない。

（……秘書の私が、社長のお尻に注目しているなんて）

今朝、秀美はあらためて慧一の身体を眺め、体格の良さに感心した。いけないと思いつつ、これならパーツのほうも期待できるのでは――と、秘書にあるまじき興奮を覚えたのだ。

チラチラと隙《すき》を窺《うかが》うように、社長の後ろ姿を観察するという変態的な行為。秘書を口説く軟派《なんぱ》男だと文句を言いながら、その男の尻を追うなんて、自分のほうがよほどインモラルだ。

誰もいない給湯室《きゅうとうしつ》で湯呑み茶碗を洗いながら、秀美は一人赤面した。

「うわああ……恥ずかしすぎる！」

加奈子の指摘がきっかけとなり、慧一に対してフェティシズムを発動してしまった。慧一に実害はないけれど、これでは逆セクハラのようなものだ。

そうは思えど、どんなパーツなのか確かめずにはいられない。しかし、なかなかうまくいかず、好奇心は募《つの》るばかりだった。

会話する時はたいてい正面を向いているし、たまたま背を向けても、肝心な部分は上着の裾《すそ》に隠れている。

（お願いです。上着を脱ぐか、少し屈《かが》んでください！）

そんな念を送りすぎて、気取られてしまったのかもしれない。

万が一バレたら大変だ。慧一はまだしも、厳格な会長に知られたら即クビである。

秀美はゾッとするが、今は対策を練る余裕もない。

給湯室《きゅうとうしつ》を出ると、困った症状を持て余したまま仕事場に戻るのだった。


午後六時。長い一日がようやく終わろうとしている。

秀美は秘書課のオフィスで明日のスケジュールを確かめてから、パソコンの電源を切った。

（ああ、疲れた……）

一日中、見えそうで見えない慧一のパーツに翻弄《ほんろう》された。仕事をこなしつつ、気付かれないよう後ろ姿をチェックしていたものの、結局成果は上がらず、神経を消耗しただけ。

そして、問題はこれからである。仕事が終われば恒例のお誘いタイムが始まる。

今日の秀美は、彼の誘惑に抗《あらが》う自信がない。だから、誘われる前に必殺技を繰り出そうと決めていた。問答無用で『お断りいたします』と告げるのだ。

例の症状への対策は、今夜じっくり考えればいい。

(社長のパーツは気になるけど、一旦落ち着かなきゃ。クビになりたくないし)

――そうだな……君が社長秘書になった頃に。

耳の奥で『彼』の声が聞こえる。秘書の道を選んだ秀美は、高い理想を掲《かか》げて懸命に努力した。辛いことがあるたび『彼』に励まされ、今まで頑張ってきたのだ。

結局、社長秘書になっても『彼』とは再会できず、ただの思い出になりつつあるけれど。

「ううん、私はまだ信じてる。一時《いっとき》の欲望に負けて、これまでの努力を無駄にしてはダメよ！」

フロントに戻ると、秘書席の三浦が元気に挨拶《あいさつ》してくれた。

「納谷さん、お疲れ様ですっ」

「あと十五分ほどで会議が終わって、社長がお戻りになるわ。事務処理はもう済んだでしょ？」

「はい、完了しました」

「私も業務終了。今日は早めに上がりましょう」

「わっ、ほんとですか。嬉しいです！」

三浦は笑顔になる。いつも明るい彼女だが、今日は特に機嫌がいいようだ。

「どうしたの。何かいいことでもあった？」

「ええ、実はこれからカイトに行くんです。だから、ウキウキしちゃって」

「カイト……ああ、豊洲《とよす》のジム？」

以前、会長も通っていたスポーツクラブの名前だ。桜山製作所は法人会員なので、従業員は会社の福利厚生として格安で利用できる。

「今日はジムではなく、プールで泳ぎます。あと、キックボクシングですね」

「キックボクシングって、格闘技の？」

「はい。クラブの中に教室がオープンしたんです。まだ始めたばかりですが、楽しいですよ」

体育会系の三浦らしいアクティブな趣味だ。元気があり余っているのねと、秀美はちょっぴり羨《うらや》ましくなる。

（スポーツクラブか……もう長いこと行ってないなあ）

会長が通っていた頃は、秘書の秀美も自分用のプログラムを組み、一緒にトレーニングしていた。ジムにお供《とも》するのはれっきとした仕事だが、密《ひそ》かな楽しみでもあったのだ。

なぜならスポーツクラブでは、ハイレベルなパーツの持ち主に出会う確率が高い。しかも服装はTシャツやハーフパンツといった薄着だ。逞《たくま》しく、引き締まった身体の男性がトレーニングに励む姿を、ドキドキしながらチラ見する。秀美にとってジムは天国であり、至福の時間だった。

ただ残念なのは、『彼』に匹敵《ひってき》するパーツが見つからなかったこと。あれほどの逸品《いっぴん》は、そうそう転がっていない。だからこそ宝物なのだと、秀美は『彼』の価値を再認識する。

「そうだ、格闘技といえば――」

三浦がぽんと手を打ち、嬉しそうに言った。

「社長も腕に覚えがあるそうですよ。武道がお好きで、学生時代はかなり鍛《きた》えたとか」

「えっ、そうなの？」

秀美は『鍛《きた》えた』という単語に鋭く反応する。格闘家には優良パーツの持ち主が多い。

「ふ、ふうん。それは初耳だけど、仕事上必要のない情報ね」

興味のないふりをしつつも、心中では『そこのところ、もっと詳しく！』と叫んでいた。だが、まっすぐな性格の三浦に、そんな複雑な心理が通じるはずもない。

「納谷さんって、本当にクールですよね。社長はものすごく好意的なのに」

「……は？」

「重役と秘書は、コミュニケーションが大切だそうですよ」

三浦が言いたいことは、すぐに分かった。慧一と秀美の攻防戦を、彼女はたびたび目撃している。ただ、男が女を口説いているとは思っていないようだが。

「社長は納谷さんと打ち解けたいのだと思います。一度だけでも、食事をご一緒されてみては？」

「え……」

――一度だけでも？

秀美が黙り込むのを見て、気を悪くしたと思ったのだろう。三浦はぺこぺこと頭を下げた。

「すみません。私、出すぎたことを言いました！」

「ああ、違う違う。謝らなくていいの。でも、これは社長と私の問題だから……」

その時、パーティションの向こうから話し声が聞こえてきた。慧一と、もう一人は資材部長の仙《せん》石《ごく》だ。秀美は三浦とともに秘書席の前に立ち、彼らを出迎える。

「納谷君、会議資料のファイリングを頼む。あと、ドアを閉めておいてくれ。中で仙石さんと十分ばかり話をする」

「分かりました」

秀美は資料を受け取り、二人が入った社長室のドアを閉める。気のせいか、慧一の顔が険《けわ》しく見えた。

(資材部長と話……もしかして、この前加奈子が言ってたこと?)

桜山製作所は、新たな仕入先となる大手商社との契約を目指している。それには、社長の信頼度アップが必須条件だと加奈子が話していた。

(社長は今、大変な状況にあるんだわ。秘書の私が、余計なことに気を取られてる場合じゃない)

今日一日、秘書として不真面目だったと反省する。

しかし、三浦がもたらした情報と彼女の意見に刺激され、胸が高鳴ってもいた。

(このままでは、いずれ仕事に集中できなくなる。いっそのこと、一度だけでも食事を……)

秀美はハッとし、慌ててバカな考えを打ち払う。理性を失ってはダメだと自分に言い聞かせた。

仙石は十分ほどで社長室を出ていった。仕事があまり長引かずに済み、秀美はホッとする。

会議室の掃除を終えると、三浦を先に帰し、一人フロントに残った。そぼ降る雨の音が聞こえてきそうなほど静かである。

「今日の仕事は終了ね。あとは……」

慧一との攻防戦だけだ。秀美は小さく気合を入れて、社長室のドアをノックした。

「どうぞ」

「失礼します」

入室し、通常どおりドアは開け放しておく。密室にならないよう、今日は特に注意しなければ。

「納谷君、仕事は終わったかな？」

「はい」

慧一は帰り支度を始めていた。資材部長との話がうまくまとまったのか、表情はさっきより和らいでいる。

デスクのライトを消すと、いつものように秀美に近付いてきた。秀美は全身に力を込め、先制攻撃の構えに入る。彼が目の前に立ち、その唇が動くと同時に必殺技を繰り出すのだ。

「それじゃ、俺は帰るよ」

「……はっ？」

予期せぬ言葉が聞こえ、秀美は口をぱくぱくとさせる。

「え、あの……お帰りになられるのですか？」

「ああ」

あっさりとした返事。意外すぎる展開に、うまく対応できない。そんな秀美を見下ろし、慧一はひょいと肩をすくめた。

「さすがの俺も、とうとうあきらめたよ。君はどうしても付き合ってくれないみたいだからな」

「あ、あきらめ……た?」

秀美は耳を疑う。昨日まで、あんなに熱心に誘っていたのに。

真偽《しんぎ》を確かめたくて、彼の瞳を凝視《ぎょうし》する。その視線を避けるように、慧一はふっと睫毛《まつげ》を伏せた。

「過去の出会いも、思い出してくれそうにない。君は本当に冷たい人だ」

「そんな……」

冷たいと言われても困ってしまう。過去の出会いについては、どうしても思い出せないのだ。

「君の記憶から、俺は完全に消えてしまったんだな」

慧一の瞳は失望の色に満ちている。本当にあきらめるつもりのようだ。

秀美は焦燥感《しょうそうかん》に駆られた。歓迎すべき展開のはずなのに、なぜか納得がいかない。

「社長、でも私は……」

「何も言わなくていい。もう二度と誘わないから安心してくれ」

秀美の横をすり抜け、部屋を出ていく慧一。その後ろ姿を目で追っていると、どういうわけか見捨てられたような気持ちになる。秀美はほとんど反射的に叫んでいた。

「スポーツクラブなら、お付き合いいたします!」

罠《わな》に嵌《は》まったのかもしれない。

そう思い始めたのは、スポーツクラブに向かう車の中。隣に座る慧一の、楽しげな横顔に気付いてからだ。街明かりを映す瞳はきらきらと輝き、あきらめの色などどこにもない。

押してダメなら引いてみな——

そんな言葉が胸に浮かぶ。女性を口説くための古典的なテクニックだ。

(違う、口説かれたわけじゃない。私はただ、社長のパーツが気になるだけ。フェチとして、それを確かめるチャンスが欲しかっただけなんだから!)

心の中で言い訳するが、罠《わな》に引っかかってしまったのは事実だ。要するに敗北である。

(仕方ないでしょ、フェチなんだもの)

秀美は開き直り、このチャンスを生かすことに決めた。こうなったら、社長のパーツをしっかり確かめてやる。確かめてやる。一度確認すれば、困った症状に悩まされることもなくなるだろう。

どんなパーツであろうと、どうせ『彼』には敵《かな》わないのだから。

「友部さん、お疲れ様です。帰りはタクシーを使うので、今日は上がってください」

「承知いたしました、社長。それでは失礼します」

スポーツクラブの前で運転手を帰すと、慧一は嬉しそうに笑った。秀美には、悪だくみを成功させて喜ぶ少年の顔に見える。

「さてと、行こうか。俺の健康管理をしっかりと頼むよ、秘書さん」

「も、もちろんです。そのためにお付き合いするのですから」

秀美は仕事モードで慧一と向き合い、これは業務の一環だと強調した。

二人はまずレセプションに向かう。

「入会のお手続きをいたしますので、どうぞこちらへ」

カウンター横の椅子ではなく、応接室に案内された。社長ともなると、一般会員とは扱いが違うのだ。

慧一はパンフレットを眺めながら秀美に尋ねた。

「フロアが二つに分かれているな。親父はどっちを利用してたんだ？」

「会長はスタンダードフロアです」

カイトスポーツクラブには、エグゼクティブフロアというものが用意されている。設備もプログラムの内容も充実していて、一流トレーナーがマンツーマンでサポートしてくれるのだ。

その名のとおり、高いステイタスを持つ人々が利用している。プロのスポーツ選手や、著名な文化人などを見かけることもあった。

しかし、会長はスタンダードフロアを選択していた。贅沢《ぜいたく》が嫌いなのと、同業者に会うのが煩《わずら》わしいというのが理由だ。スポーツクラブを社交場代わりにする重役もいるが、会長はそういったことを好まなかった。

「なるほど、親父らしい」

慧一は笑うと、申込み用紙に必要事項を記入する。達筆な字で項目を埋めていき、会長と同じようにスタンダードフロアを選択した。

「いいんですか？」

「ああ。俺は贅沢《ぜいたく》は嫌いじゃないし、ここを社交場にするのも悪くない。だが、それよりも……」

秀美を見ながら、にやりとする彼。何だか妖《あや》しい目つきだった。

「一応訊《き》くが、君もスタンダードだろ？」

「ええ、もちろん」

社長秘書とはいえ、秀美はあくまで一般社員だ。エグゼクティブフロアなどとても利用できない。だけど、それがどうしたと言うのだろう。

「では、カルテをお作りいたします。このましばらくお待ちください」

受付係の女性が応接室から出ていくと、慧一は身を寄せてきた。肩が触れ合うほどに距離が近い。

「あ、あの？」

急な接近に秀美はたじろぐが、彼は構わず耳元で囁《ささや》く。

「君が汗にまみれてトレーニングする姿を見たい。だから、同じフロアに決めたんだ」

「は……はああ？」

何を言っているのだ、この男は。秀美が狼狽《ろうばい》するのを見て、慧一はさも可笑《おか》しそうに肩を震わせる。また秀美をからかっているのだ。

「いっ、今の発言はセクハラですよ！」

「そうかな？」

とぼけた態度に腹が立つが、正々堂々と怒ることはできない。秀美自身、欲望に根ざした企《たくら》みを持っているからだ。

「セクハラねえ。俺なんか、まだ可愛いほうだと思うけど？」

「えっ？」

慧一は意味ありげな目つきで秀美の顔を覗《のぞ》き込む。

「社長、それはどういう……」

嫌な予感がして、途中で口をつぐむ。

（もしや、社長は既に私のフェチを見抜いている？　……まさか、そんなことが）

受付係が戻ってきた。秀美は慧一からサッと離れ、澄ました顔で前を向く。けれど、心の内は激しく動揺していた。

「お待たせいたしました。こちらがカルテです。トレーニングを開始される前に、担当のインストラクターにお渡しください」

説明を聞きながら、隣の彼をそっと窺《うかが》う。どうということもない横顔に見えた。

（大丈夫、頑張れ私。バレるはずがない！）

秀美は不安を抑えつけ、自分を鼓舞《こぶ》した。


スポーツクラブに来るのは予定外だったので、慧一も秀美も着替えの用意がない。二人はクラブ内のショップで必要なものを購入することにした。

「水着はいいのか？」

ウエアを選んでいると、慧一が声をかけてきた。秀美は左右にぶんぶんと首を振る。この軟派男《なんぱ》とプールだなんて、とんでもない。パーツを観賞するどころか、逆に身体を見られてしまう。

「私は泳ぎませんので！」

「それは残念」

きっぱりと拒否しても、慧一は嬉しそうだ。思いどおりに事が運んで、ご機嫌なのだろう。こちらは出費がかさむ上、ふざけた社長に付き合わなければならないというのに。

そんなことを考えながらレジに進むと、慧一が秀美のぶんもカードで払おうとした。

「待ってください。私、自分で払います！」

「いいよ。君には日頃から世話になってるし、これぐらい安いもんだ」

彼はそう言って、さっさと会計を済ませてしまった。

太っ腹な発言に感心するが、どうにも落ち着かない。社長の世話をするのは秘書として当然のことなのに、こんなふうに親切にされると決意が揺らいでしまう。

(ダメダメ、ここはクールに決めなくちゃ！)

そう念じながら更衣室で着替え、ジムに向かった。廊下のガラス窓から中を覗《のぞ》くと、様々な世代の男女がトレーニングしている。だが、その多くは若い男性だった。

「相変わらず、素晴らしい光景だわ」

若い女性も結構いる。彼女達の視線は、なぜか一定の方向に集まっていた。

もしやと思いそちらを見ると、やはり慧一がいた。こちらに背を向け、インストラクターの男性と話をしている。

「ん？　――ああっ、あれは……」

秀美は目を剥《む》き、窓にへばりついた。

慧一の身体は逞《たくま》しく、ほどよくフィットした薄い布地が、美しい輪郭線《りんかくせん》を描いている。秀美は理性を激しく揺さぶられた。単なるTシャツと短パン姿なのに、この吸引力は何なのだろう。

腰のラインもなかなかのもの。しかし、ただ立っているだけでは肝心の部分がハッキリしない。もどかしさを感じるが、トレーニングが始まればチャンスはすぐに訪れるだろう。

急に慧一が振り向くので、秀美はドキッとした。彼はこちらを見て『早く来い』と手招きする。

「は、はいっ。ただいま！」

秀美は急いでジムに入り、生真面目《きまじめ》な顔で慧一に近付く。彼の下半身に目が行きそうになり、不自然に視線を泳がせた。

(ジロジロ見てはダメ。さり気なくチラ見するのよ！)

「どうした。具合でも悪いのか？」

「えっ……いえ、そんなことはないです」

「ふうん。無理はするなよ」

ちょっとした表情の変化が、大きなミスに繋がる。慧一は油断ならないターゲットなのだ。

「しかし、君のそんな姿は初めて見るが、なかなかいいもんだね」

「はい？」

慧一は秀美の全身を見回し、満足そうに微笑んだ。

言われてみれば、秀美もTシャツとハーフパンツというラフな格好だ。いつものパンツスーツに比べて肌の露出が多く、身体のラインも出てしまっている。

「へっ、変な目で見ないでください！」

自分のことを棚に上げて秀美が言うと、慧一はますます嬉しそうに目尻を垂らす。もはやイケメン社長ではなく、ただのスケベ男になっていた。

(もう、いやらしいんだから！)

欲望を隠そうともしない慧一に、秀美は怒るより呆れてしまう。

インストラクターの男性からプログラムについて説明を受けたあと、早速トレーニングを始める。

慧一はアメリカでもジムに通っていたらしく、マシンの扱いに慣れていた。秀美も以前ここに通っていたので、スムーズにメニューをこなすことができる。

バイク、ストレッチ、筋トレ、ウォーキングと、順調に進んでいった。

隣のランニングマシンから、慧一が話しかけてくる。

「身体を動かすのは楽しいいな。来て良かったよ、納谷君」

「それは何よりです」

秀美は平静を装って返事をするが、内心焦り始めていた。このウォーキングでトレーニングメニューは終了である。それなのにまだ、慧一のパーツを確認できていない。どういうわけか、まったく隙《すき》がないのだ。

(全然背中を見せてくれない。それとなく後ろに回ろうとしても、すぐにこっちを向くし……)

——セクハラねえ。俺なんか、まだ可愛いほうだと思うけど？

もしや、本当にフェチがバレているのでは。慧一の意味ありげな目つきが脳裏をよぎり、秀美の心拍数はどんどんアップする。マシンが止まる頃には、完全に息が上がっていた。

「納谷君」

「は、はいっ」

慧一の声は怒っているかのように低かった。彼はマシンを降りると秀美のほうに歩いてきて、耳元に口を近付ける。不安でいっぱいの秀美は、何を言われるのかとドキドキして、瞬《まばた》きすらできない。

「汗にまみれて息を乱す君は、最高にセクシーだ」

「……なっ」

秀美が驚くのを見て、慧一は楽しげに笑った。

彼の隙《すき》を窺《うかが》うのに夢中で、自分の姿など気にも留めなかった。顔も身体も汗ぐっしょりで、Tシャツの胸元が濡れた素肌に張りついている。

その上、さっきまでマシンの上で喘《あえ》いでいたのだ。不安は吹き飛び、代わりに羞恥心《しゅうちしん》が湧いてくる。

「もっ、もう帰りますよ！　シャワーを浴びて、早く着替えてください」

「OK。ロビーで待ってるよ」

あんなに運動したのに、慧一は疲れた様子もなく涼しい顔をしている。余裕の笑みを浮かべると、インストラクターにカルテを渡し、すたすたと出口に向かった。

「な、何なのよ、もうっ」

頬も首筋も燃えるように熱い。膝《ひざ》が震えて、しばらくその場を動けなかった。

秀美はシャワーを浴びると、パンツスーツに着替えた。パウダールームで髪を乾かし、簡単にメイクする。眼鏡《めがね》をかければ、クールな秘書の出来上がり。

「うん、いつもの私になった」

気分は落ち着いたけれど、身体はまだ火照《ほて》っている。慧一は油断できないターゲット。それを忘れて、逆に隙《すき》を見せてしまった。

しかし、冷静に考えるとどうもおかしい。秀美は特にスタイルがいいわけでもなく、胸も普通サイズだ。観賞するに値《あたい》しない身体だと自覚している。慧一はよほどの物好きなのか、それとも、やっぱりからかっているだけなのか。いや、そんなことよりも――

彼は秀美の視線に気付いている。あの目、あの口ぶりから考えるに、まず間違いない。

でも、秀美が白状しない限り、パーツフェチだという証拠はない。もし言い当てられても『気のせいですよ』で逃げきろう。

「社長のパーツなんて、もうどうでもいい。だって、私にはあなたがいるもの」

スマートフォンをタップして『彼』の写真を開く。完璧なバックスタイルが、勇気と力を与えてくれる。『彼』はいつだって秀美のエネルギー源だ。

更衣室を出てロビーへと急ぐ。『彼』に励まされた今、何があろうと動揺しない自信がある。フェチを指摘されても、うまくかわせるだろう。

慧一はテーブルが並ぶロビーの一番奥にいた。ガラス張りの窓際に立ち、スマートフォンを弄《いじ》っている。ジャケットは着ておらず、ワイシャツとスラックスという出《い》で立ちだ。

秀美は思わず足を止めた。彼はパーツが丸見えの格好で、こちらに背を向けている。しかも手すりにもたれて、少し前屈《まえかが》みの姿勢になっていた。

「ちょっと待って。これって……」

千載一遇《せんざいいちぐう》の大チャンスだ。社長のパーツなんて、もうどうでもいい——そう言った舌の根も乾かぬうちに、欲望が再燃《さいねん》する。

秀美は深呼吸すると、パンプスを前に進めた。

年配の男女が、テーブルを囲んで談笑している。秀美の足音は彼らの笑い声にかき消され、慧一に気取られずに近付くことができた。

慧一はどこかに電話をかけたようで、スマートフォンを耳に当て、何か話している。

ターゲットまでの距離五メートル、四メートル——

ついに射程圏内に入った。秀美は彼の真後ろから、ハッキリとそのラインを捉《とら》える。

「……」

衝撃のあまり声を失った。引き締まったウエストから続くのは、逞《たくま》しくも美しい男のヒップライン。その理想的な形状に、秀美の目は釘づけになる。

(すごいわ。これほど見事なパーツ、どんな写真集にも載ってない!)

慧一のスラックスはイタリアンブランド。男性のプロポーションをセクシーに演出するデザインだ。滑《なめ》らかな生地に包まれた魅惑のラインに見惚《みと》れ、ため息が漏れてしまう。

桜山慧一は『彼』に勝るとも劣らないパーツの持ち主だった。

「納谷君」

突然名前を呼ばれ、その場に立ちすくんだ。慧一はスマートフォンを持つ手を下ろすと、身体ごとゆっくり振り向く。秀美を見つめる目は勝ち誇っていた。

秀美はパニックに陥《おちい》る。こんな場合どうすればいいのか、考えようとしても頭が働かない。完璧なパーツから受けた衝撃とその余韻《よいん》が、思考を麻痺《まひ》させている。

「君は、俺のどこを見ていた？」

ぞっとするほど低く、色気に満ちた声。秀美の混乱に拍車をかける、魔王の囁《ささや》きだった。

「私は……その、あの……」

「正直に答えろ」

彼は目の前に来ると、上半身を屈《かが》めた。威圧感が半端なく、秀美は何も考えられない。

「みっ、見てません。社長のお尻なんて全然……あっ！」

手のひらで口を押さえる。だけど、もう遅かった。

「ほう、俺の尻をね」

「ちっ、違います！　私は、そんなつもりじゃ……」

言い訳しようとするが、うまく言葉が続かない。秀美はもはや囚《とら》われの身も同然だった。

「ふむ……とりあえず外に出るか」

「は、はい？」

慧一は秀美の背後を見ている。振り向くと、年配の男女が心配そうにこちらを窺《うかが》っていた。秀美がナンパされて困っていると思われたのかもしれない。

「そうですね、早く出ましょう」

桜山製作所の若社長が、スポーツクラブでナンパ——などと変な噂《うわさ》が立てば、会社の評判に悪影響を及ぼす。秀美は秘書モードに切り替え、慧一の後ろを澄ました顔でついていった。

外に出ると雨はやんでいた。風はないが、空気がひんやりしている。

「納谷君、少し歩こうか」

慧一の口調は穏やかだが、有無を言わさぬ強い響きがある。秀美に拒《こば》む権利はなく、大人しく従うほかない。

「は、はい……」

秀美は秘書モードを解除すると、手の甲で額《ひたい》の汗を拭《ぬぐ》った。依然としてピンチは続いている。フェチがバレてしまったのだ。しかも自白という、ごまかしようのない最悪の形で。

「ほら、貸してみろ」

慧一は腕を伸ばし、秀美の荷物をひょいと取り上げた。ビジネスバッグと、トレーニングウエアを詰め込んだ手提《てさ》げ袋だ。

「そんな、大丈夫です。自分で持ちます」

「いいから、おいで」

二人は夜の街を歩き出す。秀美は緊張しっぱなしだが、慧一は尋問《じんもん》を始めるでもなく、前を向いて歩いている。その端整な横顔は静かで、何を考えているのか読み取れない。

「九時か。そういえば飯を食べていなかったな」

「……え？」

「すぐそこに美味《うま》い店がある。食事でもしながら、じっくり話そうか」

秀美はたじろいだ。じっくり話すというのは、要するに尋問だろう。

けれど、拒《こば》むことはできない。これから先、自分がどうなるのかは慧一の胸三寸《むねさんずん》。秀美の命運は彼が握っている。

「……分かりました」

素直に返事をすると、慧一は当然といった顔で頷く。これまで必死に守ってきた砦《とりで》が、ついに陥《かん》落《らく》したのだ。勝者である慧一に、秀美はなすすべもなく連行された。

「エストレリャ・ポラル……有名なスペイン料理のお店ですね」

横断歩道を渡ってすぐの場所に、そのレストランはあった。商業ビルの二階に店舗が入っている。

「ああ。オーナーは南波玲央《なんばれお》といって、俺の古い友人だ」

「そうなんですか？」

エストレリャ・ポラルはグルメ本のみならず、ファッション誌でも紹介されるほどの有名店だ。オーナーシェフの南波玲央は、本場スペインで修業した料理人。豪傑《ごうけつ》風のコワモテに似合わず、繊細な味覚と創作センスの持ち主だと評判である。

(料理人と友達だなんて、ちょっと意外)

慧一が入り口のドアを開けると、ギターの演奏と香ばしい匂いが流れてきた。エントランス横の待合いスペースに、何人かの客が座っている。人気の店だけに、この時間でも満席のようだ。

「待ち時間がありそうですね」

秀美の言葉に、慧一は「問題ない」と返した。

「電話で予約してあるから、すぐに案内してもらえるよ」

「予約?」

(ここに来ることは予定になかったのに、いつの間に電話なんて……)

秀美は「あっ」と声を上げる。スポーツクラブのロビーで、慧一はスマートフォンを使っていた。

「まさか、あの時?　でも、どうして――」

「今朝からずっと、誰かの視線を感じていた。それが君のものだったと、あの時確信できたからな」

慧一はとっくに勘付《かんづ》いていたのだ。やはり、最初から秀美を罠《わな》に嵌《は》めるつもりで行動していたのだろう。

「俺の背後に忍び寄る君が、ガラスに映っていたんだ」

「そんな……じゃあ、わざと誘ったんですね。後ろ姿を餌《えさ》にして」

「正しくは、尻を餌《えさ》に……だろ?」

顔から火が出そうだった。ポーカーフェイスを保てず、秀美は素《す》のままを晒《さら》している。

「あんまりです！　私は……」

「おう、こんなところで愛の告白かい？　硬派一筋のお前も、ついにその気になったか！」

野太い男の声が頭上でとどろき、秀美は跳び上がってしまう。慧一は真顔になり、その男から庇《かば》うように秀美の前に立った。

「南波、びっくりさせるなよ」

この店のオーナーの名前だ。秀美は慧一の背中から、そっと覗《のぞ》いた。

天井に届きそうなほどの背丈に、プロレスラー並みのマッスルボディ。眉は太く、目はぱっちりとしていて、鼻も口も大きい。雑誌で見たとおりの豪快な風貌《ふうぼう》である。

スタイリッシュな慧一とはまったく異なるタイプだ。古い友人というのは本当だろうか。

「ワハハ……すまん、すまん。愛の告白を邪魔しちまったようだな」

「さっきから何を言ってるんだ。ちょっと落ち着け」

慧一は困ったように笑うと、秀美の腰に腕を回し、南波の前に押し出した。

「あっ、あの……社長？」

「大丈夫、取って食いやしない」

南波は目をぎょろりとさせて、秀美に一歩近付く。巨体を包むコックコートから、オリーブオイルの香りがした。

「どうも、南波玲央と申します。慧一とは高校からの付き合いで、まあ、腐れ縁ってやつだな」

差し出された右手を、恐る恐る握り返す。分厚《ぶあつ》い手はグローブのようだ。

「初めまして。納谷秀美と申します。桜山社長の秘書を務めております」

「おいおい、今夜はプライベートだろう？　堅苦しい挨拶《あいさつ》は抜きでいい。ダチになるなら握手で十分だ」

戸惑う秀美に構わず、南波はぎゅうぎゅうと手を握ってくる。コワモテの笑顔がちょっと怖い。

「挨拶《あいさつ》はそのくらいにして、早く案内してくれ。腹が減ってるんだ」

慧一が間に割って入り、南波を引きはがした。秀美を後ろに下がらせ、隠すように前に立つ。

「おおっと、すまねえ。ちょっと荒っぽかったかな」

南波は秀美の顔を覗《のぞ》き込み、豪快に笑った。悪かったという態度ではない。

「おい、南波」

「分かった、分かった」

タイプは違えど、彼らは確かに親友のようだ。やり取りには遠慮がなく、古い友人同士ならではのリズムがある。

「それでは、二名様をご案内だ。さあさあ、こちらにどうぞ」

店は思ったより奥行きがあった。テーブルもゆったりと配置されている。

「驚かせてすまない。あいつは何というか、豪快すぎて……悪気はないんだが」

「い、いえ。大丈夫です」

ふいに耳打ちされて、秀美はドキッとした。とても真面目で誠実な口調だった。

さっきから、妙な違和感を覚える。慧一の雰囲気が、どこかいつもと違うのだ。

「どうした？」

「すみません、何でもないです」

思わず立ち止まりかけて、すぐに歩き出す。

遠い昔……いや、それほど昔ではないかもしれない。彼のような男性に出会った憶《おぼ》えがある。具体的な映像が浮かばない、とても曖昧《あいまい》な記憶だけれど。

違和感といえば、南波の言葉も引っかかっていた。

――硬派一筋のお前も、ついにその気になったか！

慧一は秘書を口説いたりセクハラ発言したり、少なくとも秀美にとっては軟派《なんぱ》男である。南波は古い友人なのに、どうしてそんな誤解を？　それに、その気になったとはどういう意味だろう。

（もう、何でもいいわ。そんなことより、目の前の問題に対処しなくちゃ）

秀美は雑念をシャットアウトする。社長にフェチがバレて、会社をクビになるかどうかの瀬戸際《せとぎわ》なのだ。余計なことは考えず、この危機を回避しなくては。

店の奥まったスペースに、個室が二つ並んでいた。一方には客が入っているらしく、ドアが閉めてある。慧一と秀美は、もう片方の部屋に通された。

「ちょうどキャンセルが出たんだよ。今夜はラッキーだぞ、慧一」

少人数向けの個室だが、天井が高いので広く感じる。アーチ窓にはステンドグラスが使われ、壁面を飾るモザイクタイルも美しい。流れるギター音楽が、異国情緒を盛り立てていた。

四人掛けのテーブルが中央に置かれ、光量を抑えたランプが周囲を淡く照らしている。

南波に促《うなが》され、秀美は椅子に腰かけた。慧一もその正面に座る。

「さて、俺は厨房《ちゅうぼう》に戻るぜ。お二人さん、どうぞごゆっくり」

南波と入れ替わりで、制服を着たスタッフが入ってきた。それぞれメニューを受け取ると、慧一が飲み物を何にするかと尋ねてくる。

「えっ、まさかお酒を飲むのですか？」

「もちろん。帰りはタクシーを呼ぶし、構わないだろ」

秀美が心配しているのは車のことではない。男性とお酒を飲むこと、それは自分にとって特別な意味を持つ行為だ。しかも慧一と二人きりとなれば、なおさら抵抗がある。

「ワインにする？　スペイン産に限らず、いろいろ揃ってるぞ」

「……では、グラスワインでお願いします」

ボトルを一本空けるほど長居したくない。夜遅くまでダラダラ付き合うなんてごめんだ。

秀美の意図に気付いてか、慧一が睨《にら》んできた。

「やっぱり酒は俺が選ぶ。いいね」

彼の威圧的な態度に、秀美は畏縮《いしゅく》する。弱みを握られているので逆らえない。

「ううっ……はい、お任せします」

「よろしい」

喜々としてボトルを選ぶ慧一を、メニューの陰から睨《にら》み返す。パーツは双璧《そうへき》だが、『彼』とは大違いだ。桜山慧一は誠実でも真面目でもなく、ましてや硬派でもない！

不満に思いながらも向き合っていると、まずはボトルが運ばれてくる。

慧一が選んだ酒は、バレンシア地方原産の葡萄《ぶどう》を使った赤ワインだった。野性的な風味が、豊かな大地とまぶしい太陽をイメージさせる。一口飲んで、秀美は思わず声を上げた。

「美味《おい》しい！」

「だろ？　南波セレクションの一本だよ。あいつは一流の料理人にして、ワインの目利《めき》きでもあるんだ。スペインにいた頃も、あちこちの醸造元を回ったらしい」

南波は大学を卒業後すぐスペインに渡り、現地のレストランで修業したそうだ。アンダルシア、バレンシア、カタルーニャ……地方ごとに異なる味を習得したという。

「郷土料理をベースにした、家庭的な味が理想だそうだ。俺の好みでもあるな」

それなら秀美の好みにも当てはまる。慧一の話を聞くうちに、食事が楽しみになってきた。

「ほら、来たぞ」

香ばしい匂いとともに、料理が運ばれてきた。

「わあ、美味《おい》しそう」

早く食事を終えたくて短いコースを選んだが、それでは足りない気がする。こんな時にお腹が空くなんて、我ながら神経が太い。

「足りなければ追加するといい。遠慮するな」

「はっ、はい。いただきます」

考えを見抜かれたようだ。ばつが悪いけれど空腹には勝てず、どんどん食べていく。

水牛モッツァレラとアンチョビのサラダ。熱々のアヒージョに、魚介たっぷりのパエリア。ワカサギのエスカベッチェも、若鶏のチリンドロンも、蕩《とろ》けそうなほど美味《おい》しい。

エストレリャ・ポラルのスペイン料理は最高だった。雑誌で紹介されていたとおり、南波玲央の腕前は素晴らしい。調理はもちろん、盛りつけにも高度なセンスが窺《うかが》える。

色彩のバランスがよく、海老《えび》やムール貝などの配置も絶妙なのだ。そして何より、素朴な味が口に合う。どの料理にも家庭的な温かみがあった。

「どうやら堪能《たんのう》したみたいだな」

「えっ？」

デザートを食べていた秀美は、ハッとして顔を上げる。見れば、慧一は既に食事を終えていた。彼はワインボトルを手に取り、軽く振ってみせる。

「南波の料理は、グラスワインじゃ不足だろ」

いつの間にかボトルが空《から》になっている。料理があまりにも美味《おい》しくて、秀美もついつい飲んでしまったのだ。

「もう一本いくか？」

「いえっ、もう結構ですので！」

秀美はデザート用のフォークを置いて、グラスの水を飲んだ。腕時計を見ると、午後十時を回っている。自分の置かれている状況を忘れ、食事に夢中になってしまった。

「気持ちいいくらいの食べっぷりだ。話を切り出す間もなかったよ」

慧一は呆れたように言うが、顔は笑っている。秀美はかあっと熱くなる頬を手で押さえた。

「す、すみません。私としたことが……」

「いいよ、食事は楽しむものだ。それに、もう俺の前で気取る必要はないだろ」

「う……」

フェチが露見《ろけん》した今、秀美はいわば丸裸の状態だ。表情を取り繕《つくろ》っても仕方ない。正面を向いて、しっかりと話そう。

「……あの、社長」

「うん？」

秀美は慧一をまっすぐに見つめた。秘書としての道が続くのか、閉ざされるのか――運命は、この人が握っている。

「私は本日、社長秘書としてあるまじき行為をいたしました。本当に申し訳ございません」

「……」

慧一はしばらく無言でいたが、やがて口を開く。

「君、パーツフェチってやつ？」

「はい」

彼の態度は真摯《しんし》だった。からかわれると思っていた秀美は、かえって恥ずかしさを覚える。

「そうか。でも、そんな気はしてたんだ」

独《ひと》り言のような、小さな呟《つぶや》きだった。ギターをかき鳴らす音が被さり、よく聞き取れない。

「えっ、何でしょうか？」

「いや、こっちの話。ともかく、パーツフェチなんてそこまで珍しい性癖《せいへき》でもないだろ。異性の身体に魅力を感じるのは自然なことだし、それがちょっとばかり極端なだけでさ」

「社長……」

慧一はパーツフェチに理解を示した。予想とは異なる流れが、秀美の緊張をほぐしていく。考えてみれば、慧一は厳格な会長とは正反対のタイプだ。さらに秀美とは同世代であり、価値観や感覚も近い。もしかして許されるのではないかと、希望を持ちかけた瞬間――

「ただ、君の場合は尻フェチときた。しかも俺をターゲットにしたのはまずかったな。親父にバレたら、大変なことになりそうだ」

「なっ……」

慧一は椅子の上でふんぞり返った。さっきまでの真摯《しんし》な態度はどこへやら。狡猾《こうかつ》そうに目を光らせ、真っ黒な笑みを浮かべている。

「親父は君を信頼している。まさか息子の尻に欲情するとは、夢にも思わんだろう」

「よ、欲情って……」

ストレートな表現に反感を覚えるが、否定はできない。慧一に対してフェティシズムを発動し、魅惑的なパーツに興奮したのは事実だ。

「モラルにうるさい親父がどう対処するのか、君にも想像がつくはずだ」

「ううっ」

人の気持ちを浮上させておいて、思いきり叩き落とすというひどいやり方。秀美は期待したぶん、致命的なダメージを受けた。自力では立ち上がれないほどに。

「秘書としての努力も実績も、無に帰《き》するだろう」

そのとおりだ。もしクビを免《まぬか》れたとしても、他部署に異動させられる。

(せっかくここまで頑張ってきたのに……)

――秘書の仕事は厳しいけれど、やりがいがあると聞きます。頑張ってください。

今も忘れられない『彼』の言葉。同期の男に傷つけられた秀美を、力強く励ましてくれた。そんな『彼』との繋がりが完全に絶たれてしまうなんて、絶対に嫌だ。

「社長、一生のお願いです。今回だけは見逃《みのが》してください！　これからはお尻のことなど忘れて、秘書の仕事に打ち込みます。ですから、会長にはどうかご内密に！」

もはや慧一に泣きつくほかない。情けないけれど、これが現実だった。

「秘書を続けたいのか」

「はい！」

秀美は必死の思いで返事をした。慧一はテーブルに上体を乗り出すと、近い距離から秀美の顔をじっと見つめる。いつの間にか、黒い微笑は消えていた。

「分かった。フェチについては俺の胸に納めよう。親父にも誰にも言わないでおく」

「ほっ、本当ですか？」

真剣な気持ちが通じたようだ。秀美は笑顔になるが、慧一はそのままの体勢で言葉を続けた。

「その代わり、条件がある」

「……え？」

二人の間にシリアスな空気が立ち込め、秀美は再び緊張感に支配される。やはり、そう簡単には許してくれないらしい。

「一体、どんな条件でしょうか」

恐る恐る尋ねると、慧一は表情を引き締めた。

「結婚を前提に、俺と付き合うこと」

「……」

秀美は絶句する。慧一と初めて会った、あの日と同じである。自分のことを『お姫様』と呼び、薔薇《ばら》の花束を差し出す彼に、秀美は言葉を失った。

「冗談……ですよね？」

ようやく口を開くも、声が震えてしまう。慧一は答えず、厳しい顔つきで秀美を見つめている。

「ちょっと待ってください。いくら何でも、そんな……」

「俺の気持ちは、君も分かってるはずだ」

たじろぐ秀美を、情熱的な眼差しが捕まえた。九十九本の薔薇《ばら》に込められたメッセージと、日々のアプローチ。それらすべてが本気なのだと、彼の眼力《がんりき》が教えている。

「でも、結婚なんて……そんなこと約束できません！」

「なぜだ。君にとっても、望ましい話だと思うぞ？」

「はいぃ？」

どこが望ましいというのか。クビを免《まぬか》れたのはありがたいが、そんな無茶な条件を呑めるわけがない。人の弱みにつけ込むなんて、とんでもない男だ。

きつく睨《にら》みつけるが、敵はまったく動じない。それどころか、自信ありげに根拠を述べた。

「つまり、こういうことだ。この条件を呑めば、君はいつでもどこでも、好きなように俺のパーツを観賞できる。ただの社長と秘書なら逆セクハラで問題になるが、恋人関係なら構わないだろ」

秀美は目を瞬《しばた》かせた。今、とんでもないことを聞いた気がする。

（パーツを観賞できる？　いつでもどこでも、好きなように？）

慧一は厳しい顔つきから一転、にこやかに微笑んでいる。秀美の表情に、確かな手応《てごた》えを感じたのだろう。

「なっ、何を仰《おっしゃ》いますやら！　私は別に……」

「君が望むなら、どんなポーズでも決めてやるぞ。リクエストがあれば遠慮なく言うといい。あらゆるシチュエーションに対応するつもりだ」

（な、何ですって――？）

衝撃のあまり、秀美の理性は音を立てて崩壊した。

（あの完璧な腰つきと、ヒップラインを観賞させてくれるの？『彼』に勝るとも劣らぬ魅惑のバックスタイルを、好きなシチュエーションで楽しめるですって？　そんな夢みたいな話、あるわけがない。信じられない）

慧一の顔を、穴が開くほど見つめ返す。秀美はもはや、ただのフェチ女になっていた。

「俺を信用しろ。何なら、生《なま》を見せてやってもいいぜ？」

「なななっ……なまッ？」

つまり裸の状態ということ。慧一は、そこまで覚悟を決めているのだ。

「べべっ、別に生はいいですっ。私は着衣の状態に萌《も》えるタイプですので！」

「ふうん。例えば、どんなコスチュームがお望みかな？」

慧一との会話は、秀美が条件を呑んだという前提で進んでいる。そんな策士の誘導にも気付かないほど、秀美は興奮していた。

「そうですね。スラックスとか、デニムとか。あと、作業ズボンとか……」

「作業ズボン？」

「ええ、作業服のズボンです」

秀美は『彼』の写真を思い浮かべ、ぽっと頬を染める。慧一ならば、あのバックスタイルを見事に再現できるだろう。

「なるほど。やっぱりそうか」

慧一はそう呟《つぶや》くと、立ち上がってテーブルを回り込み、秀美のことも立たせる。

「えっ、あの……社長？」

「作業ズボンくらい、いくらでも穿《は》いてやる。俺の尻で、君をメロメロにしてやるよ」

「ほ、本当ですかっ？」

それは秀美にとって、何より強烈な誘い文句だった。腰に腕を回され、抱き寄せられても抵抗しない。鼻先が触れ合うほど顔を近付けられても、目を合わせたまま。

「決まりだな」

唇が重ねられたところで微《かす》かに逆らったけれど、もう手遅れ。

いつしか瞼《まぶた》を閉じて、慧一の力強い腕に身を任せていた。


「おいおい、ずいぶん酔っぱらってるな」

食事を終えてエントランスに戻ると、南波が心配そうに声をかけてきた。秀美は肌を火照《ほて》らせ、足元もふらついている。慧一の支えがなければ転びそうだった。

「お前さん、酒に弱いのか？」

「いえ、そういうわけでは……」

舌もうまく回らない。実際、秀美は酔っぱらっていた。

「とりあえずここに座って、少し待っててくれ」

慧一に支えられ、待合いスペースのベンチに腰かける。彼がレジカウンターに向かうのを見送りながら、手で額《ひたい》を押さえた。気分は悪くないが、とにかく頭がボーっとして、風邪を引いたかのように熱っぽい。

「ははあ……納谷さん、ひょっとして」

南波が隣に座った。彼の重みで、ベンチがミシッと音を立てる。

「その赤ら顔は酒のせいじゃないねえ。あいつにプロポーズされたな」

「はあっ？」

興味津々《きょうみしんしん》な目で見られ、ますます赤くなる。南波は豪快に笑った。

「やっぱりそうか。あいつが女性を連れて来るのは初めてだから、もしやと思ったんだ。へええ、硬派一筋の男が、ついに決めたんだなあ」

秀美は不思議に思い、白い歯が並ぶ南波の顔を見上げた。

「……硬派一筋って、社長のことですか？」

「ああ、そうだよ」

きっぱりとした返事。嘘でも冗談でもないらしい。

「慧一は見栄《みば》えがよくて、立ち居ふるまいもスマートだろ？　おまけに大企業の御曹司《おんぞうし》で、仕事もできるハイスペックだ。女に不自由しないモテ男だと周りは見るだろうな」

そのとおり、慧一はどこに行っても女性にモテまくりだ。

「だがな、納谷さん。専属秘書のあんたなら気付いてるだろうが、あいつは女に手を出しまくるようなやつじゃない。入れ食い状態になろうと、ストイックを貫《つらぬ》く変人だ」

「変人……」

南波は冗談っぽく言うが、男としての正直な感想なのだろう。

「俺だったら来る者拒《こば》まず全員相手にするけどね、慧一は違う。そんなところは昔からで、いくらモテようが軟派《なんぱ》な真似はしないのさ」

秀美はふと、会社での慧一を思い浮かべる。女性社員に対しても、常に社長としての態度を崩さず接している。相手がどんなに美人だろうが、セクシーだろうが、それは変わらない。

「言われてみれば、確かにそうですね。でも……」

なぜ秀美にはあんな態度なのか？　その疑問を察したように、南波が話を続ける。

「慧一はもともと狩猟型の男だ。どうしても手に入れたいものを前にすれば、全力で狩りに行く。硬派を返上し、罠《わな》を仕掛けて捕まえる。そして、激しい情熱をぶつけるだろう」

南波は慧一の古い友人であり、彼のことをよく理解している。ゆえに、その言葉一つ一つに信憑性《しんぴょうせい》があった。

秀美は震える指で、唇にそっと触れる。さっきのキスをリアルに思い出し、ドキドキしてきた。

「どうしても手に入れたいもの――」

「本気で惚《ほ》れた女だよ」

「あ……」

慧一がなぜ秀美に執着するのか。理由は分からないが、彼が本気であることは認めざるを得ない。あの強い眼力《がんりき》は、秀美だけに注《そそ》がれる彼の愛情なのだ。

「納谷さん、慧一はいい男だぜ。この俺が保証する。ちょっと不器用なところはあるが、それがあいつの良さでもあるし、気長に見守ってくれ」

「は、はい」

慧一が不器用というのはピンとこないが、秀美は頷いた。お酒には弱くないのに、なぜこんなにも熱くてボーっとするのだろう。おまけに、この胸のときめきは一体?

我が身に次々と起きる異変についていけず、戸惑うばかりだった。

「おっ、社長のお出ましだぜ」

慧一が戻ってきた。彼は南波を見て、眉をピクリと動かす。

「お前、厨房《ちゅうぼう》はいいのか」

「とっくにオーダーストップだよ。当店は午後十一時までの営業でございます」

わざとらしく丁寧な口調で言うと、南波はニヤニヤした。慧一は嫌そうな顔をしたが、秀美の前に跪《ひざまず》き、穏やかな声をかけてくる。

「気分はどうだい?」

「すみません、大丈夫です」

何となく目を逸《そ》らしてしまう。彼のポーズは王子様とお姫様が登場する、おとぎ話を連想させた。秀美には縁のない、遠い世界の物語だ。

「じきにタクシーが来る。外に出よう」

「はい」

立とうとすると、慧一が手を取って支えた。秀美は反射的に身を引くけれど、足元がふらつき、かえってもたれてしまう。

「か、重ね重ねすみません」

「どういたしまして」

慧一は秀美の荷物を持ち、そのうえ本人も支えている。けれど安定感は半端なく、秀美は逞《たくま》しい腕の中で守られていた。

「歩けるか」

「はい、何とか……」

「ふはは、仲のよろしいことで」

南波は冷やかしつつも、外まで見送ってくれた。ビルを出たタイミングで、目の前にタクシーが停車する。

秀美達がタクシーに乗り込むと、南波が後部座席の窓を覗《のぞ》いた。

「じゃあ、またな。お二人さん」

「ありがとう。近いうちに、また寄らせてもらうよ」

「ああ、ぜひ来てくれ。納谷さんと一緒にな！」

大きな口を横に開き、秀美に笑いかけてくる。秀美もつられて笑顔になった。

南波が離れると、タクシーは走り出した。人も車もまばらな夜の街が、なぜかきらきらと光って見える。秀美は夢の中にいるような心地だった。

「秀美……」

「えっ？」

耳元に低い囁《ささや》き。それと同時に、左手が温《ぬく》もりに包まれる。

「しゃ、社長……あの」

「慧一でいいよ」

彼は指を絡め、強く握ってきた。これは恋人同士の距離感だ。オフィスでは一定の距離を保つ二人のパーソナルスペースが、ほとんど重なっている。

逃げようとしても、左手を捕まえられているので動けない。

「ようやく君を手に入れた」

「……」

ため息まじりの呟《つぶや》きは、男を感じさせる。今の彼は社長ではなく、一人の男として傍に寄り添っているのだ。秀美はどう答えたらいいのか分からず、ただ睫毛《まつげ》を伏せた。

「ところで、再来週の土曜日は空いてるかな。ドライブでもしようか」

「ド、ドライブですか？」

秀美は伏せていた睫毛《まつげ》を上げる。慧一は楽しそうな表情をしていた。

「デートだよ。君は俺の恋人になったんだから、付き合ってくれるだろ？」

「は……はあ」

生き生きと輝く彼の瞳は、期待に満ちている。あからさますぎて、何だか可笑《おか》しくなってしまう。

「どうして笑うんだ」

「ごめんなさい……ふふっ」

笑うことで、秀美はリラックスした。慧一の情熱に酔わされた身体も、落ち着きを取り戻す。

けれど、彼とは手を繋いだまま、解《ほど》くことはなかった。

タクシーは秀美のマンションに向かっている。早く着いてほしいような、そうでもないような、不思議な気持ちだ。こんな時、いつもの秀美なら時間を気にするはずなのに。

(まるで、魔法にかけられたみたい……)

らしくもないことを考えるうちに、マンションの前に着いた。タクシーから降りて、慧一と向かい合う。

「今夜はいろいろと、ありがとうございました。ええと……」

本当に名前で呼んでもいいのだろうか。抵抗を感じつつも、思いきって口にしてみる。

「おやすみなさい……慧一さん」

慧一は目を見開き、そして笑った。会社では見ることのない、恋人としての微笑みだ。

「その調子だよ。公私ともに、最高のパートナーになれそうだ」

名前で呼んだだけなのに、その評価は大げさすぎる。秀美は呆れるけれど、彼があまりにも嬉しそうなので、コメントは差し控えた。

「名残《なごり》惜しいなあ。やっぱり、俺の部屋に行かないか？」

「はい……へっ？」

さらりとした口ぶりに、うっかり頷くところだった。俺の部屋というのは、つまり慧一の自宅である。恋愛から遠ざかっていた枯れ女には、強烈すぎる発言だった。

「ななな、何を仰《おっしゃ》るのです！　とんでもないです、そんなことはっ」

「そうか？」

秀美が焦る理由を分かっているくせに、まったく悪びれる様子がない。秀美にとっての慧一は、相変わらず軟派《なんぱ》でチャラくて油断ならない男。人の弱みを握って強引に口説く、不埒《ふらち》な御曹司《おんぞうし》だった。

「まだ十一時だろ。寝るには早い」

慧一は腕時計を確かめると、手を引っ張ろうとする。秀美は全力で首を横に振った。

「いけません！　私は、午前零《れい》時には眠る習慣なのです！　一分一秒も譲《ゆず》りませんっ」

「恋人にも？」

「はいっ」

雰囲気に流され、時間を忘れるシンデレラとは違うのだ。相手が誰であろうと、決められたルールを守り、スケジュールに沿って行動する。

「なるほどね。さすが、俺の秘書さんだ」

肩をすくめる慧一だが、それほど残念そうではない。最初から無理を承知で誘ったのだろう。

「それじゃ、また明日。秀美……」

「え、あっ」

引き寄せられ、軽くキスをされた。

「おやすみ」

「お、おやすみなさい」

タクシーに乗ると、彼は片手を上げた。秀美も手を上げるけれど、動作はぎこちなくなってしまう。

エントランスに秀美が入るのを見届けてから、慧一はタクシーを出発させた。

「もう、何て人だろ」

ついに口説き落とされた。それどころか、結婚を前提にしたお付き合いを約束してしまった。この先どうなるのか、秀美には分からない。というより、彼を相手にあれこれ考えても無駄な気がする。

「しょうがないなあ。でも……」

秀美にもそれなりのメリットがある。慧一の条件を呑んだのは、秘書の仕事を続けるため。そして、フェチとしての願望を満たすためでもあった。

「いけない、早く寝る用意をしなくちゃ」

自分のスケジュールを守るべく、急いで部屋に戻る。仕事もフェチも秀美のアイデンティティーだ。欲望に流されるだけのシンデレラにはならない。


翌日。秀美は黒のパンツスーツにまとめ髪というつものスタイルで、秘書の仕事をてきぱきとこなした。慧一も、普段と変わらぬ態度で仕事に集中している。

「納谷君。明日からのヨーロッパ出張だが、帰国が一日延びて金曜日になる。それと、ダリュー社との商談会場がリヨンからパリに変更になった。井本さんと打ち合わせて、スケジュールの調整を頼む」

「承知いたしました」

出張についての指示を手帳に書きつけ、秀美はちらりと目を上げた。

慧一はデスクに寄りかかるようにして立ち、得意先の資料をチェックしている。服装はシンプルなワイシャツ姿。下半身のラインが丸見えなので、つい吸い寄せられてしまう。

「どこを見てるんだ？」

「へっ？」

いきなり指摘されて、変な声が出た。慧一は楽しげな笑みを浮かべている。

「わ、私は別に……」

「二人きりになって嬉しいのは分かるが、今は仕事中だ。公私混同は良くないぞ」

「なっ」

秀美は口をぱくぱくさせた。そんなことを慧一に言われるとは心外だ。しかし、彼のパーツを見ていたのは事実なので、反論の余地はない。

「……すみません。以後、気を付けます」

「素直でよろしい」

慧一はデスクに資料を置くと、笑みを湛《たた》えたまま秀美を手招きする。余裕たっぷりの顔はいつもと同じようで、どこか違う。呼ばれるまま傍に寄ると、彼はさらに目尻を下げた。

「昨夜はどうも。楽しかったよ」

「は、はあ」

社長室のドアは開け放され、その先のフロントには三浦がいる。会話が聞こえやしないかと、秀美はハラハラした。

「念のため訊《き》くが、条件は覚えてるか？」

「……ええ」

観念して頷くと、頭にぽんと手を乗せられた。子どもを褒めるようなその仕草に、秀美はなぜかドキッとする。

「そうだな、君が約束を破るはずがない」

彼は手を離すと、優しく見つめてきた。昨夜のあれこれが思い出されて、ちょっと照れてしまう。

「も、もちろんです。仕事でもプライベートでも、約束は守る主義ですから」

「それを聞いて安心したよ。ところで、ドライブはどこに行きたい？」

「えっ？　あ……」

唐突な質問に戸惑うものの、さほど抵抗は感じない。

少し考えてから、心に湧いたイメージを素直に伝えた。

「海……でしょうか」

「よし」

具体的な答えではなかったが、返事をもらえて満足したらしい。慧一は嬉しそうに瞳を輝かせた。

「初夏の海か。楽しみだな」

「え、ええ……」

優しい眼差しは、情熱の色を含んでいる。公私混同は良くないと言ったくせに、昨夜の続きのように接するとは、どういう了見《りょうけん》だろう。

「あの……あと十五分ほどで、お客様がお見えになります。そろそろお茶の準備をしたいのですが」

それは社長室を抜け出すための口実だった。これ以上迫られたら、秀美の理性が危《あや》うくなる。何しろ慧一は、『彼』に負けないくらい魅惑的なパーツの持ち主なのだ。

「武宮物産の武宮専務と、営業担当者が来るんだったな」

「はい。こちらからは資材部の仙石部長と、佐々木《ささき》課長が同席されます」

「それじゃ、早めに支度するか」

慧一は仕方なさそうに背中を向けると、壁際のポールハンガーから上着を外す。引き締まった腰回りは、今日も素晴らしいラインを描いている。

けれど、すぐに上着を着てしまったので、観賞できたのはほんの数秒だった。

(わ、私ったら、また……)

どうしても彼のパーツに吸い寄せられてしまう。秀美は理性が飛びそうになるのを必死で堪《こら》えた。

給湯室《きゅうとうしつ》に入ると、秀美は安堵《あんど》のため息をつく。

慧一との関係は、やはり昨日までとは違う。あの情熱的な眼差しと、魅惑の腰つきは危険だ。

昨夜も我を忘れて、すっかり酔いしれてしまった。何より生々しいのは、濃厚なキスの記憶。

「あああ……私としたことが」

唇に柔らかな感触がよみがえり、恥ずかしさのあまり身悶《みもだ》える。いくら何でも、キスを許すなんて信じられない。だけど、それほどまでに慧一の口説き文句は強烈だった。

——作業ズボンくらい、いくらでも穿《は》いてやる。俺の尻で、君をメロメロにしてやるよ。

頭をぶんぶんと横に振り、食器棚から急須《きゅうす》と湯呑みを取り出す。さらにお盆とふきんを用意してから、やかんで湯を沸かした。興奮を抑えつつ、一つ一つ丁寧に作業する。

集中することで雑念を払おうとしたのだが、なかなかうまくいかない。

「ダメだわ」

つい緩《ゆる》んでしまう頬をペチペチと叩く。こんな時こそ『彼』の出番だ。

毒を以《もっ》て毒を制す――

たとえは悪いけれど、慧一の魅惑に対抗し、危険な毒を中和《ちゅうわ》してくれるのは、『彼』しかいない。

秀美は給湯室《きゅうとうしつ》から顔を出し、廊下に誰もいないことを確かめる。そしてポケットからスマートフォンを取り出すと、画面を素早くタップして例の写真を表示させた。

「ん？」

眉を寄せて、へんてこな顔になる。どうしたことだろう。『彼』の素晴らしいバックスタイルを見ても、何も感じない。こんなことは初めてだった。

（えっ、何？　どうして？）

秀美は困惑するが、廊下から話し声が聞こえてきたので、慌ててスマートフォンを仕舞う。

「そうそう、武宮物産の武宮専務。何と、次期社長ですって！」

「うちの社長と同じく、創業家の御曹司《おんぞうし》だって聞いたわ。すごいイケメンなんでしょ？」

「そうなのよ。業界紙に写真が載ってたけど、何ていうのかな……アイドル系って感じ？」

得意先の噂話《うわさばなし》をしながら通り過ぎたのは、秘書課の女性社員達だ。場をわきまえないお喋《しゃべ》りに呆れてしまう。注意しようと思い、廊下に足を踏み出した。

「あと、女性秘書も写ってたけど、見栄《みば》えのする美人だったよ」

「ふうん、うちと違うね」

（え……？）

やかんのお湯が沸騰《ふっとう》し始めている。秀美は後ずさりして、コンロのスイッチを切った。

「納谷さんは有能だけど、女らしさに欠けてるっていうか……」

「全体的に地味だもんね。社長と釣り合うように、少しはお洒落《しゃれ》すればいいのに」

廊下に出るタイミングを逃《のが》してしまった。いつもの秀美なら追いかけてでも注意するのに、いろんなことが重なりすぎて、頭がついていかないのだ。

「とっ、とにかく落ち着かなくちゃ」

茶葉を用意していると、三浦から電話が入った。

『納谷さん、お疲れ様です！　一階の受付から連絡がありました』

電話の用件は来客の報告だった。三浦のはきはきとした口調が気持ちいい。

「分かった。私もすぐに行くわ。三浦さんは、お客様を応接室にご案内して」

通話を終えた秀美は、少しホッとする。頭が混乱していても、仕事モードは正常に機能するようだ。気を取り直して、秘書の役割を果たすため慧一のもとに急いだ。

武宮物産の専務取締役を務める武宮良和《よしかず》は、慧一と同じ三十二歳だという。

前髪を下ろしたマッシュカットに、甘い顔立ち。仕立ての良いチェックスーツがよく似合っている。噂《うわさ》どおり、男性アイドルのような風貌《ふうぼう》だ。そのためか、実年齢よりも若く感じられる。

「本日は貴重なお時間を割《さ》いていただき、ありがとうございます。桜山社長の海外でのご活躍は、かねがね聞き及んでおります。お会いできて光栄です」

「身に余るお言葉、恐縮です」

武宮が差し出した右手を、慧一は握り返した。同年齢で、どちらも創業家の御曹司《おんぞうし》。いわゆるイケメンハイスペックだ。しかし、秀美の目には慧一のほうが優《すぐ》れて映った。

なぜなら、武宮は全体的にスリムで、特に腰の辺りがほっそりしている。フェティシズムの世界では、パーツが重要な比較材料になるのだ。

「資材部の皆様には、営業担当の吉田《よしだ》がお世話になっております。今後は私もこうして同行させていただき、取引がより強固なものになるよう努力する所存です」

武宮は腰を低くして、決意を表明した。慧一は頷くと、それとない口調で尋ねる。

「御社《おんしゃ》は昨年度後半、金属事業部門に資材供給強化班を設置されましたね」

「はい。営業部門と協力してプロジェクトを進めております。日本のみならずアジアの製造企業全体に、安定した供給体制を敷くための準備が整いつつあります。今回その辺りのお話をさせていただくつもりで、資料を準備してまいりました」

武宮は前のめりで、商社としての努力をアピールする。しかし、「進めております」「整いつつあります」など不確定な要素ばかりで、どうにも頼りない。

慧一も表情にこそ出さないが、不安を感じているだろう。武宮に相槌《あいづち》を打つだけの彼を見て、秀美はそう推察した。

「初めまして。社長付第一秘書の納屋と申します」

秀美が挨拶《あいさつ》をすると、武宮は親しみのこもった笑顔で応じた。感じの良い人だけに、秀美は同情してしまう。

もし桜山製作所が九野商事と契約すれば、武宮物産との取引は大幅に縮小される。専務自《みずか》ら営業に訪れたのは、それを回避するためのテコ入れだろう。同じ御曹司《おんぞうし》でありながら、武宮良和は慧一に比べてずっと弱い立場にある。

「如月《きさらぎ》君、君もご挨拶《あいさつ》を」

「はい」

武宮は横に控えていた女性秘書を慧一の前へと促《うなが》す。秀美より明らかに若く、華やかな美人だった。グレイのスーツは一見地味だが、デザインに流行を取り入れている。ピンク系の柔らかな化粧が、女らしさを引き立てていた。

そして何より、胸が大きい。女の秀美でも吸い込まれそうなほど豊満《ほうまん》なバストだ。容姿も雰囲気も、秀美とはまったく異なるタイプの女性秘書である。

「専務秘書の如月と申します」

彼女は慧一と挨拶《あいさつ》を交わした。心なしか頬が赤らみ、目が潤《うる》んでいる。慧一を前にすると、たいていの女性がこんな反応をするので、秀美にとっては見飽きた光景だ。

そして、慧一の態度もいつもと変わらず。相手が美女だろうと巨乳だろうと、紳士的に接するところはさすがである。

「皆様、どうぞこちらにお座りください」

挨拶《あいさつ》が終わると、来客のほうから席に着いてもらう。重役達に続いて秘書も末席に座るのだが、その時アクシデントが起こった。

「きゃっ」

如月が何かに躓《つまず》き、転びそうになった。とっさに彼女を支えたのは、近くにいた慧一だ。

「大丈夫ですか？」

「すみません……私ったら」

大きな胸を押しつけるような体勢で、如月は詫《わ》びた。秀美には、ずいぶんと甘えた声に聞こえる。

慧一は身体を離すと、彼女の足元を確認した。

「捻《ひね》ってはいないようですね。立てますか」

「はい。申し訳ございません」

如月はブラウスのリボンを整え、あらためてお辞儀《じぎ》する。慧一が彼女に笑いかけるのを見て、秀美は胸の中がもやもやした。

「申し訳ございません、社長！　如月が失礼をいたしました。君、気を付けてくれよ」

武宮が厳しい口調でたしなめると、如月はようやく慧一の傍から離れた。

その後、商談は予定どおり進行した。

しかし、秀美のもやもやは晴れない。さっきのあれは、本当にアクシデントだったのか？　如月が躓《つまず》いた辺りに、引っかかるようなものは見当たらない。何もないところで躓《つまず》くなんて、少女漫画のドジッ子じゃあるまいし。わざとやったのではないだろうか。

なりふり構わず慧一にアプローチする女性は珍しくない。武宮物産にとって今日は大事な商談の日。もし秀美の推測どおりなら、秘書としてあり得ない行為だ。

商談中も、如月は慧一の顔ばかり見ている。彼に心を奪われたのは、誰の目にも明らかだった。

秀美のもやもやは消えるどころか、ますます濃くなるばかりだ。

（私、やっぱりヘンだわ。どうしてこんなにイラつくの？）

仕事モードは正常に機能している。けれど、自分の中で大きな変化が起きているのは間違いない。何とかしなければと、秀美は焦燥感《しょうそうかん》を募《つの》らせた。

終業後の社長室。いつもなら例の攻防戦が始まるところだが――

「納谷君、飯でもどうだ」

「今夜は用事がありますので、お断りいたします。ですが……前もってスケジュールに入れてくだされば、ランチでもディナーでも、お付き合いいたしますよ？」

昨日までの秀美と比べたら、まるで別人。大いなる譲歩《じょうほ》である。

「スケジュールときたか。いいねえ、君らしくて」

慧一はご満悦《まんえつ》だ。デレた表情はどこかいやらしく、秀美はいたたまれなくなる。

「それじゃ、今夜は大人しく帰ろう。ディナーはまたのお楽しみだ」

秀美が柔軟な姿勢なので、慧一も余裕が持てるのだろう。すんなりと矛《ほこ》を収めてくれた。

「もうこんな時間か。今日は少し疲れたな」

慧一は伸びをすると、帰り支度を始めた。秀美はホッとしつつも、なぜか物足りない気持ちになる。仕事を終えた今、慧一のパーツをゆっくり観賞できるチャンスなのに、彼が帰宅してしまえばそれも叶わない。

（やっぱり、食事に行こうかしら。用事と言っても美容院に寄るだけだし）

一瞬そう考えるが、すぐに打ち消す。プライベートであろうと、スケジュールの乱れは仕事の乱れに繋がる。欲望に負けてルールを破るなど、あってはならないことだ。

とはいえ、フェチとしての欲望は止められず、魅惑的な彼のパーツを未練がましく目で追った。

「秀美」

「えっ？」

慧一が急にこちらを向き、しかも下の名前で呼ぶので、秀美は驚いてしまう。慌てて目を逸《そ》らすが、彼はどうやら察しているようだ。上着を肩に引っかけると、まっすぐに近付いてきた。

「あ、あの。ちょっと待ってくださ……」

秀美のパーソナルスペースに遠慮なく侵入し、顔を寄せてくる。フレグランスはウッディ系。男らしくも爽《さわ》やかな香りに酔ってしまいそうだ。

「見たいなら、今すぐ見せてやるぞ」

耳元で囁《ささや》かれ、心臓が跳ね上がる。そっと見上げると、熱っぽい眼差しが降り注《そそ》いだ。

「いけません、社長……」

「仕事が終われば自由時間だ。俺は社長ではなく、君の恋人になる」

「ですが、あの……困ります」

秀美は背後を気にした。社長室のドアは閉めてあるが、慧一の声はよく通るので心配だ。

「んっ……」

腰を抱き寄せられ、唇を塞《ふさ》がれる。抵抗しても彼の身体はびくともせず、無理やり舌をねじ込まれた。腰から脚にかけて電気のようなものが走り、痺《しび》れて動けなくなる。

口中をじっくりと愛撫《あいぶ》されて、気が遠くなりそうだった。でも、このまま落ちるわけにはいかない。なけなしの理性を総動員し、慧一の胸をそっと押しやる。

「だめ……」

自分でも信じられないほどの甘い声。秀美は頬を染めながら慧一を見上げた。

「まったく君は……罪な人だな」

「罪？」

「ああ。俺をいいように振り回す」

秀美は目を丸くした。どの口がそんなことを言うのだろう。出会ってからこれまで、秀美のほうこそ彼に振り回されている。昨夜だって、自《みずか》らのパーツを餌《えさ》にして罠《わな》に嵌《は》めたではないか。おかげで理性が爆発しそうになった。そして今、この時も。

「罪なのは社長です。そもそもアプローチしてきたのはあなたですよ。私のフェチを利用して、強引に」

「昨夜はね。だが、今日の君はどうだ。仕事中にもかかわらず、俺のことをじっと見つめて何度も誘惑してきた」

「ゆ、誘惑って……」

慧一は小さく息をつくと、上体を起こした。

「正しくは、俺の下半身を……かな」

「うっ」

事実なので言い訳のしようがない。昼間もそれを指摘され、以後気を付けると言ったはずなのに、どうしても彼のパーツに目が行ってしまう。

誘惑するつもりはないが、物欲しげな目で慧一の下半身を見ていたのだ。それなのに、いざ彼が応《こた》えようとすると拒絶した。

「確かに私の言動は勝手で、罪作りだったかもしれません。でも、社長……」

「何だ。この際だから全部言ってみろ」

「おっ……お尻を目で追ったことは反省します。でもやっぱり、職場でこういうことをするのは、私としても本意ではなくて……」

「それで？」

強い口調で促《うなが》してくるが、慧一は怒っているわけではない。本音を聞き出したいのだろう。

「仕事中はフェチを封印するよう努力します。だから社長も、私をただの秘書として扱ってください。例えばその……熱く見つめたりしないで、普通に接してほしいんです。理性が……保てなくなるので」

本音を伝えるのは、恥ずかしくて堪《たま》らなかった。でも慧一は笑わず、真剣に聞いてくれている。

「分かった。君の言うとおりにしよう」

彼は微笑み、秀美の頬をそっと撫でる。とても優しい手つきだった。

「そうだな、俺も悪かった。たとえ相手が君でも、社長らしく接するよ」

自分の思いを、きちんと受け止めてくれたのだ。秀美は嬉しくて、思わず笑顔になる。

「ただし、それは職場に限るぞ。デートでは恋人として扱うからな、覚悟しておけ」

威張《いば》った言い方なのに、表情はデレている。秀美は安心するとともに、何とも言えない満足感を覚えた。昼間から続いているもやもやが、少し晴れた気がする。

「だが、理性が吹き飛んだ君がどうなるのか、興味があるね」

「……はっ？」

秀美がぽかんとするのを見て、慧一は肩をすくめた。分からないのか？　とでも言いたげなジェスチャーに、どう応《こた》えたらいいのか見当もつかない。

「ま、いいか。デートが楽しみになってきたよ」

慧一は笑い、秀美の頭にぽんと手を乗せる。

（デートで、私の理性が吹き飛ぶようなことが起きる……ってこと？）

あらぬ妄想をしてしまいそうで、そわそわしてきた。慧一の言葉一つで落ち着きをなくす自分にうろたえながら、社長室を出る彼の背中を追った。


その夜、秀美は加奈子に電話をかけた。昼間、なぜあんなにもやもやしたのか。彼女に相談すれば、答えをくれるかもしれないと思い立ったのだ。

壁の時計は午後八時を回ったばかり。資材部は忙しそうなので、まだ仕事中かもしれない。秀美はあきらめ半分だったが、電話はすぐに繋がった。

『ハーイ、加奈子です。どうしたの？』

弾《はず》んだ声が耳に飛び込んでくる。まるで、連絡を待っていたかのような対応だ。

「えっと……今、大丈夫？」

『平気よ。お風呂にも入ったし、あとは寝るだけだから』

今日は残業もなく、早く帰宅したとのこと。

「良かった。実は、少し相談したいことがあって……」

『桜山社長のこと？』

いきなり言い当てられ、秀美はたじろぐ。

「う、うん。よく分かったね」

『だって、ずっと気になってたもの。で、どんな感じだった？　彼の、お・し・り』

「……」

秀美も風呂に入ったばかりだ。温《ぬく》もった身体は、ちょっとした刺激で熱くなってしまう。

『もしもーし。お姉さん、聞こえてますかー？』

「もう、からかわないで！」

そう怒ってみせると、加奈子は笑いながら『ごめん、ごめん』と謝った。

『やっぱり、社長のパーツは理想的だったんでしょ。それで、いろいろ困ったことが起きたと』

「……そのとおり」

どうやら加奈子は、すべてお見通しらしい。さすが恋愛経験豊富なリア充だと秀美は感心する。

まずはフェチがバレたことと、それがきっかけで慧一と付き合い始めたことを話した。そして、それを境《さかい》に起きている秀美自身の変化について。

『へええ！　何だかすごい展開ね。イケメンセレブに求婚されるなんて、ロマンス小説みたい……』

加奈子は夢見る乙女のように呟《つぶや》く。まともに相談に乗ってくれるだろうかと、秀美は心配になる。

「それで、どう思う？」

『どうもこうも、簡単なことでしょ』

急に真面目になった加奈子は、ひと息に答えをくれた。

『あんたはね、恋してるのよ！』

恋――

耳慣れない言葉が、頭の中をぐるぐる回転する。意味が理解できず、秀美は混乱した。

「恋って、誰かを好きになる現象のこと……よね？」

『そのとおり。納谷秀美は桜山慧一に恋してる。だから女としての評価が気になるし、美人秘書のなりふり構わぬアプローチにも腹が立つの。つまり、あんたのもやもやは、恋愛感情からくるものってこと！』

一応、理解できた。加奈子の答えは辻褄《つじつま》が合っている。

「でも、ちょっと待って。私は社長に恋してるの？　彼のパーツじゃなくて？」

『そうよ。恋愛感情だって言ったでしょ？　カラダじゃなくてココロなの』

よく分からないが、とりあえず呑み込んでおこう。秀美にはもう一つ疑問がある。『彼』を見ても何も感じなくなったのは、どうしてだろうか？

『それはね、すごくシンプルなことよ』

加奈子は迷うことなく、すんなりと答えた。

『だって、あんたの心は「彼」ではなく、「桜山慧一」でいっぱいだもの』

「嘘……」

信じられなかった。何年も大切にしてきた宝物なのに、その想いが簡単に消えるなんて。しかも、あの慧一が『彼』に取って代わるなんて。

だけど、加奈子はリア充だ。男女間のあれこれについては、秀美よりもずっと心得ている。

『お尻から始まる恋もある。おめでとう、秀美！』

親友の祝福を受けても、秀美は呆然とするのみ。夢のようにふわふわとしていて、現実感がない。まるで、おとぎ話の世界だった――

翌日の午後、慧一はヨーロッパに出張した。

いつものように井本主任が同行し、秀美は日本で秘書業務を続ける。重要な案件があれば慧一に連絡するのだが、時差があるため、緊急の場合は会長以下取締役に相談することになっていた。

「納谷さん、先ほど桜山会長がお見えになりましたよ」

秀美がお手洗いからフロントに戻ると、三浦が駆け寄ってきた。

「会長が？」

何か問題でも起きたのかと心配するが、三浦は首を横に振る。

「ただ様子を見に来られただけのようです」

「そう……もう会長室に戻られたのかしら」

桜山会長が社長室に顔を出すのは珍しい。基本的に、社長の業務に干渉しないスタンスなのだ。

不思議に思っていたら、三浦が秀美の背後を見て声を上げた。

「あっ、会長」

「えっ？」

振り向けば、パーティションに隠れるようにして会長が立っている。秀美が慌てて会釈《えしゃく》をすると、会長は手を後ろに組んだ格好で近付いてきた。

「やあ、納谷君」

「申し訳ございません。席を外しておりました」

「構わん。私が勝手に来たのだ」

言葉を交わすのは久しぶりだった。会長は相変わらずの貫禄で、厳格な雰囲気を漂《ただよ》わせている。

それにしても、なぜ隠れるように立っていたのだろう。

「仕事のほうはどうだね」

「はい。おかげ様で順調です」

「ふむ、そうか……」

会長は何か言いかけたが、口を結んだ。その代わり、秀美の顔を探るように見つめる。

「あの、どうかされましたか？」

秀美が尋ねると、彼はさっと横を向いた。会長らしくない不自然な態度だ。

「いや、どうもしない。それより、社長の不在時はトラブルが起こりがちだ。何かあれば、ただちに私に知らせるように」

そう言って背中を向けると、すぐに立ち去ってしまった。

三浦が横から顔を出し、小声で囁《ささや》く。

「納谷さんの様子を見に来たんですかね」

「そんなわけないでしょ」

平静を装う秀美だが、三浦の鋭い指摘にギクッとする。実は秀美も同じことを考えていたのだ。

慧一が例の秘密をバラしたのではないか。そして会長は真偽《しんぎ》を確かめに来た――

いや、それはあり得ない。秀美は恐ろしい考えをすぐさま否定する。慧一は、フェチについては自分の胸に納め、会長にも誰にも言わないと約束してくれたのだ。秀美は彼を信じている。

「あれっ？　納谷さん、顔が赤いですよ」

三浦に顔を覗《のぞ》き込まれ、秀美は我に返る。知らぬ間に頬が火照《ほて》っていた。

「こ、これはその……今日は蒸し暑いからよ。エアコンがあまり効いてないみたいね」

「そういえば暑いですね。社長はいいなあ、フランスは湿気が少ないって言いますし」

「ええ、ホント。羨《うらや》ましいわ」

この胸のときめきも、加奈子の言う恋愛感情とやらのせいなのか。半信半疑のまま、秀美は落ち着かない時を過ごした。


六月十日土曜日。今日、秀美は慧一とドライブデートに出かける。カーテンを開けると、街はまだ薄明かりの中。空はよく晴れて、梅雨《つゆ》らしい雲は見当たらない。

「天気予報は晴れのち曇りか。陽が射《さ》すと暑くなりそう」

秀美はスマートフォンを手に取り、スケジュールアプリを開いた。

「午前七時にマンション前で待機。社長をお待たせしないよう、早めに準備しなくちゃ」

朝食をきちんと食べ、歯を磨いて顔を洗ったあと、ドレッサーの前に座る。そして、整然と並ぶ化粧品の中から、真新しい口紅を選んだ。

これは慧一のフランス土産。昨日、ヨーロッパ出張から戻った彼が、秀美にぽんと手渡したのだ。

「きれいな色。でも、私に似合うかしら」

口紅を一旦置くと、メイクを始めた。化粧水と乳液を馴染《なじ》ませた肌に、日焼け止めクリームをたっぷりと塗る。さらに下地クリームを重ねて、ファンデーション、アイメイクへと移っていく。

（陽射《ひざ》しが強そうだから、用心しなきゃ）

学生の頃とは肌の再生力が違う。久しぶりのデート用メイクは、秀美に年齢を実感させた。

今日の行き先は外房《そとぼう》の海。海水浴には早い初夏の浜辺を散策したり、海の幸《さち》を楽しんだり、自由気ままにドライブするというのが、慧一の提案だった。

自由なのはいいが、何もないところに二人でいても間が持たないだろう。秀美としては観光スポットなど目的地を設定し、きちんと予定を組んでおきたい。

そう言ってスケジュール作成を申し出ると、慧一は苦笑しながらも任せてくれた。

髪を編み込みのハーフアップにして、髪飾りは涼しげな水色のバレッタを選んだ。眼鏡《めがね》だけは普段と変わらず、愛用の黒縁眼鏡《くろぶちめがね》を装着する。

ドレッサーを離れると、デートのために新調したワンピースを身に着けた。ライトグリーンのさらりとした生地が、女らしいシルエットを作る。思いきってノースリーブにしたけれど、スカートは年相応の膝下丈《ひざしたたけ》だ。肩に羽織《はお》ったカーディガンも、気になる二の腕をカバーしてくれる。

「アクセサリーは……ナシでいいかな」

過剰に着飾り、気合が入っていると思われたら困る。秀美自身、恋愛感情というものをまだ認めていないのだ。思わせぶりなことはせず、慎重に進んでいきたい。

結果的に、地味すぎず派手すぎず、秀美の今の気持ちを表すようなコーディネートになった。

最後の仕上げをするため、もう一度ドレッサーの前に座る。先ほどの口紅を手に取り、蓋《ふた》を開けて中身を繰り出した。秀美のために彼が選んだ色は、ロマンティックなコーラルピンク。

リップブラシを使い、丁寧に唇にのせた。

「……嘘みたい」

鏡に映った自分を思わず凝視《ぎょうし》する。まるで魔法をかけられたように、秀美は華やかに彩《いろど》られていた。ピンク系は似合わないと思っていたのに。

鏡の前でポーッとしていた秀美は、ハッと我に返る。

「いけない、もうこんな時間！」

バッグを掴んで玄関に走り、ミドルヒールのサンダルを履《は》いた。

急いで外に出ると、約束の時間ちょうどに、一台の車が停まる。米国メーカーのＥＶ車は、慧一のセカンドカーだ。磨き抜かれた濃紺のボディに、朝の街が映り込んでいる。

車から降りた慧一は、サングラスを外してジレの胸ポケットに引っかける。そして、こちらに向かってまっすぐに歩いてきた。

「おはよう、秀美」

「お、おはようございます」

爽《さわ》やかに笑いかけられ、秀美はどぎまぎしてしまう。梅雨《つゆ》の晴れ間に相応《ふさわ》しい、キラキラと輝く笑顔だ。

「いいね。思ったとおり、よく似合っている」

「あ……」

口紅のことだろう。この色を選んだ慧一が、秀美には魔法使いに見えた。

「お洒落《しゃれ》してくれたんだな。嬉しいよ」

秀美の全身を、彼はまぶしそうに眺める。

（いいえ、これは全力のお洒落《しゃれ》ではありません！）

そう言い訳したかったが、あまりにも熱心に見つめてくるので、何も言えなくなる。サンダル履《ば》きの素足が妙に恥ずかしくて、秀美はもじもじした。

（社長こそ、なかなか素敵じゃないの）

頬を赤らめながら、慧一の姿をそっと見返す。

今日は休日らしいカジュアルなスタイルだ。ジレの下はワイシャツでなくカットソー。ジャストサイズの白デニムが、逞《たくま》しくも美しいパーツを効果的に魅《み》せている。

（何という艶《なま》めかしい姿。ああ……後ろに回り込んで、じっくり観賞したい）

「それじゃ、行こうか」

「はい、社長」

「慧一だろ」

手の甲で、頬を優しく撫でられる。恋人を愛《いと》しむようなその仕草に、秀美の心がきゅんと音を立てた。

（これは、あの人に感じるときめきと同じ……だけど）

秀美はもう『彼』の写真を見ても何も感じない。加奈子の説によれば、慧一に恋したのが原因らしい。『彼』よりも『桜山慧一』のことで心がいっぱいだなんて、まるで浮気である。

「よっ、よろしくお願いします。慧一……さん」

「よろしく、秀美」

名前で呼ぶのは慣れないが、今日はせっかくのデート。リードする彼に逆らわず、素直についていくことにした。


東京湾アクアラインで房総《ぼうそう》半島に渡り、有料道路を経由して鴨川《かもがわ》の海に出る。交通規制も渋滞もなく、二時間弱で最初の目的地に到着した。

デートスポットの定番、水族館だ。付き合い始めのカップルには無難な選択だろう。

駐車場で車を降りると潮の香りがした。波の音に振り向けば、目の前に海が広がっている。

「気持ちいい景色だな。少し歩くか？」

「えっと、少々お待ちください」

秀美はバッグからスマートフォンを取り出すと、スケジュールアプリを確認した。

「水族館は午前九時開館です。時間が経つと混雑しますので、すぐに入場しましょう」

「……了解」

慧一は何か言いたそうだったが、秀美の手を取って歩き出す。自然すぎるその仕草に、秀美は抵抗を覚える。

「あ、あのっ」

「ん？」

顔を覗《のぞ》き込まれて、秀美はこれがプライベートであることを思い出した。彼は今、社長の桜山慧一ではない。

「いえ……何でもありません」

「いい子だね」

秀美の言いたいことを分かっているだろうに、慧一は手を解放するどころか、しっかりと握り直す。大きくて温かくて、力強い手のひらだ。

(恋人同士なんだから、まあいいか……ちょっと恥ずかしいけど)

慧一と手を繋ぐのは、初日を除けば二度目である。この前はタクシーの中だったけれど、今回は周りに人がいて、しかも明るい太陽のもとだから、秀美はそわそわしてしまう。

でも慧一は平気そうだ。いや、むしろ積極的にスキンシップを求めている。

嬉しそうな横顔をちらりと見上げ、何だか可愛いと思ってしまう。こんな気持ちを抱くのは初めてのことだ。秀美は少しだけ力を込めて、恋人の手を握り返した。

淡水魚、海水魚、深海魚――何百種類もの魚類の展示を、ゆっくりと見て回る。

慧一は釣りに凝《こ》ったことがあるそうで、魚の種類や生態にも詳しい。また、熱帯魚のコーナーでは、ダイビングの経験について話してくれた。仕事一辺倒《いっぺんとう》ではなく、趣味も楽しむ人なのだ。

展示館を出て、海獣《かいじゅう》類のプールに移動する。名物のシャチパフォーマンスを見るため、スタンド席に座った。ステージの向こうには太平洋が広がり、海風が吹き抜けていく。

髪を無造作にかき上げる彼が、秀美の目には少年のように映った。

「慧一さんは多趣味なんですね。主にスポーツ系ですか？」

「ああ。身体を動かすのが好きだからね。水泳とか、格闘技とか、乗馬とか……でも、スポーツは趣味というよりエクササイズだな」

慧一が格闘技経験者だというのは三浦から聞いている。秀美は何だかわくわくしてきた。

「格闘技というと、柔道とか剣道とか？」

「空手。やってたのは大学時代だけど、かなり鍛《きた》えたなあ。そうそう、南波とは道場仲間だぞ」

エストレリャ・ポラルのオーナーシェフ、南波玲央のことだ。豪傑《ごうけつ》風のコワモテを頭に浮かべ、秀美はなるほどと頷く。いかにも格闘家の風貌《ふうぼう》だった。

「お二人とも強そうですね」

「どうかな。ただ、俺も南波も体力バカなのは保証するよ」

慧一は冗談めかして言うが、体力に自信があるのは本当だろう。彼の精悍《せいかん》な横顔を見ていると、そう思える。

「格闘技は楽しいぞ。今度、護身術《ごしんじゅつ》を教えてやるよ」

「あ、ありがとうございます」

戸惑いながらお礼を言ったところで、シャチパフォーマンスが始まり、慧一の意識はプールに向いた。

秀美はそっと視線を下げて、彼の腰からお尻の辺りに留める。格闘技の選手は安定した姿勢を保つため、体幹筋《たいかんきん》を鍛《きた》えるという。当然、腰やお尻の筋肉も強化されるだろう。魅惑のパーツは厳しい鍛錬《たんれん》によって磨き上げられ、完成したのだ。

(ああ……幸せ。こんなに近くで観賞できるなんて)

秀美はパフォーマンスそっちのけで慧一のパーツに見惚《みと》れている。

パフォーマンスが終わって会場を出てからも、彼のバックスタイルに釘づけだった。

二人きりのデートは思ったよりも素晴らしい。フェティシズムを発動しても、仕事への影響はないし、誰の目も気にしなくていいのだ。

「秀美、楽しんでる?」

「はい、慧一さん」

愛《いと》しそうに恋人の顔を覗《のぞ》き込む男。頬を染めて恥じらいながら返事をする女。どこからどう見ても熱々のカップルだ。

秀美自身、何度も理性を失いかけた。慧一のセクシーな腰つきに酔わされ、熱く見つめられて、我を忘れそうになる。

けれど、秘書としての習慣がそれを阻《はば》んだ。秀美はパーツに夢中になりながらも、常にスケジュールを気にしている。

「慧一さん、そろそろ出ましょう。昼食のお時間です」

予定どおり正午に水族館を出て、小湊《こみなと》の海鮮レストランに移動した。予約した個室で新鮮な海の幸《さち》を味わったあと、次の目的地を慧一に告げる。

「これから勝浦《かつうら》方面に向かいます。地元の観光情報によると、海中《かいちゅう》公園辺りが人気の行楽地のようです。慧一さんは釣りがお好きということなので、荒磯《あらいそ》の魚を眺められる海中《かいちゅう》展望塔がおすすめですね。そのあとは、ひたすら北上します。適当な砂浜に下りて三十分ほど歩きましょう」

初夏の浜辺をのんびり散策する。それは慧一が望んだデートプランだ。

「海開き前ですし、人は少ないと思われます。散策が済んだら、渋滞に巻き込まれないよう早めに出発するのが良いですね。以上、何かご質問は？」

高台に建つレストランは、ガラス張りの窓から海が見渡せる。秀美の話を聞いているのかいないのか、慧一は黙ったまま窓の外を見ていた。

今の日程に問題でもあるのだろうか。心配になるけれど、彼の静かな表情からは何も読み取れない。

今日のルートは慧一の提案が元になっているが、目的地や食事場所はインターネットの観光情報や口コミを参考にして秀美が決めた。時間配分も計算し、なかなか良い日程が組めたと思う。

実にスムーズで、無駄のないデートのはずなのに。

「あの、いかがでしょうか」

慧一はふっと息をつき、ちらりと視線をくれる。

「さすがは優秀な秘書さんだ。俺のために、いろいろ考えてくれたんだな」

口では褒めつつも、なぜか不満そうな目つきである。

「君のそんなところも好ましい。だが、ちょっとばかり物足りないな」

「はあ……」

好ましいけど物足りない？　どういう意味だろう。

「でも、これ以上予定を詰め込むと、帰宅時間が遅くなってしまいますよ？」

その問いに慧一は返事をせず、いきなり立ち上がった。突然のことに秀美はびっくりする。

「あっ、あの？」

「この先、スケジュールは俺が決める。君はのんびり構えていなさい」

彼は秀美を見下ろし、意味ありげな笑みを浮かべた。


車は海沿いの道を東に走った。秀美が提案した海中《かいちゅう》公園を通り過ぎると、房総半島のカーブに沿って北上する。散策にうってつけの砂浜をいくつもスルーしていた。

慧一は不機嫌な様子ではない。むしろ気分良さげに海辺のドライブを楽しんでいる。

ノンストップで車を走らせる彼を、秀美は訝《いぶか》しく思いながら見やった。まさか、このままどこにも寄らずに帰るつもりだろうか。でも、物足りないと言ったからには、あてがあるはずだ。

「えっと……どこに向かっているのでしょう？」

「さあね」

意地悪してわざと教えないのか、特に決めていないのか、判断がつかない。

（何よ。ミステリーツアーじゃあるまいし）

追及してもかわされるだけなので、秀美は念を押しておく。

「帰宅が遅くならないよう、時間には気を付けてくださいね」

「安心しろ。午前零《れい》時には解放するよ」

「う……」

やっぱり意地悪をされている気がする。秀美はシートに深くもたれ、あきらめのため息をついた。


謎めいたドライブの末、たどり着いたのは九十九里浜《くじゅうくりはま》の海岸だった。

慧一に手を引かれて浜辺に下りる。

遊泳禁止の札が立つ人気《ひとけ》のない砂浜に、波の音が大きく響いていた。

どこまでも続く広い渚《なぎさ》。空には灰色がかった雲が流れ、その切れ間から射す太陽光線がスポットライトのように海面を照らしている。水平線は遥か遠くに霞《かす》んでいた。

「すごい……」

視界を遮《さえぎ》るものがない広大な世界に、秀美は感動する。そして思い出した。慧一にどこに行きたいかと尋ねられ、海と答えたことを。

秀美のリクエストどおり、彼は連れてきてくれたのだ。

「ありがとうございます。でも……」

「ん？」

「浜辺を歩くだけなんて、それこそ物足りないのでは？」

確かに素晴らしい景色だが、慧一が満足しているとは思えない。ただ海があるだけで、他には何もないのだ。

彼は秀美の顔を見返し、困ったように笑う。

「デートは観光ツアーじゃないぞ。男女が寄り添い、時間を共有する。それだけでいいんだよ」

「はあ……」

よく分からず、秀美は首を傾げた。

「でも、慧一さんは退屈しませんか」

「どうして?」

「どうしてって……」

不思議そうにする慧一が、秀美には不思議だった。

「だって私は、その……堅物女《かたぶつ》ですし、一緒にいても面白くないでしょうし……」

「そうかな。じゃあ一つ訊《き》くけど、君は水族館にいる間、何を見ていた?」

「はい?」

しばし考え、やがて質問の意図に気付く。

「何を……って、それは、その……」

秀美は熱くなる頬を手で押さえた。水族館にいる間、ひたすら慧一の尻を追いかけ、胸をときめかせていたのだ。魚でもシャチでもなく、慧一のバックスタイルだけが印象に残っている。

「……すみません。慧一さんのパーツがあまりにも魅力的で、どうしても我慢できなくて。でも、いくら何でも見すぎだったと思います。さすがに不愉快ですよね」

「だから、謝ることじゃない」

慧一は秀美の手を握ると、まっすぐに見つめてくる。

彼の瞳はゆらゆらと燃えていた。情熱的な眼差しが秀美を蕩《とろ》かし、理性を激しく揺さぶる。危険を感じて逃げ腰になるが、目を逸《そ》らすことさえできなかった。

「不愉快どころか、俺は君に追いかけられるのが嬉しくて仕方ない。生真面目《きまじめ》なところも、尻フェチなところも、全部大好きなんだ。君がいるだけで俺はわくわくするし、楽しい気分になる」

「……」

あまりに大胆な告白に、秀美は言葉を失う。追いかけられるのが嬉しいだなんて、この人は相当変わっている。だけど、本気の想いが怖いくらいに伝わってきた。

彼が言わんとすることも、ようやく理解できた気がする。

「ごめんなさい。私、その方面に疎《うと》くて……デートも仕事も同じだと考えてました」

秀美は申し訳なく感じた。慧一のことを気遣っているようで、実はないがしろにしていたのだ。

(この人が私のことを好きだという気持ちを、理解できていなかったんだわ)

そして、自分の気持ちすら曖昧《あいまい》だった。

フェチだから彼にときめくのか、それとも、知らぬ間に恋に落ちていたのか分かろうともせず。

「急ぐことはないさ。俺達はまだ始まったばかりだ」

「え？　……あっ」

ゆったりと抱きしめられ、唇が重なる。柔らかくて温かな、思いやりにあふれたキスだ。

誰もいない浜辺で二人きり。秀美は、ようやくデートが始まるのを実感した。

「行こうか」

「はい」

男の人と手を繋ぎ、ただ歩くだけの時間。それが気まずくもなく、退屈でもないのはどうしてなのか、秀美は分かり始めている。

傍にいるのが、この人だから。コンプレックスもフェチも、全部まとめて大好きだと言ってくれた、初めての男性だから。

二人は遠くまで散歩して、適当なところで折り返した。今は自分達がつけた足跡をたどっている。駐車場まであと少しの距離だけれど、秀美はもっとずっと、彼に寄り添っていたかった。

「秀美、チャンスだぞ」

「えっ？」

「パーツだよ」

慧一はふいに立ち止まり、手を離して、くるりと背中を向けた。

「あ……」

「どんなポーズでも決めてやる。リクエストがあれば、遠慮なく言ってくれ」

魅惑のバックスタイルが目の前に晒《さら》された。慧一は今この場で、秀美の願望を満たそうとしている。

「本当に、いいんですか？」

「もちろん。約束だからね」

結婚を前提として付き合う。その特典として、パーツを観賞させてくれると彼は約束した。いつでもどこでも、どんなポーズでも。

「すっ、少しお待ちくださいね。ええと……」

秀美は急いでポーズを考えるが、いざとなるとイメージが分散してしまう。どうしようか迷っていたら、慧一が背を向けたまま呟《つぶや》くように言った。

「何なら、写真を撮ってもいいぜ」

「写真……ですか？」

その言葉と慧一の後ろ姿に、何かを思い出しかけた。でも、それが何なのかハッキリしない。あと少しで思い出せそうなのに。

「慧一さん。やっぱり私、あなたに会ったことがあります。でも、一体どこで？」

「……」

彼は身体ごとこちらを向くと、秀美を無言で見下ろす。

君が思い出さなきゃ意味がない――

悔しそうな表情が、そう語っていた。

「どうして写真を撮らない？　俺のパーツを肌身離《はだみはな》さず持っていたいと思わないのか」

「そ、それは……」

秀美は『彼』の写真を大切にしている。でも、盗み撮りしたことへの罪悪感も常につきまとっていた。パーツフェチの世界にも一定のモラルがある。秀美の場合は『彼』を唯一の例外として、モラルを守ってきたのだ。

うまく言えない秀美を、慧一はそれ以上追及しなかった。

「まあ、いいけど。複雑だな」

「複雑？」

どういう意味だろう。彼を見上げると、額《ひたい》に冷たい粒が当たった。

「おっ、雨だ」

知らぬ間に雲の色が濃くなり、太陽はすっかり隠れている。雨はたちまち大粒になり、九十九里浜は大荒れの天気に変わった。

「ど、どうしよう。たくさん降ってきた……」

「走るぞ、秀美！」

慧一のジレが頭に被せられた。肩に腕を回され、抱えられるようにして砂浜を走る。

「きゃああ！」

車にたどり着くと、慧一は後部席のドアを開けた。

「早く乗って」

「はいっ！」

先に秀美が乗って奥に詰め、続いて慧一が飛び込みドアを閉めた。雨はますます激しくなり、車は滝に打たれたような状態になる。

「ひどい天気ですね」

「ああ、まったくだ」

二人はしばらく息を弾《はず》ませていた。落ち着いてくると顔を見合わせ、どちらからともなく笑い出す。

「日頃の行《おこな》いが悪いせいだ。どっちが原因かな」

互いを指さして、また笑った。

雨に降られてさんざんなはずなのに、なぜだか楽しくてしょうがない。

「どうだ、こういうハプニングも悪くないだろ」

「そうですね。ふふっ……」

ひとしきり笑い合うと、慧一はシートの後ろに身を乗り出し、ラゲッジスペースに載せてあるスポーツバッグを開けた。そこから大判のタオルを引っ張り出して秀美に渡す。

「そんな、私は大丈夫です。慧一さんが使ってください」

慧一とジレのおかげで、ほとんど濡れずに済んだ。秀美は手を振って遠慮するが、彼はタオルを広げて頭にふわりとかけてくる。

「俺はいいんだ。脱いで乾かすから」

「……えっ」

慧一はカットソーを脱いで半裸《はんら》になった。生々しい肉体美は、枯れ女の秀美には刺激が強すぎる。

「こら、じろじろ見るんじゃない。照れるだろ」

「なっ……見てませんから！」

秀美が慌てると、慧一はにやりとした。この顔は、すべてお見通しのようだ。

「足も砂だらけだな。タオルは汚れてもいいから、ちゃんと拭《ふ》いておけよ」

「……ありがとうございます」

慧一はからかいながらも、秀美を気遣ってくれている。男性らしい粗野《そや》な優しさだった。

「秀美……」

足を拭《ふ》いていたら、名前を呼ばれた。顔を上げると、すぐそこに彼がいる。端整な顔立ちと均整のとれた肉体。ゆらゆらと燃える一途《いちず》な眼差し。額《ひたい》にかかる前髪に、水滴が光っている。

顔も身体も近すぎて恥ずかしいのに、なぜか目を逸《そ》らすことができない。

彼は秀美の眼鏡《めがね》をそっと外し、唇を重ねた。

「んっ……」

痺《しび》れるような感覚が全身を襲う。指先から力が抜けて、タオルがはらりと落ちた。

「……ん、ふ……」

キスが深すぎて呼吸が苦しい。雨と、男の人の匂い。

秀美は喘《あえ》ぐようにしながら腕を伸ばし、慧一の肩に掴まった。離れた唇から彼の囁《ささや》きが漏れる。

「君が好きだよ」

「慧一さ……」

どうしてこんなに求めてくれるの？　訊《き》きたいけれど、再びキスをされて声が出せなくなった。

どうして……どうして？

秀美は疑問符を重ねながら、慧一と過ごした時間をさかのぼる。

食事して、ドライブして、誰もいない浜辺をゆったりと歩く。目的地など設定しなくても、充実した時間を得られるのだと知った。

桜山慧一。彼の傍にいるだけで楽しいと感じる。

この気持ちが、恋なのかもしれない――

「……ごめん、つい夢中になった」

「いいの。だって、私も……」

互いに温《ぬく》もりを分け合い、キスの余韻《よいん》に浸《ひた》る。いつしか雨は小降りになり、世界に静けさが戻った。

寄せては返す波のリズムが遠くに聞こえ、興奮を鎮《しず》めてくれる。

慧一の胸は、どこか懐かしい香りがした。

東京に帰り着いたのは、午前零《れい》時を回る頃。慧一は秀美のマンション前に車を停めた。

「慧一さん、今日はありがとう。とても楽しかったです」

「ああ、俺も」

慧一が微笑むのを、秀美はまぶしく思いながら見つめる。真夏の太陽みたいに明るくて、熱い。

「どうした？」

「い、いいえ、何でもありません」

秀美は視線を逸《そ》らすと、慌ててシートベルトを外す。車から降りるのをすっかり忘れていた。

「それではまた、月曜日に。明日は身体を休めてくださいね」

秘書の口調になってしまうのは、慧一を男性として意識しているからだ。頬が赤くなっていても、夜なので気付かれないだろう。

「秀美」

慧一はシートベルトを外し、身体をこちらに向けた。指先で秀美の顎《あご》を捉《とら》え、唇を重ねる。

「……ん」

一度離してから、再び押しつけてきた。やがて舌が侵入し、口中を愛撫《あいぶ》する。秀美は下腹の奥がキュッと締まるのを感じた。

「帰したくない」

耳元で甘く囁《ささや》かれ、思わず瞼《まぶた》を閉じる。秀美を抱く彼の身体は熱く燃えていた。

「慧一……さん」

学生時代のデートはあっさりとしていて、こんなふうに名残《なごり》を惜しむことはなかった。でも今は違っている。いつまでも離れがたく、この温《ぬく》もりに永遠に包まれていたい。

本当に、自分はどうなってしまったのだろう。

「俺のマンションに行こう。着替えを取っておいで」

慧一の誘いがどんな意味を持つのか、秀美は理解している。それでも迷うことはなかった。

二十分後、車は慧一の自宅に着いた。秀美はボストンバッグを手に、マンションの駐車場に降り立つ。

「エントランスはこっちだ」

「は、はい」

腰に回された腕が秀美を抱き寄せ、二人は密着する。秀美はうつむき加減になり、彼にリードされるまま歩いた。

エレベーターに乗ると、慧一はカードキーをリーダーにかざし、行き先ボタンを押した。

秘書室のデータによれば、二十五階建ての高級マンションは桜山家の親族が管理している。彼は最上階フロアを丸ごと借り、一人で暮らしているはずだ。

上がっていく階数表示を見ながら、秀美はあることに気付く。

「あの、家政婦の方がいらっしゃるのでは？」

「週末は休んでもらってる。平日も、こんな夜中までいることはないよ」

「そっ、それもそうですね。ごめんなさい、私ったら」

緊張のためか、頭が正常に働かない。情けない気持ちでいると、慧一が顔を覗《のぞ》き込んできた。

「リラックスしてくれ、秀美」

「はい……」

至近距離で目が合い、さらに緊張が高まる。慧一は落ち着いたもので、秀美が赤くなるのを見て嬉しそうに頬を緩《ゆる》ませた。

(今からこんなんで、どうするのよ！)

ふがいない自分を責めるが、どうしようもない。男性と一夜をともにするなど、大学生以来なのだ。当時の彼氏とどんなエッチをしたのかほとんど記憶になく、手順すら忘れている。

初めてではないというだけで、実質は処女と同じようなものだった。

おそらく慧一は、女性に関する経験値が高い。デート中のスマートな接し方や気遣い、蕩《とろ》けるようなキスがそれを証明している。

彼は女性に対してストイックだと南波が言っていた。それでも過去には恋人の一人や二人、当然いただろう。秀美としては、あまり考えたくないけれど。

ついに最上階に到着した。ホールに降りて短い通路を進むと、メタリックブラウンの引き戸が自動で開く。その先に玄関ドアがあり、慧一は暗証番号とカードキーで解錠《かいじょう》した。

「どうぞ」

「お、お邪魔いたします」

大理石《だいりせき》の床を踏み、ドアの内側に入る。ライトが自動的に点灯し、広い玄関を照らし出した。収納棚の上に季節の花が飾られただけのシンプルな空間だ。

ドアが閉まり、オートロックの音が大きく響く。秀美は微《かす》かに震え、バッグの持ち手を強く握りしめた。

「どうした？　遠慮なく上がってくれ」

「え？　あ、はいっ」

スリッパを借りて上がり、脱いだサンダルは玄関の端に揃える。

慧一のあとについて廊下を進み、突き当たりにある両開きのドアからリビングに入った。

「わあ……」

天井は高く、夜景を望む窓も大きい。ブラウンを基調とした内装はセンスが良く、ゆったりとしたリビングを落ち着いた雰囲気に仕上げている。

ソファセットやチェストなどの調度品も、内装に合わせた色とデザインで統一されていた。

「まあまあだろ？」

「素敵すぎて、びっくりです！」

慧一が入居する前は、母方の従姉《いとこ》とその家族が住んでいたらしい。

半年前、従姉《いとこ》の夫がカナダに転勤することになり、一家は海外に移住した。それでタイミングよく空いたところを、慧一が借りたというわけだ。

「一家が戻る五年後には出ていく約束だから、仮の住まいってやつだな」

仮の住まいにしても立派な家である。秀美は遠慮がちにソファに座ると、高級ホテルのラウンジのような部屋を眺め回した。

「遠出して疲れただろ。何か飲む？」

ソファの後ろから慧一が覗《のぞ》き込んできた。首筋に彼の息を感じて、秀美は身を硬くする。

「おっ、お構いなく」

「ふうん。シラフで大丈夫か？」

「はい……へっ？」

慧一の言わんとすることを覚《さと》り、声が上ずってしまう。そうだ、お宅拝見のために来たのではない。肝心なことを思い出した秀美は、いよいよ緊張してきた。

「……では、少しだけいただきます」

「よし、待ってろ」

慧一はキャビネットからバーボン・ウイスキーの瓶《びん》を取り出し、キッチンに移動する。カチャカチャと涼やかな音が聞こえたかと思うと、じきに彼が戻ってきた。

秀美に水割りのグラスを渡して、隣に腰かける。

「二人で飲もう」

彼は秀美のグラスを指さす。一杯の水割りを分け合おうと言うのだ。

「君からどうぞ」

慧一はそれほど喉《のど》が渇《かわ》いていないらしい。秀美は遠慮せず、先にいただくことにする。

グラスの縁《ふち》に唇をつけ、ごくりと飲んだ。琥珀色《こはくいろ》の液体が、ほどよい冷たさで喉《のど》を潤《うるお》す。

「あ、ごめんなさい。口紅が……」

透明な飲み口に、唇のあとがついている。きれいなコーラルピンクは、慧一が選んだ色だ。

「いいよ。むしろ目印になってちょうどいい」

秀美からグラスを取り上げると、彼はその目印に口を当てた。

(これは……間接キス?)

思春期の少女のように、ときめいてしまった。そんな自分に戸惑い、秀美は腰をもじもじさせる。

慧一はグラスをテーブルに置くと、無言で秀美を抱き寄せた。

「え、あのっ？」

被さるようにキスをしてくる。口移しで与えられるのは、ワイルドな苦味と甘み。それは喉《のど》を通り過ぎ、秀美の中へ静かに下りてゆく。

大人しく彼の腕に抱かれ、身体じゅうに浸透するバーボンを味わう。それは秀美の喉《のど》の渇《かわ》きを癒《いや》し、緊張をほぐしてくれる魔法の液体だ。

「もっと欲しいか？」

唇が離されると、秀美は自《みずか》ら眼鏡《めがね》を外し、潤《うる》んだ瞳で彼を見つめた。

「はい」

ストレートな質問に、正直に答える。アルコールが回ったのか、秀美の全身は火照《ほて》り始めていた。

慧一は酒の残りを呷《あお》り、秀美の求めに応じる。

「ん、んんっ」

液体の注入が終わると、荒い息と舌が口内に侵入してきた。

慧一は何かを探すかのように舌先を動かし、秀美を貪《むさぼ》り始める。ぬらぬらとした感触がとてつもなくいやらしい。それなのに、秀美はもっと欲しくなり、進んで舌を絡めた。

「……うう……ん」

わずかなアルコールとキスだけで、秀美は深く酔わされていた。この先、あんなことやこんなことをされたら、どうなってしまうのだろう。

「今度は何が欲しいんだ？」

答えられずにいると、身体がふわりと浮き上がった。

「……」

「ひゃっ？」

突然のことに驚き、慧一の首にしがみつく。これはもしや、お姫様抱っこ？

「け、慧一さん」

「君が欲しいものをあげるよ。もちろん、俺もいただくけどね」

「何を……あっ」

秀美はリビングの外に軽々と運び出された。彼は廊下を歩き、ある部屋の前で立ち止まる。そして秀美を抱いたまま、器用にドアを開けて入った。

シーリングライトが自動的に点灯し、カーテンが引かれた薄暗い空間を淡く照らす。部屋の中ほどにキングサイズのベッドが置かれているのを見て、秀美は睫毛《まつげ》を震わせた。

（ここは……寝室？）

慧一は背中でドアを閉めると、愛し合うための舞台へ迷わず進んでいく。

「きゃっ」

ベッドに下ろされ、秀美は小さな悲鳴を上げる。体勢を整える間もなく、慧一が覆《おお》い被さってきた。

逞《たくま》しい肩、厚い胸板、男の人の重量感。

強く抱きしめられ、息苦しいほどの熱に閉じ込められる。

「あ、そんな……」

衣服の上から胸を愛撫《あいぶ》された。長い間、誰も触れていない二つの果実を、慧一は夢中でまさぐっている。

「……待って……あ……」

彼は先端を探り当て、指先でぎゅっと摘《つま》んだ。首筋に荒い息がかかり、体温が一気に上がっていく。性急な求めに戸惑いながらも、秀美は身体の奥から蜜が湧き出すのを自覚していた。

「慧一さんっ」

呼びかけると彼の動きが止まり、熱い眼差しを向けられる。愛欲に濡れた表情《かお》が、ゾクゾクするほど色っぽい。

「慧一さん、私……」

秀美の声も濡れている。固く閉ざされていた女の身体が、彼を受け入れる準備を始めたのだ。

「すまない。暴走してるな」

そう言って、慧一は腕の力を緩《ゆる》めた。ここまできて欲望を抑えようとする彼が愛《いと》しい。でも、もう限界なのだと秀美にも分かっていた。

「いいの、抱いてください」

「秀美……」

慧一はため息とともに呼びかける。無防備な恋人を、愛《いと》しくて堪《たま》らないというように彼は見つめた。

「可愛いよ」

秀美は少し驚く。この歳になって、そんな言葉をもらえるとは思わなかった。

そもそも男性から可愛いと評価されたことが、今まであっただろうか。いや、大学時代の彼氏にも言われたことがない。

若い男の人が苦手で、いつも堅苦しい態度で接してきた。おかげで堅物眼鏡《かたぶつめがね》と揶揄《やゆ》され、可愛げがない女だと周囲に認識されている。

「う、嘘です。そんなこと」

「どうして？」

慧一が不思議そうに覗《のぞ》き込む。

「俺が信じられない？」

「違います！　そうじゃなくて……」

「可愛いよ。普段の君も可愛いが、今の君はもっと可愛い」

可愛いと連呼する彼に、秀美はもう何も言えなくなる。感じたままをストレートに伝えるのが慧一の流儀なのだ。きっと心からの言葉なのだろう。

「……抱いてください」

もう一度ねだると、慧一は返事の代わりにキスを落とした。さっきよりも深く、濃厚な口付け。

「ん、ふ……」

秀美の肉体は完全に蕩《とろ》け、彼に自由を許した。欲望を解き放った慧一は、獣《けもの》となって獲物を捕食する。大きな手で胸をまさぐり、柔らかな果実を揉みしだいた。

「はぁん」

はしたない声が漏れる。恥ずかしくて横を向くけれど、慧一は嬉しそうに囁《ささや》く。

「いい声だよ」

「や、やめて……」

「もっと啼《な》かせてやる」

彼はそう言うなりカーディガンを脱がせた。秀美は露《あら》わになった二の腕を隠そうとするが、ほとんど意味がない。

慧一はワンピースのサイドファスナーを探し当てると、素早く下ろした。秀美は恥ずかしさで身を捩《よじ》るものの、その動きを逆に利用されて、キャミソールごと剥《む》かれてしまう。

「あっ、ダメです。見ないで」

「無茶を言うな」

残るはブラとショーツのみ。慧一は身体を起こすと、舐めるように見回してきた。

「へえ、君は着痩《きや》せするタイプか」

正直な感想を聞かされ、秀美は赤くなった。特に太っているわけではないが、運動不足がたたって余分な肉がついている。

しかし、慧一は満足そうな表情をしていた。むしろ喜んでいるらしい。

「いいね。燃えてきたよ」

静かだけれど、ゾクゾクするほどいやらしい口調だった。

男の昂《たか》ぶりを目《ま》の当たりにして、秀美は戦慄《せんりつ》する。それなのに、情熱的な視線から逃れようとはしない。彼の眼差しが、秀美の中の女を目覚めさせたのだ。

慧一のほうも服を脱ぎ始めた。ボタンを片手で器用に外し、シャツもアンダーウエアもベッド下に放り捨てる。

逞《たくま》しく、均整のとれた肉体美が現れた。慧一こそ、着痩《きや》せするタイプだと秀美は思う。スーツを着た彼はスタイリッシュで、紳士そのもの。こんなにも猛々《たけだけ》しい身体の持ち主だとは、誰にも想像できないだろう。

ベルトに手をかけた慧一は、思いついたように尋ねた。

「ライト……暗くしようか？」

彼は女性に対するマナーを心得ている。獰猛《どうもう》な獣《けもの》と化した分身を、いきなり晒《さら》したりしないのだ。

秀美がこくこくと頷くのを見て、シーリングライトの光量を調節してくれた。暗すぎず明るすぎず、ほどよい感じになる。

慧一はこちらに背を向けてからベルトを外し、デニムを下ろした。黒のボクサーパンツに包まれた魅惑のお尻が現れる。あまりに見事なヒップラインに秀美は息を呑んだ。

おそらく慧一は、フェチのことを忘れている。後ろを向いたのは、秀美に刺激を与えないための気遣いだろうが、それはまったくの逆効果だ。

セクシーなお尻。危《あや》うい腰つき。それらが強烈な刺激となって秀美に襲いかかる。

（ああ……慧一さんのバックスタイル、眼福《がんぷく》だわ）

身も心もメロメロに蕩《とろ》けてしまう。こんな時に何を考えているのかと自分に呆れるけれど、どうにもならない。これは、フェチ女の性《さが》なのだ。

慧一はボクサーパンツを脱ぐ前に、ベッドから下りて壁際のチェストへと歩いた。引き出しから何か取り出すと、すぐに戻ってきて、サイドテーブルに置く。

避妊具《ひにんぐ》だと察し、秀美は微《かす》かな緊張と胸の高鳴りを覚える。

慧一はベッドに上がると、そっと身体を重ねた。鼻先が触れ合うほどに顔を近付け、じっと見つめてくる。パーツの魅力に蕩《とろ》けている秀美も、濡れた眼差しで応《こた》えた。

「誘ってるのか？」

「……っ」

少し怒った声に聞こえる。秀美は首を横に振ろうとするけれど、慧一は返事を待たずに唇を吸った。

彼の右手が背中に回り込み、ブラのホックを外す。ストラップが肩を滑《すべ》り、白い乳房が零《こぼ》れる。

「やんっ……」

慧一は秀美を腕に抱えると、片手で胸を揉みほぐした。ほどよいボリュームの乳房は柔らかく、尖《とが》った実はきれいな色をしている。そこをキュッと摘《つま》まれ、秀美は切なげに眉を寄せた。

器用な指先が、女の身体を巧みに操《あやつ》る。エッチの手順など思い出す必要はなかった。慧一にリードされるまま、濃密な交わりを味わえばいい。

「やっ……、ああん！」

ショーツの上から秘部をなぞられ、秀美は淫《みだ》らな声を上げた。慧一は目を細め、さらに愛撫《あいぶ》する。

「あっ、ダメ……いやあっ」

脚を割られ、その付け根を好きなように弄《いじ》られた。強く逆らえないのは彼に快楽を与えられ、身体の自由を奪われているから。クロッチが愛液でべとべとになってしまい、恥ずかしくて彼から目を逸《そ》らした。

「秀美、俺を見て」

「で、でも……」

「すごく感じてるんだな。嬉しいよ」

ちらりと窺《うかが》うと、顔を覗《のぞ》き込まれた。こめかみに汗を浮かべて微笑む彼は、男の色気に満ちている。

いつだったか、テレビで科学者が力説していた。モテる男性は、優《すぐ》れた容姿で女性を惹《ひ》きつけるのではない。特別なフェロモンを放っているのだと。

それは一種の魔法であり、現代科学の力をもってしても解《と》くことはできないという。

科学者のくせに魔法で片付けようとするなんて、バカバカしいと思っていたが、今の秀美なら賛同できる。慧一のフェロモンは、自分みたいな枯れ女すら虜《とりこ》にしてしまう。まさに魔法としか言いようのない現象だった。

「俺だけを見てろ」

「はい……慧一さん」

秀美が見惚《みと》れている隙《すき》に、彼はショーツを引き下げた。それを足先から抜くと、邪魔だと言わんばかりに、ぽいと捨ててしまう。

秀美はとうとう一糸纏《いっしまと》わぬ姿となった。慧一もボクサーパンツを脱ぎ、生まれたままの姿で向き合っている。社長とか秘書とか、そんな肩書きはもはや関係ない。

二人はただの男と女として、深く交わろうとしていた。

「あ、やんっ」

いきなりベッドにうつ伏せにされた。背後から慧一が覆《おお》い被さり、首筋に顔を埋《うず》めてくる。両手で胸を揉まれ、実をこねられると、快感が全身を駆け抜けた。

ビクビクと痙攣《けいれん》する腰を、慧一が撫でさする。

「君の弱点は胸だな」

耳元で囁《ささや》かれ、秀美は頬を赤く染めた。後ろを振り向こうとすると、身体を起こされ、彼の前に座らされる。前に回り込んだ手で再び乳房を攻められ、淫《みだ》らに悶《もだ》えた。

腰をくねらせて逃れようとしても、彼の欲情を煽《あお》るだけ。

「無駄だよ。放すと思うのか」

「だって……ああっ、そんな……」

膝《ひざ》を掴まれ、脚を左右に広げられた。羞恥《しゅうち》を覚えるけれど、もう抵抗しない。腿《もも》の内側を優しく撫でる彼にすべてを任せ、濡れそぼる秘境への侵入をあっさりと許した。

慧一の汗ばむ身体に抱かれている。濃密なフェロモンに包まれて、もう秀美の身体は完全に彼のものだった。一番大事なところを弄《いじ》ってほしいという欲求が急激に高まり、我慢できなくなる。

「お願い……慧一さん」

「素直だな。いい子だ」

低くて温かな声。心地よい響きが秀美を安心させる。いつかどこかで聞いたことがあるのに、ハッキリと思い出せない。それでも、なぜだか懐かしい気持ちになる。

「はっ、ん……」

入り口の周囲を愛撫《あいぶ》され、秀美は感じすぎて喉《のど》を反らす。彼の指に蜜が絡まり、滑《なめ》らかに動いている。間もなくその指先は入り口を押し開け、ナカに侵入してきた。

狭くてきついはずの道が、スムーズに彼を受け入れる。もはや摩擦《まさつ》など起こりようもないほど濡れそぼっているのだ。

「すごいな。こんなに……」

慧一が中指を根元まで差し込み、ぐちゅぐちゅとかき混ぜる。

「や、やめてえ」

「俺は大したことはしてないぞ」

そう言いながら、もう片方の手で乳房の頂《いただき》を弄《いじ》り、秀美をさらに悶《もだ》えさせた。汗と愛液にまみれたまま、いとも簡単に天国へ連れていかれる。

「あっ……ああっ、だめええ……」

「オフィスではクールな君が、こんなに乱れるとはね。堪《たま》らないよ、秀美……」

慧一の目は、汗ばむ女体を堪能《たんのう》している。秀美はふと、スポーツクラブでの発言を思い出した。

──汗にまみれて息を乱す君は、最高にセクシーだ。

あの頃から、秀美を抱くつもりでいたのだろう。この人には敵《かな》わない。大胆かつ巧妙な罠《わな》に追い込まれ、完全に捕獲されてしまった。

言葉は悪いけれど、調教されたような気分でもある。

だって快楽というご褒美《ほうび》を、こんなにも求めているのだから。

「知性と品格、理性的な態度。それらは君の美点だが、俺は時々、すべて剥《は》ぎ取ってやりたい衝動に駆られる」

話しながらも、慧一の手は秀美を慰《なぐさ》めている。感じすぎて呼吸を乱すと、首筋にキスを落とされた。

「社長室で君と二人きりになるたび、どうしようもなくムラムラする。すぐにでも襲いかかって服を脱がし、思いきり乱してやりたくなるんだ」

剥《む》き出しの欲望をぶつける衝撃的な告白。けれど、まったく不快ではない。恋心を自覚した秀美には、情熱的な愛の叫びに聞こえた。

でも、どう応《こた》えたらいいのか分からず、ずれた対応をしてしまう。

「職場で、そんなこと……しちゃ、ダメです……っ」

「もちろん承知してるさ。だが、それが男の生理なんだから、妄想くらい勘弁してくれ。君だって俺のことを見てただろ。それも仕事中にね」

「ううっ」

それを指摘されたら、秀美も偉そうなことは言えない。

「だから、今こうして君を抱けることが、嬉しくて堪《たま》らないんだ」

「ひゃ……ん、ああ、あっ……もう、あ……っ」

胸と秘部を同時に攻められ、秀美は大きく仰《の》け反《ぞ》る。脚を広げて腰を捩《よじ》る姿は、とても淫《みだ》らに映るだろう。慧一がますます興奮するのが、汗ばむ胸板から伝わってくる。

「君をめちゃくちゃにしてやる。俺なしでは生きていけない、エロい身体にしてやるよ」

「そ、そん……な……」

ある意味、既にそうなっていた。身体だけでなく、心までも虜《とりこ》になっている。秀美はもう、慧一のパーツのみに惹《ひ》かれているわけではない。

「こんなふうに君を可愛がって……俺のモノにする」

「……あ、いやっ」

二本の指を同時に挿入《そうにゅう》された。彼は角度を変えて抜き差しし、秀美の反応を見ている。

「ん？　ここかな」

「ふあっ、やめ……ああんっ……」

いいところをこすられ、刺激に耐えかねて全身をくねらせた。急激な昂《たか》ぶりに危険を感じ、反射的に脚を閉じようとする。

けれど彼は許さず、首筋にかかる呼吸を荒くした。

「逆らうのか」

「違っ……誤解です、私は……」

「ダメだ。お仕置きしてやる」

「そんな……ああっ！」

仰向けに寝かされ、脚を大きく広げられた。秀美の中心がぐずぐずに溶けているのを見て、慧一はにやりとする。

「すごいことになってるぞ」

「や、見ないでぇ……」

びしょ濡れの状態を指摘され、恥ずかしさは頂点に達する。けれど、お仕置きに震えながらも、秀美は悦《よろこ》びを感じていた。

もっと辱《はずかし》めて、懲《こ》らしめてほしい――

わけの分からない願望に支配され、脚の力を抜く。

「お願い、慧一さん……来て……」

彼の顔から余裕の笑みが消え、怒ったような表情になる。

秀美は甘えたつもりでも、男にとってそれは挑発だった。

「覚悟しろよ」

「え……？　んっ、んんっ……！」

唇を塞《ふさ》がれ、うめき声を上げる。強く抱きしめられ、身体じゅうを愛撫《あいぶ》された。

彼は再び二本の指を挿入《そうにゅう》し、舌と連動させて秀美を攻めた。とてつもない快感が全身を這《は》い上がり、秀美は思わず涙ぐむ。逃れようとしても、身体を拘束されて自由がきかない。

S《エス》っ気満点の攻め方だった。それにもかかわらず、快感が増すのはなぜなのか。

苦しくて堪《たま》らないのに、秀美は自《みずか》ら腰を振っていた。もっと奥まで彼を迎え入れたい。

「気持ち良さそうだ。いやらしいよ、君は」

「や、だって……あう、んんっ……」

意地悪な言葉責めにも、まんまと感じてしまう。

経験の少ない秀美には、わけが分からない高まり。分からないまま、泉があふれて止まらなかった。

「イかせてやる……」

サディスティックな光を瞳に宿し、慧一はさらなる快楽を約束する。

「は……あんっ、いや……っ、あああっ！」

愛液にまみれた彼の手指によって、秀美はエクスタシーの頂点に導かれた。

しかも立て続けに、何度も何度も。容赦のない攻撃に啼《な》かされるけれど、睫毛《まつげ》の先まで悦《よろこ》びに震えている。

「お、お願……あ、もう……っ」

慧一自身が欲しくて、強くしがみついた。もっともっと、高いところに上《のぼ》り詰めたい。この昂《たか》ぶりと衝動を、あなたのものでどうにかしてほしい。

「そろそろ……俺も限界だ」

濃厚なキスを交わしたあと、慧一は一旦離れた。そして準備を整えると、すぐに戻って秀美の脚を左右に開く。その中心に、ぬらぬらとした先端が押しつけられた。

「いい具合にほぐれてる。挿《い》れるよ」

「んんっ……！」

怒張《どちょう》した彼の分身が、ずぶずぶと入ってくる。痛みはなく、それどころか気持ち良すぎてどうにかなりそうだった。奥に到達するのを待ちきれず、腰を自《みずか》ら押しつけて催促《さいそく》する。

「君のカラダは素直だな。その上、エロティックだ」

「だって、慧一さん、が……」

「うん？」

わざと腰を引き、お預けにする慧一。彼の技巧に翻弄《ほんろう》されて、秀美のナカは号泣《ごうきゅう》していた。

「俺が何だ。ハッキリ言わないか」

「慧一さんの、い、意地悪……」

目に涙を溜める秀美を、彼は愛《いと》しそうに見つめる。温かく包み込むような眼差しは、どこまでも優しい。意地悪な人なのに、どうしてこんなにも愛情を感じさせるのだろう。

「君が可愛すぎて、つい啼《な》かせたくなる。俺自身、困ってるんだ」

「……そう、なの？」

「ああ。理性のタガが外れちまった」

そう言って、むしゃぶりつくようなキスをしてきた。上も下も、これ以上ないくらい濡れている。

「わたし……もです。理性なんて、もう……」

慧一は秀美を強く抱きしめ、腰を前後に動かし始めた。どんどん加速して、勢いが止まらない。

「あっ、あっ、んんっ……あんっ、あっ、あんっ……」

「秀美……」

男性の力強さを感じる。力だけではなく、彼の想いすべてを受け止めるのだ。

（もっともっと、奥まで突いて。私を、自由にして！）

苦しさに喘《あえ》ぎながらも、秀美は幸せを感じていた。

「好きだ……君が……」

「慧一さんっ……」

激しさを増す腰の動きと、荒い呼吸。自分がこんなセックスをするなんて、想像もしていなかった。もう一生誰とも付き合わず、ましてや深い関係など結ばず、独《ひと》りで生きていく。堅物眼鏡《かたぶつめがね》に相応《ふさわ》しい、そんな人生を覚悟していた。

なのに、今はこんなにも快楽に溺れている。彼に思いきり求められ、ぐしょぐしょに濡れて、乱されて――

「あああっ、や……お願……いっ、もっと……はあああんっ」

「……秀美っ！」

彼の逞《たくま》しい腰を掴み、爪を食い込ませる。魅惑の腰つきに、完璧なパーツ。だけど、それだけが慧一の魅力ではない。

情熱的な眼差しと、丸ごと愛してくれるところに惹《ひ》かれた。海のように広く、深く、大らかな愛情。いつしか秀美はそれを求めていたのだ。

「くっ……」

彼の動きが止まり、秀美の内側に熱いものが注《そそ》がれる。

嬉しくて涙が零《こぼ》れた。頼もしい肩にしがみつき、二つの鼓動を一つに感じる。

「愛してるよ」

キスを求めると、慧一はすぐに応《こた》えてくれた。

抱きしめ合い、深く繋がったまま互いを貪《むさぼ》る。秀美はもう、すっかり彼のものだった。

「私も……私も愛しています……あなたを」

あの日、王子様は春風とともにやってきた。

薔薇《ばら》の花束を差し出し、秀美を『俺のお姫様』と呼び、強引なアプローチを仕掛けて——

まるで、おとぎ話の世界だ。

今の秀美には、シンデレラの気持ちがよく分かる。午前零《れい》時の鐘が鳴るまで踊り続けた彼女は、決して愚《おろ》かではない。彼女に時間を忘れさせたのは、王子様を想う恋心なのだ。

「もう一度……いや、何度でも君が欲しい」

甘くて低い囁《ささや》きに、そっと頷く。

いつまでも一緒にいたい。離れたくない。汗ばむ素肌を重ね、二人は思うさま愛し合った。


「あれ……ここは？」

高い天井と、広い部屋。キングサイズのベッド。明らかに自分の部屋ではない。

いつもどおり午前六時に目を覚ました秀美は、隣に男性が寝ているのに気付き、大声を上げそうになった。

「……そうだ。私は昨夜、社長……じゃなくて慧一さんと」

セックスしたのだ――

秀美は赤くなり、裸の胸に羽根布団をかき抱いた。頭がハッキリするにつれ、昨夜のあんなことやこんなことが次々と浮かんでくる。

「お、落ち着かなきゃ！」

サイドテーブルから黒縁眼鏡《くろぶちめがね》を取り上げ、素早く装着した。乱れた髪を手櫛《てぐし》でささっと直すと、あらためて慧一を見下ろす。秀美の気配を感じたのか、彼の瞼《まぶた》がピクリと動いた。

「慧一さん……朝ですよ」

「ん……」

まだ眠そうなので、無理には起こさないことにする。幸い今日は日曜日だ。

とはいえ、秀美の場合は平日と同じように行動してしまう。顔を洗って服を着替えて、朝食の用意をする。一人暮らしを始めて以来、長年続けている習慣だった。

「シャワーを使ってもいいですか？」

「……うん」

目を閉じていても、ちゃんと返事をする慧一。だけど、すぐに寝入ってしまった。

秀美はベッドから下りて、床に散らばる服や下着を拾い集める。慧一のボクサーパンツもきちんと折りたたんで、デニムと一緒にベッドの隅《すみ》に置いた。

洗濯してあげたいけれど、人のものを勝手に扱うのは良くない。

（奥さんだったら、いいかもしれないけど……なんてね）

慧一との新婚生活を想像し、一人で照れ笑いした。たった一晩で、すっかりその気になった自分に呆れてしまう。

ショーツを穿《は》いてワンピースを身に着けると、そっと寝室を脱け出した。小窓から射し込む朝陽《あさひ》が、静かな廊下を照らしている。

まずはリビングにボストンバッグを取りに行き、キョロキョロしながら廊下を戻る。すると、ステンドグラスが嵌《は》め込まれたドアを発見した。そこがバスルームのようだ。

中に入るとアロマの香りがした。脱衣所の他に、パウダーコーナーまである。棚を見上げれば、白いタオルが何枚も重ねてあり、バスローブも十分な数が用意されていた。

贅沢《ぜいたく》な光景だが、これが社長の暮らしなのだろう。

「すごい。私のマンションとは比べものにならないわ」

浴室のドアの手前には、ダブルボウルの洗面台が設《しつら》えてある。カウンターはきれいに磨かれ、まるでホテルのアメニティのように、ボディケア用品が整然と並んでいた。

秀美はカウンターにバッグを置くと、鏡に顔を近付けた。昨日は一日中外出していた上に、セックスで体力を消耗している。それなのに、なぜか肌の色艶《いろつや》が良い。

鏡の中の自分が、照れ笑いを浮かべる。秀美はいたたまれなくなり、くるりと背を向けた。

「ん？　誰からだろ」

バッグのポケットでスマートフォンが震えている。取り出してみると、八王子の実家から電話がかかってきていた。

「お母さん、おはよう。どうしたの？」

『どうしたの、じゃないわよ。あんた、ゴールデンウィークに帰ってこなかったでしょ。メールで「忙しいから」のひと言だけなんて、こっちは心配するでしょうが』

「あー、ごめん。そのうち電話しなきゃって思ってたんだけど……」

秀美はぽりぽりと頬をかいた。

『社長さんが代わったばかりで忙しいのは分かるけど、お父さんが不安そうにしてるわよ』

『余計なこと言わんでいい！』

母の後ろから苦情が飛んだ。父も傍にいるらしい。

「大丈夫だってば。桜山製作所は、ブラック企業じゃないし」

『そうだけど、昔のことがあるから……』

父はかつてブラック企業に勤めていた。当時の経験が、実家に帰らない娘の状況を、悪いほうに想像させるらしい。

「いつもより、ちょっと忙しいだけよ。お盆休みには帰るから心配しないで」

『ですってよ。お父さん、聞こえた？　あら、行っちゃったわ』

相変わらずな家族のやり取りに、秀美は思わず苦笑した。

『ところで秀美、新しい社長さんはどう？　ずいぶん若くて、仕事のできる人だって聞いたわよ』

「う、うん」

突然慧一の話になり、返事がぎこちなくなってしまう。今、その社長の家のバスルームにいるのだ。

『この前ね、新聞に載ってたのよ。若きエグゼクティブがどうとかっていう記事に、写真付きで』

「ああ、全国紙の経済面ね」

『そうそう。創業家の御曹司《おんぞうし》で、しかも仕事ができるイケメンだなんて、すごいわねえ』

華やいだ空気が電話越しに伝わってくる。秀美は「お母さんまで……」と、密《ひそ》かに息をついた。

『まだ独身でいらっしゃるのねえ。でも、結婚のお話とかあるんでしょ？』

「結婚？」

ドキッとしたが、秀美は冷静に対応する。

「う、うーん。どうかしら……よく分からないわ」

今の時点で慧一との関係を漏らすわけにはいかない。そもそも、話したところで信じてくれないだろう。

『ふうん。お仕事が忙しくて、それどころじゃないのかしら。まあ、桜山家の御曹司《おんぞうし》ともなれば、いいところのお嬢さんと一緒になるんでしょうねえ』

「そ、そうかも……ね」

母の言葉に動揺する。確かに、それが一般的な見方である。

『ところで秀美。結婚といえば、あんたはどうなのよ。仕事一筋なのは結構だけど、もう年齢的にもアレだし、真面目に考えてみたら？　あ、何ならお見合いしてみる？』

「はあ？」

秀美はようやく、母が電話してきた真の目的に思い至った。すぐに本題に入らず、さり気なく話題を振ってくるところに作為《さくい》を感じる。

それにしても、年齢的にもアレというのは失礼な言い方だ。

「お見合いなんてしません。今は仕事がすごく忙しいし、その……とにかく大丈夫だから！」

『どこが大丈夫なのよ。もしかして、いい人でもいるの？』

「それは……」

秀美はしどろもどろになり、「忙しいから」の一点張りで電話を切った。

「ふうっ。お母さんも案外強引だわ」

額《ひたい》に浮かぶ汗を拭《ぬぐ》うと、スマートフォンを握りしめる。突然見合い話を持ち出されて焦ってしまったが、秀美の心を大きく揺さぶっているのは別のことだった。

——桜山家の御曹司《おんぞうし》ともなれば、いいところのお嬢さんと一緒になるんでしょうねえ。

洗面台のカウンターにもたれ、しばし考え込む。

（会長と奥様……慧一さんのご両親は、お見合い結婚だって聞いてる。奥様は桜山製作所の取引先の社長令嬢だったはず）

そこで秀美はハッとする。出会った日から今日まで、怒涛《どとう》の展開についていくのがやっとで、冷静さを失っていた。よく考えてみれば、秘書が社長と結婚するというのは大それた行為だ。

それに秀美の実家は、ごくごく一般的な家庭である。父親は普通の会社員であり、桜山製作所に利益をもたらすような事業家ではない。

（慧一さんは、そんなこと承知の上で告白してくれたのよね？）

しかし秀美は、根本的な問題を忘れていた。

桜山会長は何と言うだろう――

慧一は桜山家の御曹司《おんぞうし》。跡取り息子が一介の社員と結婚するなど、会長や他の親族が許すだろうか。もしも反対されたら？

頭を左右に振って、にわかに湧き出した暗雲《あんうん》を振り払う。そんなこと、今は考えたくない。

秀美は握りしめていたスマートフォンをバッグに仕舞った。

「おはよう、秀美」

「ひゃっ」

突然呼びかけられて、思わず跳び上がってしまう。

シルクガウンを羽織《はお》った慧一が、すぐ後ろに立っていた。

「けっ、慧一さん！　いつからそこに？」

「今来たばかりだよ」

ということは、母との電話を切ったあとだ。秀美はそっと胸を撫で下ろす。

「ドアをノックしたけど、反応がないから心配したよ。昨夜は頑張りすぎたから、倒れてるんじゃないかってね」

「えっ？　ななっ、何を……」

朝から大胆なことを言われ、身の置きどころがなくなる。

秀美がもじもじしていると、慧一はガウンの紐を解《ほど》き、その場で脱ごうとした。

「ちょ、ちょっと、待ってください！」

激しくうろたえる秀美に、慧一はとぼけた顔を向ける。

「だって、風呂に入るんだろ？」

「ええっ？　一緒にですか？」

彼は当然といったふうに頷き、さらりとガウンを落とした。

「きゃあああっ」

びっくりした秀美は、目を両手で覆《おお》う。しかし間に合わず、全裸《ぜんら》をまともに見てしまった。こんなに明るい場所で見るには、あまりにも生々しい姿だった。

「どうしたんだ。君の好きなパーツだぞ」

慧一は身体の向きを変え、自分の尻をパシッと叩いてみせる。

「でで、ですから私はナマよりも、着衣に萌《も》えるタイプなんです！」

「ああ、思い出した。そうだったな」

わざとらしいこの態度。忘れたふりをして、秀美をからかったのだ。

「とにかく、早く仕舞ってください。めっ、目のやり場が……」

「何言ってるんだ。風呂に入るんだからハダカでいいだろ。君こそ早く脱いだらどうだ」

「うっ……」

慧一はガウンを拾ってバスケットに放り込むと、壁のパネルを操作してから浴室に入った。お湯がバスタブに勢いよく注《そそ》がれ、湯気が外に流れてくる。

(あ、いい香り……)

バスジェルを入れたのか、真っ白な泡がモコモコと膨《ふく》れ上がった。明るくて広い浴室に、甘いローズの香りが立ち込める。

「ほら、君もおいで」

生き生きとした表情で手招きする慧一。彼の元気な分身をチラ見して、秀美はドキドキしてきた。昨夜あれほど『酷使《こくし》』したのに、数時間眠っただけで完全復活している。

「秀美？」

「は、はい。お邪魔いたします！」

こうなったら従うほかない。それに彼の望みは、秀美の望みでもある。

ワンピースを脱いで、ショーツも下ろした。髪はヘアゴムを使っておだんごにする。最後に眼鏡《めがね》を外してカウンターに置くと、軽く深呼吸してから浴室に入った。

「あっ」

ドアを閉めるやいなや、待ち構えていた慧一に抱きしめられる。有無を言わせぬディープキス。密着する肌を湯気がしっとりと濡らしていく。

執拗《しつよう》な貪《むさぼ》りのあと、二人は絡み合いながら頭までバスタブに沈んだ。

「――ぷはっ！　け、慧一さん。ちょ、ストップ……」

泡の口ひげを生やした秀美を見て、慧一は楽しそうに笑う。

「もうっ。お手柔らかにお願いします！」

拳《こぶし》を振って抗議するが、手首を掴まれてしまった。

「それじゃ、こうしよう」

その言葉とともに、腰をふわりと持ち上げられる。慧一の脚の間にすっぽりと収まり、後ろから抱かれる体勢になった。

「優しくするよ」

「え？　あんっ……」

彼の両手のひらが、乳房を包んだ。泡の中で、秀美は好きに弄《いじ》られる。ぬるぬるとした感触が、いやらしさを倍増させた。胸を揉む手は肌を滑《すべ》りながらも、頂《いただき》を的確に捉《とら》える。

「やっ……」

キュッと摘《つま》まれても痛くない。ほどよい刺激を感じてしまい、足の指先がぶるっと震えた。

「きれいにしてやる」

秀美は抱え込まれ、丹念に洗われる。耳の後ろ、乳房の下、臍《へそ》の周り……どこもかしこも敏感に反応してしまう。それは洗うというより、巧みな愛撫《あいぶ》だった。

「慧一さ……あ、だめっ」

指が草むらの奥へと伸び、秘部に分け入る。ゆっくりと往復し、隠れた豆粒を見つけると、ぐりぐりと刺激した。

「ああっ」

秀美は背中を仰《の》け反《ぞ》らせ、全身を貫《つらぬ》く快感に耐えた。

「昨夜より乱れてるな。もしや感度が上がったのか？」

「そ、そんなの、わ、分からな……ああんっ！」

弱点である乳首も攻められ、思わず腰を捩《よじ》る。秀美は気付いていないが、それは男の本能を呼び覚ます、エロティックな動きだった。

「……もっときれいにしてやるよ」

その囁《ささや》きとともに、熱い吐息が首筋にかかる。

身体を持ち上げられて、秀美はバスタブの縁《ふち》に座った。壁にもたれ、泡だらけの身体を慧一に晒《さら》す。次第に泡が消えて素肌が見えてくると、彼の目の色が変わる。

「ま、待って、いやぁ」

脚を大きく広げられ、その中心に慧一が顔を埋《うず》めてきた。閉じようとしても力では勝てず、柔らかな腿《もも》が彼の頬を撫でるだけ。

「ううん、やっ、お願い……っ」

秘部を舐められ、秀美は激しく身悶《みもだ》える。

くちゅくちゅといやらしい音が聞こえて、恥ずかしさに耳まで真っ赤になった。

「やっ、そこはダメ……いやああっ」

感じやすい箇所を、慧一はもう熟知している。たった一晩で、秀美のすべてをモノにしていた。

気持ち良くて堪《たま》らない。口では抵抗しながらも、秀美は快楽に溺れていく。

舌を挿し込まれると、自《みずか》ら腰を持ち上げ、脚を開いていた。とても恥ずかしいのに、淫《みだ》らな仕草で男を誘っている。欲しくて欲しくて、我慢できなくて、ついねだってしまうのだ。

「……ください、慧一さん。あなたが……欲しいの」

聞こえているはずなのに、慧一は無視して蜜をすすっている。丁寧に舐められ、焦《じ》らされて、秀美は涙ぐんだ。

やがて彼が、ゆっくりと顔を上げる。蜜を味わい尽くし、唇を舐める姿は野獣のようだ。ゾクゾクするほどいやらしく、雄《おす》の魅力にあふれている。

「おねが……い、慧一さん……」

秀美が懇願《こんがん》すると、彼は目を細めた。明らかに焦《じ》らしている。

「ゴムをつけてないから、ここではヤらないよ。その代わり――」

湯から上がった慧一は、秀美に覆《おお》い被さってきた。身体を抱え込まれ、脚の間に彼の手が伸びてきても、秀美の身体は開いたまま。無防備な秘部は、悦《よろこ》びに濡れている。

入り口に指が挿入《そうにゅう》された。苦もなく受け入れられたのは、とろとろに蕩《とろ》けているからだ。

「あん……やっ、ううん……っ」

指が二本になり、さらに刺激が増す。いいところがこすれるよう、慧一は巧みに抜き差しした。

快楽の波がじわじわと押し寄せて、どうにかなってしまいそう。

「ふ、あっ……そん、なとこ……ああっ！」

強引にイかされて、腰がわなわなと震えた。慧一のほうへ腕を伸ばして、その首にぎゅっと掴まる。

「どうした？」

慧一の息も荒く、興奮が高まっているのが分かる。

「あなたが……欲しいの。もう、どうにかなっちゃったみたい」

「秀美……」

慧一の指が抜かれ、大量の愛液が腿《もも》を濡らした。

「好きなだけあげるよ。時間ならいくらでもある」

「嬉しい……」

涙を浮かべて微笑む秀美に、彼がキスを落とす。

「ちなみに、今日のスケジュールも俺が決めた。君は大人しく従うように」

「スケジュール？」

潤《うる》んだ目で見上げると、彼はこつんと額《ひたい》を合わせた。

「午前中はセックス。午後もセックス。夕方から夜にかけて、セックス」

「な……」

何というハードスケジュール。秀美は目を丸くするが、慧一の熱い眼差しに負けて「はい」と頷く。

「あなたの、自由にして」

二人は抱き合い、夢中でキスをする。規則正しい習慣なんて、彼の前では意味をなさない。にわかに湧いた暗雲《あんうん》も、すべて吹き飛ばされていた。

（慧一さんが好き。大好き――）

もう他には何も考えられなかった。

月曜日。今日は小雨がぱらついている。相変わらずの梅雨空《つゆ》だけれど、雲が薄いためか外は明るかった。時々射し込む陽の光が、季節の変わり目を報《しら》せている。

秀美は出社すると、いつもどおり秘書課フロアに向かった。自席に着いてメールをチェックし、社長のスケジュールを調整する。これも普段と変わらない朝の流れだ。

しかし、どうも今日は様子が違う。秀美ではなく、周りの空気がおかしいのだ。

「納谷さん、おはようございます！」

三浦だけは、いつもと同じ調子で挨拶《あいさつ》した。秀美は少し安心したが……

「あれっ、口紅の色が違いますね」

「……え？」

三浦はごく自然体で秀美の『変化』を指摘した。

「あ、これはその……ちょっと気分を変えてみただけで……」

今日、秀美はコーラルピンクの口紅をつけている。慧一は似合うと言ってくれたが、職場には少し派手だろうか。

秀美は心配になるが、三浦は「明るくていいじゃないですか」と笑った。近くにいる女性社員も頷いている。

「私も、いい感じだなあって見てたんです。納谷さんは色が白いから、ピンク系も似合うんですね」

「そうそう。口紅もだけど、今日の納谷さんって雰囲気が違うんですよ。何ていうのかな、ぱっと変身したみたい」

「は、はい？」

どういう意味かよく分からないが、少なくとも嫌味や皮肉ではないようだ。

気が付くと、秀美はオフィス中の注目を浴びていた。男性社員までじっと見てくるので、思わずうろたえてしまう。口紅を変えただけなのに、一体どんな違いがあるというのか。

「そ、そんなことより仕事、仕事！　もうすぐ朝礼が始まるわよ」

眼鏡《めがね》の位置を直すふりで顔を隠した。変身したなどと言われては、面映《おもは》ゆくて仕方ない。

「はいっ、納谷さん！」

「私達も頑張ります」

（……あら？）

ずいぶんと素直な返事だ。これまで三浦以外の女性社員達は、秀美が厳しくすると不承不承《ふしょうぶしょう》返事をしていた。それなのに、今日はどうしたことだろう。

「納谷さん、あと十分ほどで社長が出社されます」

「えっ？」

秀美はドキッとした。三浦が口にした『社長』という言葉に、全身が反応している。

「あ、あら、もうそんな時間？　ごめん、うっかりしてたわ」

「お忙しいようでしたら、私がお出迎えしましょうか」

「う、ううん、大丈夫よ。私が行くから、三浦さんは朝のコーヒーをお願い」

熱くなる顔をうつむかせ、足早にオフィスを抜け出した。


一階に下りて待機すること五分。正面玄関前に、黒のベンツが横付けされた。

「おはようございます、社長」

「おはよう、納谷君」

車から降りた慧一は、出迎えた秀美を見てにこりと微笑む。水色のシャツと生成《きな》りのジャケットが、爽《さわ》やかな初夏の海辺を想起《そうき》させた。

「どうした、ぼうっとして。行くぞ」

「は、はい」

慧一はいつもと変わらぬ態度で接してくる。さすが社長だと感心するけれど、秀美としては少し物足りない。彼の情熱をこれでもかと思い知らされた、その翌日なのに。

しかし、上階用エレベーターに乗って二人きりになると、慧一は恋人モードに切り替わった。パネルを操作する秀美に近付き、甘い声で囁《ささや》く。

「口紅、気に入ってくれたんだな。嬉しいよ」

秀美は恥ずかしくなって、唇をきゅっと結んだ。

「ところで、身体の疲れは取れたかい？」

「え……」

弾かれたように顔を上げると、慧一は満足そうに微笑んでいた。彼が何を言わんとしているのかは、一目瞭然《いちもくりょうぜん》。週末の出来事が一気によみがえってくる。

「も、もちろんです。体調は万全ですので、ご心配なく」

「さすがは俺の秘書さんだ」

秀美は生真面目《きまじめ》な表情を作り、優しい笑みから目を逸《そ》らした。

どうしても、ときめいてしまうのだ。しかもこのときめきは、慧一のパーツに対するドキドキではない。慧一そのものを愛しているという激しい気持ちが、胸を高鳴らせていた。

（ああ、いけないいわ）

頭の中が、週末の映像で埋め尽くされていく。どの場面も、秀美にとって新鮮かつ強烈な刺激に満ちていた。思い出さないよう気を付けていたのに……

秀美は昨日、慧一が立てたスケジュールに沿って過ごした。つまり、二人はほぼ一日中セックスに耽《ふけ》っていたのだ。

バスルームで、寝室で、リビングのソファで——

ところ構わず愛し合った。最後にはヘトヘトになってしまい、慧一にされるがまま、彼の好きなように抱かれていた。それでも、どうしようもなく幸せで、涙が出るほど嬉しかった。

秀美が愛しているのは、桜山慧一という一人の男性。写真の中の『彼』ではなく、素肌に温《ぬく》もりを感じられる生身の男性だった。

ポーンという軽やかな音で我に返る。エレベーターが十九階に到着したのだ。

「さあ、ここからは仕事だ。しゃんとしろよ、納谷君」

慧一はきりっとした顔つきで秀美を見下ろす。

「す、すみません！　私……」

ほんの数秒だったけれど、恋愛の世界にトリップしていた。慧一はそれを見抜き、活《かつ》を入れたのだ。恥ずかしいやら情けないやらで、秀美は落ち込んでしまう。

「君は優秀な秘書だ。恋も仕事も大切にして、一歩ずつ進んでいけばいい」

「社長……」

大らかに励まされ、どうにか浮上することができた。

昨日とは違う今日の私。だけど、秘書であることは変わらない。大好きな人に見守られ、恋も仕事も大切にできる幸せを噛みしめた。


一日一日、かつてないほど充実した時間が過ぎていく。

けれど静かな水面ほど、ちょっとしたことで大きく波紋が広がるのだと秀美は知った。

「桜山社長、こんにちは。いつもお世話になっております」

「これはどうも。お久しぶりですね、武宮専務」

会議室に移動する途中、廊下で武宮物産の専務と行き合った。彼の後ろには如月秘書が控えている。彼女が慧一に妖《あや》しげな視線を投げかけるのを、秀美は見逃さなかった。

慧一は相変わらず女性にモテる。社内よりも取引先の女性からアプローチを受けることが多く、中でもあからさまなのが、この如月だった。

如月は武宮専務とともに、たびたび来社している。彼らは資材部に直行するため、重役室フロアには来ないけれど、ごくたまにこうやって出くわす。

そんな時、如月はチャンスとばかりに武宮の横に進み出て、慧一に秋波《しゅうは》を送るのだ。身体をくねらせ、豊満《ほうまん》な胸をアピールする姿はわざとらしい。見ている秀美のほうが恥ずかしくなる。

「桜山社長。今日も素敵なスーツですね」

ほら、早速これだ。彼女は必ず仕事に関係ないことで話しかけてくる。

「若くして社長の座に就《つ》かれる方は、お仕事のみならず服装のセンスも超一流なのだなと、いつも感心してしまいます」

「そうですか？　ありがとうございます」

慧一は無難に対応した。こういったアプローチには慣れているので、変に舞い上がったりしないのだろう。

得意先の社長に女として接する如月に、秀美は呆れてしまう。礼儀正しく真面目な武宮専務が、なぜ彼女を秘書にしておくのか疑問だった。

「納谷さんも、お久しぶりですね。お会いできて嬉しいです」

武宮が人懐《ひとなつ》っこい笑みを浮かべ、秀美に声をかけてきた。如月のことで表情を硬くしていた秀美は、慌てて笑顔を作る。

「こんにちは。いつもお世話になっております」

武宮が前に出たので、如月はしぶしぶ引っ込んだ。武宮のさりげない対応に、秀美は好感を持つ。

「こちらこそ、お会いできて嬉しいです」

「……」

なぜか、彼は秀美のことをじっと見ている。笑顔がまだ硬かっただろうか。

「おきれいになりましたね」

「えっ？」

何のことか分からず、秀美は目をぱちくりとさせた。武宮の頬が赤く染まっていく。

「し、失礼しました。聞かなかったことにしてください」

「は……はあ」

おきれいになりましたね――と彼は呟《つぶや》いた。ようやく意味が掴めたものの、秀美は困惑する。どうしてこの人は、こんなに赤くなっているのだろう。

「失礼、武宮専務。我々は急ぎますので、これで」

妙な空気を打ち払ったのは慧一だ。武宮は頬を染めたまま、ぺこぺこと頭を下げる。

「はっ、はい。お忙しいところを、呼び止めてしまってすみません。失礼いたします」

秀美も頭を下げて挨拶《あいさつ》し、すたすたと歩いていく慧一のあとを追った。

「時間をロスしてしまった。納谷君、少し急ぐぞ」

「はい、社長」

慧一の意識は次の仕事に向かっている。武宮の呟《つぶや》きは小さかったので、聞こえなかったようだ。

（それにしても、武宮専務があんなことを言うなんて……）

彼らしくないと秀美は思う。でも、真面目な男性に容姿を褒められるのは悪い気分ではない。冗談を言いそうにない人だけに、真実味があった。

秀美は慌てて頭を横に振る。そんなことで喜ぶようでは如月と変わらない。彼女の媚態《びたい》を思い出すと、胸がムカムカしてくる。

慧一と結ばれた今、如月の存在は大きな脅威《きょうい》だった。静かな水面に広がる波紋。それは嫉妬《しっと》と呼ばれる感情だと、秀美は自覚している。

（仕事に集中しなくちゃ）

心の中で自分を叱咤《しった》する。武宮に言われたからではないが、彼の呟《つぶや》きなどすぐに忘れてしまった。


仕事が一段落した週末、秀美は慧一と食事をともにした。

ついこの間までは、問答無用でお断りしていた食事の誘い。恋人となった今は、素直に受け入れられる。それどころか、食事を終えてすぐに帰宅するなど考えられなかった。

夜景を望むホテルのバーで、二人はグラスを傾けている。なれそめはどうあれ、本物の恋人になったのだと秀美は実感した。

（なれそめ、か……）

隣に座る慧一の、腰の辺りをちらりと見やる。

恋人契約を結んだ、あの夜。魅惑的なパーツに惹《ひ》かれ、秀美はまんまと嵌《は》められた。そして結婚を前提に付き合うという、無茶な条件を突きつけられたのだ。

その代わり、秀美のフェチについては胸に納め、会長にも誰にも言わないでおくと彼は約束した。

（フェチは秘密にできる。でも、結婚はそうはいかない）

夜空を覆《おお》う雨雲が、秀美の心にゆっくりと流れ込んでくる。

慧一との立場の違いや、家柄の格差。結婚に向けての大きな不安は、まだ解消されていない。

いくら慧一が秀美を愛してくれても、現実的な問題は残るのだ。

「あの、慧一さん」

「うん？」

秀美が呼びかけると、彼はグラスを置いて身体ごとこちらを向く。バーボンに浮かぶ氷塊《ひょうかい》が、カランと涼やかな音を鳴らした。

「そろそろ部屋に行くか」

「えっ？　いえ、そうじゃなくて……」

慧一は落ち着いて見えるが、瞳には欲情の色を湛《たた》えている。ここで現実的な話をすれば、ムードが壊れるかもしれない。だけど、きちんと伝えておきたかった。

「結婚のこと、なんですけど」

「結婚？」

彼は目を見開き、あらたまった顔になる。

「俺達の話だね、もちろん」

「そうです。あの……少し気になることがあって」

「何だ？」

秀美を映す瞳から欲情の色が消えている。彼はとても真摯《しんし》に向き合ってくれていた。

「会長は、お許しになるでしょうか」

「……親父？」

片方の眉をひょいと上げる慧一。意外なことを聞いたという反応だ。

「はい、慧一さんのお父様です。つまり、その……一介の社員である私との結婚を、会長がお許しになるのかな、と」

「ああ、なるほどね」

慧一は頷くが、なぜか拍子抜けした様子になる。カウンターに頬杖をつき、秀美をじろじろと眺め回してきた。

「何を言い出すかと思えば。君は本当に真面目だな」

どうやら呆れているようだ。秀美にとって、それは心外な反応だった。

「そんな……確かに私は堅物《かたぶつ》です。でも、あなたとの結婚を真剣に考えるからこそ……」

「いや、違うんだ」

慧一は秀美の手を握った。その力強さに驚き、秀美は息を呑む。

「真面目というのは褒め言葉だよ。勢いやムードに流されず、地に足を着けて結婚を考える君に、俺は感心してるんだ」

彼の手のひらは熱く、嘘偽《うそいつわ》りのない言葉だと分かった。

「すみません。私、勝手に勘違いして、ムキになってしまって」

不安に苛《さいな》まれるあまり、慧一の言葉を悪いほうに解釈していた。秀美はお詫《わ》びの気持ちを込めて、彼の手をぎゅっと握り返す。

「こっちこそ誤解させてすまない。実は……」

慧一は少し言いにくそうに、心の内を白状した。

「また君に振られるんじゃないかと思って、ハラハラしたんだ」

「ええっ？　ま、まさか」

それこそ心外である。ここまできて、なぜそんなふうに思うのだろう。秀美が目で訴えると、慧一は観念したように言葉を続けた。

「君は俺にとって、かけがえのない存在だ。好きだからこそ、しっかり捕まえておきたい。他の誰かにさらわれないようにね」

「そんな……私をさらう人なんていません」

「いや、君は自分の価値を分かっていない」

そう言いきると、慧一は真顔を近付けてきた。

「俺に愛されて、君はきれいになった。これからも、ますます魅力を増していくだろう。他の男が放っておかないくらいに」

これは彼の独占欲だと、秀美はようやく理解できた。女として、かつてない感動を覚える。

「とにかく、君が結婚を真面目に考えてくれることが嬉しいってこと！」

さすがに照れたのか、慧一は冗談めかした。秀美は頷くのが精一杯で、気の利いた返事ができない。それでも、彼は満足そうに微笑んでくれた。

「いいか、秀美。誰が何と言おうと、俺は自分の伴侶《はんりょ》は自分で選ぶと昔から決めている」

きっぱりとした口調から、強い意志が感じられる。二人は互いに指を絡め合った。

「何も心配することはない。それに、君のことはもう親父に話してある」

「……はっ？」

秀美は耳を疑う。激しくうろたえるが、慧一のほうはまったく平然としている。

「そっ、それはいつ……っていうか、どんなふうにですか？」

「納谷秀美さんと結婚を前提に交際しています、と報告しておいた。海外出張に出かける直前だから、つい最近のことだよ」

「海外出張……」

先週のヨーロッパ出張のことだ。秀美は、あっと叫びそうになる。

慧一が出張に出かけた日、会長が珍しく社長室に顔を出した。しかもすぐには声をかけず、パーティションに隠れるように立っていたのだ。

今思い返せば、会長は秀美の様子を見に来たのだろう。息子の話が真実かどうか、確かめようとしたのかもしれない。

（ええええっ、そうだったの？　私、変なこと言わなかったわよね？）

秀美は焦りながら、もう一度思い出してみる。確かに会長は、秀美の顔を探るように見ていた。けれど、仕事のこと以外は口にせず、すぐに立ち去ってしまった。

(つまり、あまり良く思われていない、ということ――?)

「慧一さん、どうしよう」

どぎまぎしながら、会長が来た時のことを話す。だが慧一は特に驚かず、かえっていい傾向だと笑った。

「秀美も元秘書なら分かるだろ。あの人は関心のある取引先には探りを入れるが、そうでなければ見向きもしない。それは相手を人間に置き換えても同じだ」

「言われてみれば……」

結婚に反対する気なら、わざわざ探りに来ない。よって無関心ではないと彼は分析している。

ということは、少しは希望が持てるのだろうか。でも、あの時の会長は、どう考えても好意的な態度ではなかった。妙なものでも見るような、疑わしげな目つきだった。

秀美はふと、恐ろしいことに思い至る。

「慧一さん、まさかフェチについて話したんじゃ?　だから会長は、あんな目で私を……」

「そんなわけないだろ。いくら俺でも、そこまでオープンにしないよ」

「……ですよね。すみません」

となると、答えはいたってシンプルだ。会長は秀美について、息子の嫁には物足りないと判断している。学歴、家柄、社会的地位など、どれをとっても不満だろう。無関心ではないが、低評価だということ。

「秀美、人生においては山も谷もすべて大切なプロセスだ。一歩一歩、着実に進んでいこう」

「慧一さん、でも……」

「大丈夫だよ。俺がついてる」

目の前の恋人から感じるのは男性の頼もしさ。指を深く絡め、熱い眼差しで見つめられたら、頷くほかない。

「部屋に行こう。身体ごと安心させてやる」

結婚への道のりは平坦《へいたん》ではない。だけど、慧一となら乗り越えられる。

秀美は不安を忘れ、燃えるような愛情に身を任せた。


「あんた、色っぽくなったわねえ」

親友の言葉に、秀美は鶏の竜田揚《たつたあ》げを噴きそうになる。それを見て、加奈子は意味ありげにニヤニヤした。

「いっ、いきなり何を言うのよ！」

「だって、本当なんだもーん」

七月下旬の木曜日。居酒屋『おふくろめし』は相変わらず、仕事帰りのサラリーマンで賑《にぎ》わっている。どのテーブルにもビールジョッキが林立《りんりつ》し、夏本番といった光景だ。

もちろん、秀美と加奈子も冷えたビールと素朴な料理を楽しんでいる。ほどよく酔いが回ってきたところで、今の発言が飛び出したのだ。

「いいなあ、愛《いと》しの慧一さんと朝から晩までラブラブで。恋の力って偉大だわあ」

「もう、からかわないで！」

「お尻から始まる恋もある……か。ねえねえ、本格的に付き合い始めて一月《ひとつき》半だっけ。仕事が終わったら彼のマンションに直行？　毎晩毎晩エッチしてるの？」

「ばっ……」

あけすけな質問に面食らい、秀美は加奈子の手からジョッキを取り上げる。

「飲みすぎたみたいね。そろそろ帰るわよ」

「ええっ、ちょっと待ってよ。冗談だってば」

席を立ちかけた秀美を、加奈子は焦って引き止めた。まったく、しょうがない友人である。

「ごめん、ごめん。あんたが幸せそうだから、つい冷やかしちゃうのよ」

「だからって、エッチとか言わないの」

小さな声で注意して、秀美はジョッキを返した。

「はーい。で、真面目な話、どんな感じなの？」

「……順調です」

「きゃー、やっぱり毎晩なんだ！」

酔っぱらいには敵《かな》わない。秀美はあきらめて、運ばれてきたビールをぐいっと飲んだ。

「毎晩なわけないでしょ……って、そうじゃなくて。平日は各々《おのおの》自宅に帰ります。明日の仕事に差し障《さわ》るような、無茶なお付き合いはいたしません」

愛する人と離れがたい気持ちは分かる。慧一に恋をして、シンデレラの心情を理解した秀美だが、やはりけじめはつけたい。慧一も分かってくれていて、デートは週末が基本である。

「さっすが社長秘書サマ。その代わり、週末はがっつりデートしてるってことね」

秀美は黙って頷く。慧一の自宅に限らず、ホテルとか、ドライブ先のオーベルジュとか、時には秀美のマンションでも——加奈子の想像どおり、週末はがっつり夜をともにしていた。

「なるほどねえ、色っぽくなるはずだわ。あの桜山社長と……」

ぽわんとした顔で、何やら想像し始める加奈子。秀美はいたたまれなくなり、こちらから質問をぶつけた。

「色っぽいって、どこが？　そんなこと言うの、加奈子だけよ」

「あら、そう？　じゃあ、きれいになったとかは？」

「そ、それは……」

秘書課の同僚をはじめ、他部署の社員にも言われている。もちろん、慧一にも。

「秀美が最近変えたのって、口紅の色だけよね。黒縁眼鏡《くろぶちめがね》に黒のパンツスーツ。髪型も地味なままだし、目立つアクセサリーをつけるわけでもない」

「……うん」

秀美は特にお洒落《しゃれ》はしていない。武宮物産の如月秘書のように、垢抜《あかぬ》けたメイクやファッションをマスターすれば、慧一の隣にバランスよく並べる——そう考えたこともあるが、やはり秀美は縁の下の力持ちでありたい。だからこれまでどおり、仕事に集中できる姿でいることを選んだ。

「それでも『きれいになった』って言われるのは、秀美が恋してるからでしょ。物腰とか、話し方とか、柔らかくなったわよ。つまり、女らしさが増したのよね」

「そ、そうかしら」

「周りの人間……特に女は敏感に感じ取るわ。あと、あんたに惚《ほ》れてる男もね」

「……」

さすがリア充。加奈子はふざけているようで、実はあらゆることを察知している。

「社長も心配だろうなあ。他の男に取られるんじゃないかって、やきもち焼いたりして」

「そんなことあるわけない。彼のほうがずっとモテるもの」

そう言いながら、友人の鋭さにドキッとする。以前、慧一が独占欲を垣間見《かいまみ》せたことがあったからだ。

「いやいや、秀美も絶対にモテ始めてるって。うちの部署でも男どもが噂《うわさ》してるもん。秘書課の納谷さん、最近いい感じだよなーって」

「もう、嘘ばっかり……」

堅物眼鏡《かたぶつめがね》のイメージが、そう簡単に覆《くつがえ》るわけがない。加奈子はいちいち大げさなのだ。

秀美は腕時計を確かめてからメニューを広げた。

「さてと。もうこんな時間だし、最後に冷麺《れいめん》でも食べようか」

「ええー？　まだ九時じゃん。もう少し飲もうよ」

「明日もいろいろ忙しいの。早く出勤して、商談の準備をしなきゃ」

商談と聞いて加奈子の目がきらりと光り、仕事中の顔つきになった。

「そういや、明日は武宮物産の社長と専務が来社されるのよね」

「そう、それ。契約更新について話し合いたいっていう、社長たっての申し出だから無理やり時間を割いたの」

「やっぱりね。九野商事とうちが仮契約したから、焦ってるのよ。武宮物産は下手すると切られる可能性もあるし、必死になってるんだわ」

桜山製作所は、大手商社九野商事と仮契約を結んだ。

慧一は密度の濃い仕事をし、経営者としての実績を積み上げている。ゴルフや食事会などの接待にも力を入れ、海外で培《つちか》われたコミュニケーション能力を発揮し、九野商事の経営幹部から好感触を得ている。契約の条件となる『信用』を勝ち取りつつあった。

「我々資材部のためにも、正式に契約できるよう頑張ってもらわなきゃ。社長もだけど、あんたもね！」

「う、うん」

秀美は頷くが、浮かない顔になってしまう。

「でも、どう頑張ればいいのか、分からなくなることがあるの。私には何の力もないし、今のままでいいのかなって……」

会社や慧一のため、もっと役に立ちたい。それなのに、通常の秘書業務をこなすのが精一杯で、無力な自分をもどかしく感じてしまうのだ。

「何言ってんの。秘書として立派に働いてるじゃん。あんた自身の力でさ」

加奈子が拳《こぶし》でどんとテーブルを叩き、注文を取りにきた店員を驚かせた。

「胸を張りなよ。社長だって、秀美を信じてる。だからスケジュール管理を任せてるんでしょ」

店員に冷麺《れいめん》を二つ頼むと、秀美はあらためて加奈子と向き合う。興奮のせいか、加奈子の頬は上気していた。

「そうだよね。ありがとう、加奈子」

「分かればいいのよ。まったく、世話が焼けるんだから」

加奈子の友情に、秀美は感謝した。心の迷いは断ち切れないけれど、前を向いて頑張ろうと思う。

慧一も言うように、一歩一歩進んでいくしかない。

「それじゃ、話の続き。ええと、武宮物産の社長と専務が来社されるんだよね」

「うん、明日の午前中に」

「あの専務さん、桜山社長と同じ御曹司《おんぞうし》だし、しかもかなりのイケメンだと思わない？」

加奈子は元どおり、酔っぱらいの顔つきになる。どうやら武宮専務を肴《さかな》にするつもりのようだ。

「ちょっと、失礼だよ」

「いいじゃん、褒めてるんだから。彼って可愛いから、資材部の女子に人気なのよ」

「か、可愛いって……」

取引先の重役をアイドル扱いするなんて。ミーハーな加奈子には呆れるけれど、武宮の容貌《ようぼう》を思い出すと否定できない。彼は三十二歳なのに、まるで少年のように甘い顔立ちなのだ。

「秀美はどう？　彼みたいなタイプは」

「えっ、私？」

予想もしない質問だった。武宮はイケメンハイスペックで女性にモテるけれど、慧一とは対照的な優男《やさおとこ》タイプだ。体形もほっそりしているし、秀美は特に男性として意識していない。

「そんなの考えたこともないよ」

「だよねえ。可愛いけど、うちの社長と比べたら頼りないもんね」

「う、うーん」

経営者としての資質に恵まれ、バリバリ仕事をこなす慧一と比べるのは酷《こく》だと思う。武宮が真面目で礼儀正しい人だけに、秀美は同情してしまう。

冷麺《れいめん》が運ばれてきた。ステンレスの器《うつわ》に、麺と鶏肉、ゆで卵、キムチ、スイカが盛りつけてある。透明なスープが涼しげで、とても美味《おい》しそうだ。

二人は武宮の話を一旦横に置き、締《し》めの一杯を味わう。スープまで飲み干してから、加奈子が続きを切り出した。

「秀美には愛《いと》しの慧一さんがいるもんね。もし武宮専務が素敵なお尻してても、食いついたりしないか」

「もう、変な言い方しないで」

帰るためにバッグを引き寄せながら、秀美は苦笑する。

でも、確かにそのとおり。今の秀美は慧一に夢中で、しかも彼は最高のパーツを持っている。秀美のフェティシズムはたっぷりと満たされ、『彼』ですら入る隙《すき》がなくなった。

今や宝物だったはずの写真も、スマートフォンの奥で眠っている。

「だけどさ、女って不思議なのよね。ああいう頼りない男性に母性本能刺激されて、惹《ひ》かれちゃったりするからさ。秀美みたいなしっかり者ほど、危なかったりして」

「バカなこと言わないで。あり得ないって、そんなこと」

加奈子のとろんとした目を睨《にら》み返す。いくら何でも飛躍《ひやく》しすぎだ。

「いや、真面目な話。秀美ってばマジで色っぽくなったからさ、親友として忠告してるのよ。これからは男関係に気を付けなきゃ。武宮専務だって、ああ見えて結構裏があるかもよ？」

「はいはい、分かりました。そろそろ帰りましょうね」

やはり加奈子は飲みすぎだ。酔っぱらった友人の忠告を聞き流し、秀美は席を立つ。

「秀美。男はみーんな、狼《おおかみ》なんだからね」

「はいはい」

多少飲みすぎていようが、加奈子は恋愛経験豊富なリア充。

彼女のアドバイスは常に的《まと》を射《い》ていることを、秀美は忘れていた。

「納谷さん、お客様を応接室にお通ししました。お茶の用意もできています」

「ありがとう、三浦さん」

約束の時間より十五分も早く、武宮物産の社長と専務が来社した。秀美はフロントを三浦に任せ、商談の準備が整ったことを会長と社長に報告する。

「早いな。もうおいでなすったか」

社長室のデスクで稟議書《りんぎしょ》に目を通していた慧一は、そう言って片眉を上げた。

「武宮さんも必死だな。分からなくもないが、ちょっと前のめりすぎる」

ペンに蓋《ふた》をし、仕方ないといった顔で作業を中断する。

「会長には知らせた？」

「はい。約束の時間まで、お待たせするようにとのことです」

「はは、親父らしい対応だ」

桜山会長は時間に厳しい人だ。彼の秘書を務めていた秀美も、よく知っている。

「ところで納谷君。いや……秀美」

「は、はい」

いきなり下の名前で呼ばれて、秀美はうろたえた。開け放されたドアに目を走らせると、それを見た慧一が肩をすくめる。

「フロントにいるのは三浦君だけだろ？　心配しすぎだよ」

「まあ、そうですけど……」

慧一と秀美が恋人関係であることは、完全な秘密ではない。小田課長、井本主任、三浦、運転手の友部など、一部の人間にはきちんと話してある。

しかし、仕事中は社長と秘書の関係を堅持《けんじ》し、プライベートときっちり分けるのが秀美の流儀。その姿勢を貫《つらぬ》くことで、恋も仕事も大切にできると信じている。

慧一も同意見のはずだが、個人的な話をする場合のみ、こうして下の名前で呼ぶのだ。

「何でしょうか、慧一……さん」

小さな声で返事をすると、彼は苦笑した。

「いや、一つ確認したいことがあってね。前にも言ったように、俺と君は過去に出会っている。そのことについて、何か思い出した？」

「う、それは……」

秀美は言葉に詰まり、うつむき加減になる。

「すみません。まだ何も」

ただ謝るほかない。不思議なことに、どうしても思い出せないのだ。慧一のように見栄《みば》えが良く、目立つ男性に出会っていたら、忘れるはずがないのに。

「そうか。考えてみれば、難しいかもしれないな。あの出会いは、君にとっては盲点《もうてん》みたいなものだろうし」

「はあ」

どういうことかよく分からない。思いもよらぬこと、という意味だろうか。

慧一はデスクの上で指を組み、秀美を見上げた。

「今度、すべてを話すよ。君との出会い。君への想い。大きな仕事を成《な》し遂《と》げたら、俺は……」

「えっ？」

よく聞こえなくてデスクに近付くけれど、慧一は何でもないと首を横に振る。

今の慧一にとっての大きな仕事とは、九野商事と正式に契約を結ぶことだ。関係部署の責任者とともに、その準備に力を入れている。

安定した資材調達だけが目的ではない。大手総合商社である九野商事は、世界有数の輸送機器メーカーを顧客《こきゃく》にしている。商社を介して一流メーカーと売買契約を結び、自社の工作機械を売り込む。将来的にも大きな利益が見込めるビジネスチャンスなのだ。

桜山製作所の企業としての実績は申し分ない。あとは、若き経営者の資質にかかっていた。

「失礼します。社長、桜山会長がお見えです」

三浦の声がして、秀美はハッと振り向く。慧一は「分かった」と返事をして席を立った。

「納谷君」

「は、はいっ」

「あとひと息だ。待っていてくれ」

彼の瞳は、真夏の太陽のように輝いていた。秀美の心までもが、明るく照らされていく。

——大きな仕事を成し遂《な》《と》げたら、俺は……

慧一は何を言おうとしたのだろう。分からないけれど、秀美のやるべきことは決まっている。社長秘書として、全力で彼を支えるのだ。待っているだけではなく、積極的に彼の力になりたい。

三浦とともに社長室を出ると、慧一と並んで会長が立っていた。

秀美が会釈《えしゃく》をしても、会長はこちらを一瞥《いちべつ》しただけで、スッと目を逸《そ》らす。挨拶《あいさつ》される筋合いはないとでも言いたげな、冷たい仕草だった。

やはり、会長と自分の間には厚くて高い壁がある。本当に、いつか乗り越えることができるのだろうか。秀美は不安と、微《かす》かな寂しさを感じた。

（仕事に集中しよう。秘書として精一杯頑張るしか道はない）

あとひと息、あとひと息。

秀美は慧一の言葉を借りて、自分を鼓舞《こぶ》した。

桜山会長と慧一は、約束の時間ちょうどに応接室に入った。

武宮物産の社長と専務はソファから立ち上がり、深く頭を下げる。武宮社長が大きな菓子折りを会長に手渡し、丁寧に挨拶《あいさつ》した。

他に同席するのは、社長秘書の秀美と――

（あら？）

菓子折りを預かりながら、秀美はあることに気付く。秘書の如月がいない。

その代わり、秀美と同じ黒縁眼鏡《くろぶちめがね》をかけた、地味な青年が控えていた。

（如月さんはお休みかしら）

彼女がいないと分かり、正直ホッとする。巨乳の美人秘書は、秘書としても女としても秀美とは正反対のタイプ。慧一に対するあからさまなアプローチのこともあり、秀美は苦手だった。

「こんにちは、納谷さん。お久しぶりです」

武宮専務は秘書の秀美にもきっちりと挨拶《あいさつ》し、まじまじと見つめてくる。他意はないのだろうが、あまりにもまっすぐな視線なので、秀美は少したじろいでしまう。

「専務、どうぞお座りください」

慧一が秀美の前に突っ立っている武宮を、ソファへと促《うなが》した。

「すみません。ありがとうございます」

武宮はぺこりと頭を下げると、秀美のことをちらりと見てからソファに座る。慧一が小さく息をついたのが分かった。

「何をしている。もたもたするんじゃない」

武宮社長は息子を叱りつけてから、困ったように笑う。

「どうも失礼しました。息子は真面目なんですが、どうも不器用なもので。その点、桜山さんは素晴らしい息子さんをお持ちだ。社長に就任して半年にも満たないというのに、立派にやっておられる。実に羨《うらや》ましい限りですな」

息子をけなして得意先を持ち上げる社長の隣で、専務はばつが悪そうにしている。

慧一は苦笑するが、会長はまるで聞こえていないかのように表情を変えない。

両者の間に重く横たわる空気は、武宮物産と桜山製作所の現状そのものだった。

「失礼します！」

三浦がお茶を運んできた。明るい彼女の登場でよどんだ空気は一掃《いっそう》され、ナイスタイミングよと、秀美は褒めてあげたくなる。

「それでは、来期の契約更新についてですが……」

三浦が退室したところで、慧一が商談の口を切った。

（ふう……同族企業もいろいろなのね）

武宮物産の社長と専務は親子である。桜山会長と慧一もそうだが、二組の親子は子に対する父の関わり方が、かなり異なっていた。

（会長は厳しい方だけど、慧一さんの仕事に口出しせず、黙って見守っている。それに、人前で子ども扱いなんて絶対にしない）

武宮社長も厳しそうな人ではあるが、息子のやることなすことに、いちいち口出しするタイプのようだ。つまり、結果的に息子を手助けしている。

秀美は何となく、武宮専務が年齢より幼く感じられる理由が分かった気がした。

一時間後――商談は予定どおりに終わった。武宮物産側の顔色は冴《さ》えない。契約は更新されそうだが、大手商社に対抗できる強みでもない限り、取引額の減少は避けられないだろう。

「……それでは、今月中に書類を揃えて提出いたします」

武宮専務は青白い顔で挨拶《あいさつ》し、応接室を出る父親の後ろに続いた。ドアの外まで見送った秀美の前で、彼はふらりとよろける。

「あっ、危ない！」

秀美は思わず声を上げ、正面から専務を支えた。二人は抱き合う格好になる。

（お……重っ）

細く見えてもやはり男性だ。支えきれず倒れそうになったところを、慧一が助けてくれた。彼は専務を秀美から引き離し、肩を掴んで立たせる。

「専務、大丈夫ですか」

「す、すみません。ちょっと、めまいがして……」

慧一は男性秘書に専務の身を預けた。気のせいか、少し怒っているように見える。

「だいぶお疲れのようだ。休んでいかれるといい」

桜山会長がため息まじりに言うと、武宮社長はぺこぺこと頭を下げた。

「申し訳ございません、会長。ほら、良和。しっかりしないか」

「はい、すみません……」

謝ってばかりの武宮専務に、秀美は同情を覚える。ひどく青ざめているのに、無理して立とうとする姿は哀《あわ》れだった。

彼に自分の父親を重ねてしまう。会社のため、そして家族のために朝から晩まで働き、過労で倒れた父。あの時の不安や辛さを、今も忘れていない。

「休憩室で休んでいただきましょう。私がご案内いたします」

秀美がそう申し出ると、会長はこちらを見ようとして、すぐ前に向き直った。

そして、ムスッとした表情で「好きにしたまえ」と告げる。

慧一が何か言いたそうにしているが、今の秀美には彼の心中を察する余裕がない。具合の悪そうな客人を早く休ませたくて、彼らを休憩室に案内した。

休憩室は重役室フロアの奥まった場所にある。ウォーターサーバーと長椅子が二つ設置してあるだけの簡素な部屋だが、静かなので休むにはちょうどいい。

秀美は一旦外に出て、スポーツドリンクを取りに給湯室《きゅうとうしつ》に向かった。念のため仮眠用の毛布も持ち出し、急いで休憩室へと戻る。

「あっ、納谷さーん！」

呼ばれて振り向くと、三浦が小走りでやってくる。ずいぶん慌てた様子だ。

「どうしたの？」

「社長が納谷さんをお呼びです。緊急の用事だそうですよ」

「緊急？」

訊《き》き返す秀美に、三浦はこくこくと頷く。

「かなりお急ぎのようです。武宮専務は私が介抱しますので、社長室にお戻りください」

「分かったわ、ありがとう」

武宮のことは気になるが、彼の秘書もついているし大丈夫だろう。秀美はスポーツドリンクと毛布を三浦に預け、パンプスのつま先を社長室のほうに向けた。

「ええと、社長の次の予定は、午前十一時から正午まで執務の続き。そして昼食をとったあと、午後一時からは月例の企画会議に出席……」

廊下を足早に歩きながら、スケジュールを頭の中で確認する。緊急の用事の内容によっては、予定を組み直す必要があった。

「あら？」

珍しく社長室のドアが閉めてある。ということは、内密の案件に違いない。秀美は緊張しつつドアをノックし、「どうぞ」と低い声が聞こえてから入室した。

慧一は窓際に立ち、入道雲《にゅうどうぐも》が湧く真夏の空を眺めている。ジャケットを脱いだ彼のヒップラインが目に入るが、秀美はかろうじて秘書としての理性を保った。

ドアを閉めると、部屋の中ほどまで進む。

「遅いぞ」

「申し訳ございません」

「……まったく」

慧一は苛立《いらだ》たしげに呟《つぶや》き、秀美のほうを向く。時間をロスしたと、怒っているのだろうか。

「あの、社長。緊急の用事というのは？」

遅れたぶんは努力で取り戻す。そう思って手帳を構える秀美に、慧一はゆっくり近付いてきた。目の前に立つと両手を腰にあてがい、高圧的なポーズをとる。

「用事などない。君が武宮専務に取り込まれないよう、呼び戻しただけだ」

「はい？」

秀美は思いきり語尾を上げた。取り込まれるとは、あまりにも失礼な言い方だ。秀美だけでなく、武宮専務に対しても。

「それは、どういう意味でしょうか。私はただ、ご気分が優《すぐ》れない武宮様を、休憩室にご案内しただけです」

「君はそのつもりでも、向こうは違う」

ますます意味が分からない。彼は秀美の戸惑いを無視し、声をさらに低くして続ける。

「あんなわざとらしい芝居に引っかかるとは、君も意外に単純だ。冷静に対処するものと思っていたが、あのタイプには情が湧くらしいな」

「なっ、何を仰《おっしゃ》るんです！」

つまり慧一は、武宮専務がわざと秀美の前でふらつき、同情を誘ったと言いたいのだ。しかも『あのタイプには』などと、変に勘繰《かんぐ》っている。

「なぜ武宮様がそんなことを。秘書の私を味方につけても、何の得にもなりませんよ？」

「本当にそう思っているなら、君は半人前だ。いや、とんだひよっこだな」

「なっ……」

慧一の言い草に、秀美はカッとなった。

「武宮様はそんな方ではありません！　顔色が悪かったのを、社長もご覧になったはずです」

「あの男は色白で、ただでさえ青い顔に見える。ふらついたから、なおさらそう感じられたのさ。彼は演技だけでなく演出も心得ているぞ」

「まさか、考えすぎですよ」

意地悪な決めつけに反論するが、慧一は聞く耳を持たない。

「そういえば、如月という女性秘書も俺の前でふらついたことがあったな。やり方がそっくりじゃないか。秘書は上司の鏡と言うが、それの悪い見本だ」

ここで如月の名前が出てきたことに、秀美は少し驚く。

あの時、慧一は彼女に笑いかけていた。だから秀美はもやもやしたのだが、如月がわざと躓《つまず》いたのを、彼はちゃんと見抜いていたのだ。

(さすが社長だわ。でも、不真面目な彼女と仕事に一生懸命な武宮さんを、一緒にしないでほしい)

武宮専務のことを悪く言われると、身内をけなされた気分になる。

「他社の人間に気を許すな。特に、武宮専務のような重役クラスとは慎重に接してくれ。トラブルでも起きたら厄介だぞ」

「トラブルって……あの方に限って、それはあり得ません」

慧一は目を伏せ、頭を左右に振る。話にならないとでも言いたげな態度だ。

「君は人を見る目が曇っている」

「お言葉ですが社長。私は社長秘書として、多くの重役を見てきました。裏表のある人かどうか、自分で判断できます。社会人一年目のひよっことは違います」

「いーや。君は昔のままだ。まったく変わっていない」

「え……」

慧一が秀美の手首を掴み、強く引き寄せる。間近に迫るその目は怒っていた。

「なっ、何を……」

「大人しい羊に見えても男は男、いざとなれば狼《おおかみ》に変身する。その時、君は抗《あらが》えるのか？　男の力に抵抗する術《すべ》を持っているとでも？」

「う……」

慧一の言わんとすることを、秀美はやっと理解した。

トラブルというのは、男女間で起きる厄介ごとを意味していたのだ。秀美が武宮に口説かれるのを、彼は心配している。

「し、私情を挟むなんて、社長らしくありません！」

「何だと？」

「人を見る目が曇っているのは、そっちです。武宮様はそんな方ではないのに、あなたは……」

秀美が言いかけた言葉を、慧一が口にする。

「嫉妬《しっと》していると？　ああ、確かにそうかもしれない。ただし、それは男としての感情だ。今の俺は、社長としてここにいる」

目は怒っていても、口調は冷静さを失っていない。彼は感情をコントロールできる人なのだ。

「君はなぜ秘書という仕事を選んだ？」

「え……」

「新人の頃、どんな理想を掲《かか》げていた？」

「……放してください」

今は質問に答える余裕などなく、彼から目を逸《そ》らす。片手を捕まえられただけで、秀美は自由を失っていた。慧一にかかれば自分などただのひよっこ。世間知らずの子どもと同じである。

「初心を忘れるな。会社にとって、君がどれだけ重要な役割を果たしているのか……」

「そんなこと分かっています。お願い、もう放して！」

ここでお説教などされたらプライドは粉々だ。もっと惨《みじ》めになる。

「秀美」

慧一は手首を放したが、今度は両肩を掴んできた。秀美は懸命にもがき、抵抗する。

秘書として認めてもらえないなら、自分には何の価値があるだろう。桜山家の御曹司《おんぞうし》である慧一に相応《ふさわ》しくなんて到底なれない。

「あなたには物足りないでしょうが、私だって……私なりに頑張ってるんです」

「失礼します！」

突然、ノックと同時にドアが開いた。秀美と慧一は互いに目を見開き、声の主を確かめる。

「武宮専務が無事回復されました。先ほど武宮社長とともに、お帰りになられ……」

ドアを開けたのは三浦だった。二人の体勢を見て、不思議そうに瞬《まばた》きしている。

「えっ、社長と納谷さん……何をされてるんですか？」

三浦は秀美と慧一の関係を知っている。この状態を見て、どんなふうに解釈されるのかは明白だった。

「みっ、三浦さん。あのね、これは……」

「護身術《ごしんじゅつ》だよ、三浦君」

しどろもどろになる秀美に代わり、慧一がさらりと答えた。秀美の肩をそれとなく放し、片目をつむって合図する。そういうことにしておこう――と。

(護身術《ごしんじゅつ》って、いくら何でも無理があるのでは……)

秀美はオロオロするが、三浦は納得の表情になり、ぽんと手を打つ。

「ああ、護身術《ごしんじゅつ》のレクチャーですか！　なるほど、社長は格闘技の経験者ですもんね」

驚いたことに彼女は信じた。さすが筋金入りの体育会系女子である。縦の関係を重んじる彼女にとって、社長の言葉は絶対なのだ。

「私にも教えてくださいっ」

「ま、待って。これは仕事ではなく……」

秀美は張り切る三浦を止めようとするが、慧一が間に割って入った。

「社長秘書は会社の機密を知っている。つまり、他社のスパイに狙われる可能性があるな。しかし護身術《ごしんじゅつ》を心得ていれば、いざという時も安心だろ？」

スパイに狙われるなんて、映画やドラマじゃあるまいし。秀美はそう思うが、三浦は「まさにそのとおりです！」とまともに受け止めた。慧一もなぜか真顔になっている。

秀美は仕方なく、体育会系の二人に合わせることにした。

「例えば、もし背後から抱きつかれたらどう対処する？　三浦君、答えてみろ」

「はいっ！　まずは肘鉄《ひじてつ》で一撃。それから、後頭部を相手の顎《あご》に思いきりぶち当てます！」

攻撃技がスラスラ出てくる三浦に、秀美は感心する。女性秘書とは思えないバイオレンスな発想だが、頼もしいと言えなくもない。

「なるほど。だがな、それは現実的じゃない。肘鉄《ひじてつ》は不安定な体勢で繰り出しても効果が薄いし、腹筋を鍛《きた》えた相手には無意味だろう。それから後頭部での頭突きは、体格差が問題になる。小柄な三浦君の場合、相手の顎《あご》に届くかどうか」

慧一の講評を聞き、三浦は首《こうべ》を垂れた。

「あぁー、ダメだ。届かなかったら意味ないですね」

仕事と同じく、格闘技にも論理的思考が必要なのだ。秀美は新鮮な気持ちで慧一を眺めた。

「では、納谷君ならどうする？」

「えっ……わ、私ですか？」

そんなの考えたこともない。攻撃する術《すべ》を持たず、非力な自分にできることは――

「……逃げます」

間抜けな答えだと思うが、それ以外に対処のしようがない。秀美は笑われるのを覚悟した。

「はい、正解。逃げるのは最上の策だ」

「ええっ？」

秀美は驚き、三浦と顔を見合わせる。

「でも、後ろから抱きつかれてるのに、どうやって逃げるんですか？」

三浦が不満そうに質問すると、慧一はさもありなんと頷き、秀美の背後に回る。そして、いきなり羽交《はが》い締《じ》めにした。

「えっ？　あの、えっ？」

「どうだ、逃げられそうか？」

「むっ、無理です！」

きつく拘束されて身動きがとれない。秀美は慌てふためくが、慧一は力を緩《ゆる》める様子がなく、三浦も真剣そのもの。そう、これは護身術《ごしんじゅつ》のレクチャーなのだ。

「もし背後から捕まえられたら、暴れないで脱力すること。実は、気を失った人間というのは重くて扱いにくい。つまりこれは、その応用だ。いいか、納谷君」

「は、はい」

秀美は冷静さを保つのに必死だった。慧一の体温に包まれ、意思に関係なく身体が反応していた。首筋に彼の息がかかるたび、うっかり変な声を出しそうになる。

（脱力って……よく分からないけど、こんな感じ？）

慧一に教えられたとおり、全身から力を抜いた。すると体重がまともに彼の腕にかかり、わずかに拘束が緩《ゆる》む。

「今だ、逃げろ！」

「きゃあっ」

大きな声に驚き、秀美は猛ダッシュする。窓際まで走って後ろを向くと、慧一が両手を万歳《ばんざい》させていた。見事、暴漢から逃げ出したのだ。

「目から鱗《うろこ》です！　こんなやり方があるんですねえ」

三浦がパチパチと手を叩いた。秀美はいろんな意味で鼓動が激しくなり、口もきけない。

「名付けて『軟体動物作戦』。ただし、相手の不意を突く作戦だから、タイミングよく逃げ出さなきゃ意味がない。モタモタしてると、逆に組み伏せられてしまうぞ」

慧一が近付いてきて、秀美の手を取る。優しい眼差しが、木漏《こも》れ日のように降り注《そそ》いだ。

「すまない。乱暴だったな」

「いえ、そんな……勉強になりました」

秀美がお辞儀《じぎ》をすると、名残《なごり》惜しげに手が離された。

「身を守る一番の方法は、護身術《ごしんじゅつ》ではなく予防だ。危険だと思ったら相手に近付かないこと」

慧一は服装を整えてデスクに戻り、執務の続きに取りかかった。その姿を見て秀美は反省する。彼は秀美の面目を守るために、忙しい時間を割《さ》いてくれたのだ。

「ところで三浦君、武宮さんはどうだった？」

「あっ、そうでした！」

社長室を出ようとした三浦は、慌てて報告する。

「武宮専務はじきに回復されて、武宮社長とお帰りになられました」

慧一は書類に目を落としたまま、「それは何より」と感情のない声で言う。武宮に対する、白《しら》けた気持ちが表れていた。

「動いたら喉《のど》が渇《かわ》いたな。お茶を一杯頼む」

「かしこまりました」

三浦にはフロントに入ってもらい、秀美が給湯室《きゅうとうしつ》に向かう。正午前の半端な時間なので、給湯室《きゅうとうしつ》には誰もいなかった。

茶器を用意し、やかんをコンロにかけると、秀美はため息をつく。

護身術《ごしんじゅつ》のレクチャーを受けるうちに、気分はリセットされていた。

だけど、問題が解決したわけではない。秘書として慧一の役に立ちたいのに、ひよっこと言われてショックを受けた。その上、お説教をされそうになり、秀美のプライドはボロボロだ。

(それに、あれはどういう意味だろう)

——君は昔のままだ。まったく変わっていない。

『昔』という言葉が、妙に引っかかる。過去に慧一と会った時、秀美は新人だったのだろうか……

(いずれにせよ、私は成長してないわけね。昔のまま、ひよっこなんだ)

一人前と認められない現状に、もどかしさを感じる。会長をはじめとして、誰もが納得するようなパートナーになりたいのに。

お茶を淹《い》れると、昂《たか》ぶる感情を抑えるように湯呑みに蓋《ふた》をした。


後日、桜山製作所は武宮物産との取引を縮小した形で契約更新した。

その翌週、八月七日の午後——

本社ビル最上階の会議室。桜山社長と資材部長をはじめとする関係部署の責任者達が、九野商事の営業担当者と向き合っていた。彼は緊張の面持《おもも》ちで、新規契約に関する今後の予定を告げる。

「今月二十一日に経営会議を開きます。御社《おんしゃ》との正式契約が決まり次第、ご連絡いたしますので、どうぞ、それまでお待ちください」

「分かりました。九野社長によろしくお伝えください」

商談が終わると、秀美は営業担当者に付き添い、一階の玄関まで下りた。

外に出たとたん、蝉《せみ》しぐれと真夏の熱気に襲われる。

「本日はありがとうございました。それでは、私はこれで失礼いたします」

「こちらこそ、ありがとうございました。今後とも、どうぞよろしくお願いいたします」

秀美は深く頭を下げ、大切なお客様を見送った。

「……慧一さんの努力が報《むく》われますように」

そう呟《つぶや》いた時、車寄せに一台の車が入ってきた。

(あれ？　この車は……)

見覚えのある高級車だ。運転手が降りてきて、後部座席のドアを開ける。

「素晴らしいタイミングですね、納谷さん。これは運命でしょうか」

「は……い？」

現れたのは武宮物産の専務、武宮良和だった。興奮した様子で、秀美に近付いてくる。

(どういうこと？　運命って……何かの冗談かしら)

秀美は戸惑いながらも、彼の姿をそれとなく眺めた。全体的にいつもと雰囲気が違う。髪を七三に分け、整髪料《せいはつりょう》で固めたヘアスタイルは彼らしくない。それに、服装もクールビズではなくスーツを着込んでいる。

武宮は秀美と向き合い姿勢を正した。髪の生え際に汗が光っている。

「すみません、ご挨拶《あいさつ》がまだでしたね。こんにちは。先日はお世話になりました」

「こ、こんにちは。こちらこそ、いつもお世話になっています。あの……本日は資材部にご用ですか？」

それ以外考えられないが、一応確認してみる。妙にあらたまった格好だけれど、まさか社長に面会するわけではあるまい。慧一のスケジュールに、そんな予定は入っていなかった。

「いいえ。僕は今日、あなたに会いに来ました」

「えっ、私……ですか？」

「そうです」

ますますわけが分からず、秀美は首を傾げる。武宮の顔を凝視《ぎょうし》すると、彼の白い頬が、みるみる赤く染まった。

「納谷さん！」

「は、はい」

武宮はいきなり跪《ひざまず》き、ポケットから取り出したものを秀美に差し出す。秀美はびっくりして叫びそうになった。

「ちょ……武宮様？」

「これを受け取ってください。僕の気持ちです！」

「はあっ？」

差し出されたのは、可愛らしいハート型の小箱。どこからどう見てもリングケースである。

「あの、これは一体どういうことでしょう？」

動揺する秀美に、彼は真っ赤な顔で打ち明けた。

「先日、あなたは僕のことを、誰より心配してくれました。それまで忙しさとプレッシャーに独《ひと》りで耐えていた僕は、とても励まされたのです。あんなふうに僕を気遣ってくれる人は他にいません」

「心配……私がですか？」

いつのことかと考え、ようやく思い出す。体調の悪い武宮を休憩室に案内した、あの日のことだ。

「いえ、あの、武宮様、それはですね……」

誤解だと言いかけるが、彼の勢いに遮《さえぎ》られた。

「あなたを好きになりました。これからの人生を、僕と一緒に歩いてくれませんか？」

秀美は絶句する。ハート型のリングケースとストレートな愛の告白。彼がなぜ自分を訪ねてきたのかようやく理解し、顔の前で激しく手を振った。

「ちょ、ちょっとお待ちください。武宮様を心配したのは別に、特別な感情を抱いているからではなく……」

「いいえ！　納谷さんは僕のことを分かってくれる、この世で唯一の女性です！」

「ええええっ？」

たったあれだけのことで、なぜそこまで思い込むのだろう？　あまりにも唐突で、突拍子《とっぴょうし》もない話だった。

しかし武宮は真剣そのもの。怖いくらい必死な目で迫られ、秀美は後ずさりする。下がりすぎて、後ろを通りかかった女性にぶつかってしまった。

「きゃっ！」

「あっ、ごめんなさい」

制服を着た女性は総務部の社員だ。お使いの帰りなのか、茶封筒を抱えている。彼女は武宮と、彼の持つリングケースに目を走らせた。

「……私こそ不注意でした。スミマセーン」

にこりと笑ってお辞儀《じぎ》をすると、足早にビルに入っていく。あらぬ噂《うわさ》が広まるのは確実だ。

秀美は思い込みの激しいお坊ちゃんに、苛立《いらだ》ちの目を向ける。

「武宮様、困ります。私はそんなつもりで、あなたを気遣ったのではありません」

「お願いです。僕と結婚してください！」

武宮は人の話をまったく聞こうとしない。必死な形相が、彼の本気を表していた。

「僕の人生にはあなたが必要なのです。父も納谷さんなら、と許してくれました」

「父って……武宮社長がですか？」

信じられない。どんな親子だ。

秀美は頭を抱える。こうなったらハッキリ伝えるしかない。

「勝手に話を進めないでください。第一、私には結婚を約束した人がいます」

「そうなんですか。でも、関係ありません！」

伝家《でんか》の宝刀《ほうとう》を抜いたつもりが、あっさりとかわされた。この強引さは慧一を連想させる。

いや、同じ強引でも慧一はもっとスマートだ。武宮はあまりにも不躾《ぶしつけ》だし、考えが足りなすぎる。

ここは相手の名前をきちんと言っておくべきだと、秀美は判断した。

「あのですね、結婚を約束した人というのは……」

「お返事は今でなくとも構いません。ケースの中に、僕の個人的な連絡先を入れてあります。

二十四時間、いつでもお電話ください」

無理やりケースを押しつけられた。返そうとしたが武宮は素早く身を引き、運転手が開けたドアから後部座席に滑《すべ》り込んでしまう。まるで作戦でも立てていたかのような、スムーズな流れである。

「今日この場所で、納谷さんにお会いできたのは幸運でした。奇跡のタイミングだと思いませんか？

そう、僕らはきっと結ばれる運命なのです！」

「何を言って……」

「失礼」

運転手がドアを閉めてしまった。ケースを手におたおたする秀美を見ながら、武宮は微笑んでいる。

「武宮様！　ほんと、困りますってば！」

玄関ホールに秀美の叫び声が反響する。だが聞く耳を持たず、高級車は走り去ってしまった。

「……信じられない」

怒るより先に呆れてしまう。いい歳をした男性なのに、あれではまるで夢見る乙女だ。

ケースを見下ろし、蓋《ふた》を開けようとして思いとどまる。プロポーズを受けるつもりはないのだから、中を確かめる必要はない。いや、それよりも——

秀美は大変なことに気が付いた。慧一がこのことを知ったらどう思うだろう。女性社員の噂話《うわさばなし》が伝わる前に戻らなければ。

（とりあえず、これは隠しておこう）

ハート型のケースをポケットに仕舞おうとするが、大きすぎて入らない。どうしようか考えあぐねていると、後ろから声をかけられた。

「君、何をしているのかね」

「ひっ」

秀美の全身がたちまち硬直する。この厳格な響きは、間違いなくあの人だ。

（……会長。なぜ今、この時に？）

そういえば、今日はこれから重役会議があるのだ。冷や汗を垂らしながら、秀美はタイミングの悪さを呪った。

仕舞いそこねたケースを手の内に隠し、後ろを振り返る。そこには桜山会長が不機嫌な顔つきで立っており、その背後には男性秘書が気まずそうな様子で控えていた。

「会長、あの……いえ、お疲れ様です」

「……」

会長のベンツが、いつの間にか車寄せに停まっている。まさか、武宮とのやり取りを全部見られていたのだろうか。秀美がびくびくしていると、会長は抑揚《よくよう》のない口調で質問を繰り返した。

「ここで何をしているのかね？」

ケースを持つ手が震える。何とかごまかしたいけれど、嘘や言い訳は会長が最も嫌う行為だ。こうなったら、正直に答えるしかない。

「実は……」

「今出ていったのは、武宮専務の車だな」

「えっ？」

答えを遮《さえぎ》るように、会長が武宮の名を口にした。秀美は驚いてケースを落としそうになるが、何とか堪《こら》える。その手元を会長が睨《にら》んでいた。

「これは、その……」

「釈明はいらん。私には関係のないことだ」

「あ……」

にべもなく突き放された。会長の眼差しは、これまでにないほど冷淡だ。

やはり、一部始終を見られていたらしい。

「会社の玄関先で騒ぐなど、以前の君なら考えられん醜態《しゅうたい》だ。みっともない」

「……申し訳ございません」

容赦ない叱責《しっせき》に打ちのめされるが、まったくそのとおりだった。大人しく首《こうべ》を垂れるほかない。

そこで男性秘書がおずおずと口を開いた。

「会長、そろそろお時間です。会議室へ参りましょう」

「うむ」

頷くと、会長は入り口のほうへ歩き出す。

「納谷君。君も社長秘書として、自分の仕事に集中したまえ」

会長は秀美の前から立ち去った。手からリングケースが滑《すべ》り落ち、音を立てて地面に転がる。

秘書としての分《ぶ》をわきまえろ――

そういう意味だと秀美は解釈した。

慧一に相応《ふさわ》しい人間になろうと焦っているけれど、気持ちが空回りするだけで全然進まない。それどころか、巨大な壁に跳ね返されて後退する始末。

「どうすればいいんだろう」

リングケースを拾い上げると、無意識に蓋《ふた》を開けた。一粒ダイヤの指輪と、武宮良和の連絡先が記《しる》されたメモが入っている。女の子のような丸文字が、いかにも彼らしい。

「この人となら、スムーズに結婚できるんだろうな……」

秀美はぶるぶると頭を振った。一瞬でもそんなことを考えた自分にびっくりしてしまう。

ケースの蓋《ふた》を閉めると、無理やりポケットにねじ込んだ。

「私には慧一さんしかいない。慧一さんとでなければ、結婚なんて意味ないわ！」

決意を新たにしながら、彼の励ましを思い出した。

――人生においては山も谷もすべて大切なプロセスだ。一歩一歩、着実に進んでいこう。

だけど、どうしても焦ってしまう。秀美の想像以上に山は高く、谷は深かった。うっかり道を踏み外せば一巻《いっかん》の終わりだ。

秘書課オフィスに戻ると、誰にも気付かれないよう、リングケースを素早く引き出しに仕舞う。周囲の様子から、噂《うわさ》がまだ広まっていないことが分かった。

（でも、時間の問題よね。人の口に戸は立てられないもの）

あきらめ気分で、午後の仕事を黙々とこなすのだった。

「納谷君。今夜、久しぶりに運動しようか」

「あっ、はい。スポーツクラブですね」

今日は仕事が早く終わった。重役会議もスムーズに進行したらしく、慧一はにこにこしている。会長から昼間の件について聞かされてもいないようで、秀美はホッとした。

「では、お食事をご用意いたします」

スポーツクラブに行く前、二人はいつも軽く腹ごしらえする。おにぎりやサンドイッチなどを売店で買ってきて食べるのだ。

「ああ、その必要はない。すぐにでも運動したい気分なんでね」

「そうなんですか？」

社長室を出ていきかけた秀美は、少し驚きながら振り向く。

「ですが、空腹では力が出ないといつも……」

「いいんだ。今すぐやりたい」

いやに張り切っている。思えば慧一はこの頃、忙しくて運動する暇もなかった。だからストレスを発散したいのかなと秀美は推測する。

「車を用意してくれ。俺は先に下りてる」

「はい。私もすぐに参ります」

慧一は帰り支度をすると、社長室を出ていった。秀美は急いで友部に連絡し、車を玄関前に付けてもらう。

（スポーツウエアは車に積んであるし、会員証も用意した。よし、準備は万端ね）

頭の中で段取りしながら、社長室の戸締まりをした。

秘書課フロアに戻って自分の席に着くと、引き出しのロックを解除し、周囲の視線を気にしながらリングケースをバッグに放り込んだ。

やましいことなどないのに、どうしてもコソコソしてしまう。武宮良和と秘密を共有しているようで、後ろめたい気持ちになる。

「主任、今から社長とスポーツクラブに出かけます」

「付き添いご苦労様。頑張ってね」

井本主任は、いつものように明るく労《ねぎら》ってくれた。他の社員も普通に挨拶《あいさつ》してくれる。昼間のことはまだ知られていないようだ。

（でも、いずれ噂《うわさ》は広まる。変に誤解されないよう、慧一さんには正直に話しておこう）

秀美はそう決意し、後ろめたさを振り払った。

一階に下りて玄関を出ると、ベンツが待機していた。慧一は後部座席に座り、運転席の友部と何か話している。

「すみません、お疲れ様です。お待たせしました。それでは出発いたしましょう」

友部は愛想よく笑うと、前を向いてハンドルを握った。スポーツクラブに寄ることは慧一から聞いたらしい。秀美が後部座席に乗ってシートベルトを締めると、車はすぐに発進した。

「納谷君、今のうちに明日のスケジュールを確認しておこうか」

「そうですね。少しお待ちください」

秀美はスマートフォンを取り出し、スケジュールアプリを開く。細かなことを打ち合わせているうちに、車は目的地に到着した。

「あのう……ここは一体？」

夜空を突くような高層ビルを見上げて、秀美は間延《まの》びした声を出す。目の前にそびえる建物は、どう見てもスポーツクラブではない。

慧一は質問に答えず、車の脇に控えていた友部に声をかけた。

「友部さん、今日はこれで上がってください。明朝は自宅に迎えをお願いします」

「かしこまりました。それでは失礼いたします」

友部は会釈《えしやく》して運転席に乗り込み、そのまま走り去ってしまった。

「さあ行こう。今夜はたっぷり運動するぞ」

「は、はあ?」

慧一に手を引かれ、秀美はよろけそうになりながら建物へと歩いた。制服を着たドアマンが玄関の扉を開け、二人を招き入れる。豪華なロビーに入ったとたん、その明るさに目がくらみそうになった。

「ちょっと待ってろ」

秀美をロビーの椅子に座らせると、慧一はフロントに向かう。

(運動するって……ここでどうやってするのよ)

どう見ても、ここはホテルだ。建物の中にスポーツジムでもあるのだろうか。だとしても、運動するならいつものスポーツクラブで事足りるのに。

もしかして、運動というのは――

秀美の胸が早鐘《はやがね》を打ち始める。

フロントから戻ってきた慧一の瞳は、欲情に燃えていた。

「慧一さん……あっ、だめ……」

運動とはセックスを意味する隠語だった。それなのに秀美はピンとこず、本当にスポーツクラブに行くつもりでいた。そのことが、慧一をさらに煽《あお》っている。

「俺はいつも、こうしたいと望んでいる。だが、君は違うようだな」

「そんな、私は……」

言い訳無用とばかりに唇を塞《ふさ》がれた。慧一は腰を激しく動かし、ぐちゅぐちゅと秀美のナカをかき混ぜている。

「……んんっ！」

弁解したいのに、彼はそれを許してくれない。

仕事モードの秀美は恋に鈍感な、堅物女《かたぶつ》になってしまう。特に今は多忙な時期だから、慧一の意図に気が付かなかった。

「……ふ……はあっ……」

息継ぎするだけで精一杯。彼は舌を絡ませ、執拗《しつよう》に追い詰めてくる。

汗と、愛液と、白濁液《はくだく》。秀美の身体は頭のてっぺんから足のつま先まで、ぐっしょりと濡れた。

でも、強引でわがままなエッチを、実は悦《よろこ》んでいる。慧一のことが大好きだから。何をされてもいいと思っているから。

こうなることを、秀美だっていつも望んでいるのだ。

慧一のキスは唇から耳元に移った。小さな穴に、舌先での愛撫《あいぶ》と、熱い息と、囁《ささや》きが送り込まれる。

「プロポーズされたのか」

「……」

ビクッと全身が震える。それは明確な返事となり、慧一をさらに燃え上がらせた。

「まったく。何をやってるんだ、君は……」

「ああっ、あっ……お願い。ゆるし……てっ」

激しく突き上げられ、喉《のど》を反らして喘《あえ》ぐ。痺《しび》れるような感覚に、秀美は涙ぐんだ。

慧一は武宮との件を知っている。やはり噂《うわさ》は広まっていたのだ。

(そんな気配は感じなかったのに……)

秀美の頭に、井本の顔がぼんやりと浮かんだ。きっと彼女が噂《うわさ》する女性社員をたしなめ、課内の風紀を正してくれたのだろう。そして何もかも察した上で、エールを送ってくれたのだ。

――付き添いご苦労様。頑張ってね。

恋愛のことで上司に気を遣わせるなんて恥ずかしい。秀美は自分の未熟さを、つくづくと思い知らされた。

「ハッキリ断ってやれ。いいな?」

「は、はい。もちろん、そのつもり……で……っ」

慧一が思いきり腰を打ちつけ、容赦なく攻めてきた。ベッドがばらばらに壊れてしまいそうなほど激しく揺れ始める。

彼のセックスはまさにハードなスポーツだ。秀美の身体も大量のエネルギーを消費し、熱くなっていく。

「君は誰のものなんだ?」

「……んっ、ああん……やっ……」

感じる部分がこすれて、うまく答えられない。快楽に喘《あえ》ぎながら、汗まみれの身体をくねらせた。

するとさらに感じてしまい、思わず彼を締めつける。

「くっ……やり返したな」

「ち、違……だって」

彼の瞳にサディスティックな光が宿る。野性化した男の肉体は獰猛《どうもう》なオーラを放ち、秀美を震え上がらせた。それは恐怖ではなく、甘美な予感による昂《たか》ぶりだった。

「きゃっ」

広げた脚を高く上げられ、慧一の両肩にかけた格好になる。彼は上半身をぐっと前に倒し、杭《くい》を深く埋《う》めてきた。

「あ……あぁッ……」

先端が秀美の最奥に到達し、深く交わる体勢となった。

慧一は目を閉じて、絞られる快感に耐えている。唇を微《かす》かに開き、眉を寄せた表情は、堪《たま》らなくセクシーだ。秀美は無意識に彼を締め上げながら、うっとりと見惚《みと》れる。

(素敵な表情……それに、何て美しい腰つきなの。私の、慧一さん……)

秀美は腕を伸ばし、彼の腰から尻にかけてゆっくりと撫で回した。

これ以上のパーツがあるだろうか。逞《たくま》しくて、滑《なめ》らかで、野性的なライン。この腰つきに惹《ひ》かれて、自分には縁がないと思っていた世界に足を踏み入れたのだ。

慧一のパーツには嘘がない。男らしくて、勇ましくて、彼そのものだと感じる。エネルギッシュで独占欲が強く、野獣のような情熱を持つ私の恋人――

いつだったか、フェチが集まるネット掲示板にこんな書き込みがあった。

《理想のヒッププラインの持ち主が、理想の男性》

最高のパーツと出会い、秀美はそれを実感している。慧一のことを知れば知るほど、好きになっていく。身も心も、こんな男性を求めていたのだ。

「秀美……君は、誰のものなんだ？」

「あ……慧一さ……ん！　ああっ、はあっ、はあっ……」

もうすぐ二人は限界を迎える。秀美の内側で、彼が爆発しそうになっていた。

汗まみれの素肌を見下ろす目は、まさに野獣のそれだった。猛々《たけだけ》しい肉欲が彼を支配している。

「あ……なたの……もの、です」

「そうだ。君は俺の……」

そこで会話は途切れた。もう言葉なんていらない。

カラダとカラダで、思いきり愛し合う。

「……くっ、ひでみっ」

ほとんど垂直に打ち込まれる、硬くて重い彼の『男』。秀美は激しさに耐え、すべてを受け入れる。

「は、ああっ……」

幾度となくえぐられた末、秀美は果てた。どくんどくんと勢いよく注《そそ》がれる欲望を、ナカで感じている。嬉しくて涙が零《こぼ》れた。

攻撃されて、責められて、それでも喜ぶ自分はマゾっ気があるのだろうか。

倒れ込んできた慧一の身体を、秀美は腕を伸ばしてぎゅっと抱きしめた。素肌が密着し、二人は汗の中で溶け合う。繋がった部分はどろどろで、潤滑油《じゅんかつゆ》がいまだあふれ出していた。

やがて慧一は身体を浮かせ、秀美の顔を見下ろす。

「ふう……我ながら、何てセックスだ」

野獣の目は、大らかな愛情に満たされていた。

「君は、俺のもの……初めて出会った夜、そうなる予感がした」

いつ、どこで、二人は出会ったのか。秀美は今も思い出せない。

「夜、だったんですか？」

「ああ」

もっとヒントが欲しくて見つめるけれど、慧一は意地悪く笑い、ゆっくり身体を起こした。秀美から自身を抜くと、背中を向けてゴムの始末をする。

「……え？」

驚いたことに、慧一はサイドテーブルに置いてあった予備の小袋を開封し、二回目の準備を始めた。インターバルを設けず、すぐに抱こうとしている。

「あの、慧一さん……まさか」

「お仕置きはまだ終わっていない。あと二、三回は覚悟しておけ」

「え、ええっ？」

今みたいなセックスを繰り返したら、秀美は壊れてしまう。

「でも、その……明日の仕事に支障をきたすので……」

「安心しろ。睡眠時間は確保してやる」

こちらを向くと、慧一は即座に襲いかかってきた。

「ちょ、ちょっと待ってくださ……きゃあっ」

うつ伏せの状態にされ、腰を持ち上げられる。

「君もなかなかいい尻をしてるじゃないか。ん？」

両手で円を描くように撫でられ、秀美は全身を震わせた。この体勢は、調教されているみたいでゾクゾクする。なぜか強烈に感じてしまい、蜜がじんわりと滲《にじ》んできた。

「仕事がどうとか言いながら、こんなに感じてるとは。君のここは正直だな、秘書さん？」

「だ、だって、それはその……あんッ」

脚の間を指で弄《いじ》られ、思わず声を上げた。彼の指は入り口をこじ開け、ぐいぐいと入ってくる。潤沢《じゅんたく》な愛液が秘部をぐっしょりと濡らした。

「すごいな……これならすぐに挿《い》れても良さそうだ」

「や、やめてえ」

言葉とは裏腹に、ますます蜜があふれてくる。彼の指はぐちゅぐちゅとナカをかき混ぜつつ、時々いいところを刺激して、秀美の欲情を煽《あお》る。

腰が勝手に動いて、慧一のほうへと尻を突き出していた。

「……ったく、わざとか？　いやらしいぞ、秀美」

「だって、慧一さんが……やん……っ」

慧一は指を抜いて膝《ひざ》立ちになり、秀美の腰を掴む。そして自身をあてがい、ずぶずぶと埋《うず》めてきた。

「はぁん！」

泣きたくなるほど気持ちいい。自分のものとは思えない嬌声《きょうせい》を上げ、慧一の動きに合わせて腰をくねらせる。

「ほら、もっと尻を上げろ。脚を開いて……そうだ」

慧一は指示を出すが、その声から余裕はなくなっている。秀美の痴態《ちたい》に煽《あお》られ、理性などとうに吹き飛んでいるのだ。

「あ……、ああんっ、だめええっ」

そう言いつつも、突き上げてくる彼のものを、しっかりと咥《くわ》え込んだ。こうすれば快感が増すと、身体が学習している。

「秀美、俺をどうするつもりだ……」

慧一が背中に倒れかかってくる。彼は片方の手で秀美の身体を支え、もう片方の手で乳房を鷲掴《わしづか》みにした。

「や……そん、な」

好きなように揉みしだき、先端をきゅっと摘《つま》む。そのたびにナカが締まり、慧一はうめき声を漏らした。秀美の感度の良さに、彼は苦笑している。

「これじゃ、俺が先にイッちまう……」

乳房から手を離すと、体勢を立て直し、ゆっくりと腰の動きを再開する。秀美は両手を踏ん張り、徐々に加速する前後運動に耐えた。

「ひ……ああっ、あ……けい、いちさ……んッ」

「どんな体位でも、君は俺を締めつける。ったく、いやらしい身体だな……」

「……っ」

恥ずかしくて何も答えられない。秀美自身、慧一の攻めにすぐ反応する肉体をいやらしいと思っている。でも、どうしようもなかった。

慧一は喋《しゃべ》るのをやめ、ひたすら腰を動かす。

秀美の白い肌は、シャワーを浴びたかのようにずぶ濡れだった。接合部分は言うに及ばず、これ以上ないほど豊かに潤《うるお》っている。

「いくぞ……っ」

激しい突き上げが秀美を襲う。息を小刻みに吐きながら、彼の攻めに応《こた》えた。

もっと、もっと――

貪欲に求め合う、荒々しいセックス。秀美は自分が野生動物の雌《めす》になった気がする。本能のままに与え、相手からも与えられる快楽に、無上《むじょう》の悦《よろこ》びを感じていた。

「あ……ああああっ！」

彼の動きが止まり、一気に愛欲が注《そそ》がれる。欲望だけではなく、愛情もたっぷり与えられたのだと秀美には分かった。

「秀美……」

後ろから強く抱きしめられた。首筋にかかる熱い息は、強烈な愛の言葉。これほどまでに君が好きだと、彼は叫んでいる。

「私も……好き。あなたが、大好きです」

どうか夢なら覚めないで――

男性の力強さに甘え、身も心もすべて捧《ささ》げた。


目を覚ました秀美は、心地よい疲労感の残る身体をベッドの上に起こし、ガラス張りの窓を眺めた。ビルの明かりが映り込む海に、光の橋が架《か》かっている。

「ここ、お台場だったのね……」

秀美はずっと夢の中にいた。慧一に何度も抱かれ、愛されて、現実など忘れていたのだ。

「秀美」

静かな部屋に優しい声が響く。見ると、バスローブを羽織《はお》った慧一が、ベッドの傍に立っていた。リラックスした様子は、オフィスでの彼とは違う。ゆったりと帯を締めたローブの腰回りが色っぽい。昼間の姿からは想像できない、男性の魅力を醸《かも》し出している。

上掛けで胸を隠す秀美の隣に、慧一は腰かけた。ボディソープの甘い香りが漂《ただよ》ってくる。

「どうだった、運動は?」

額《ひたい》が触れ合う距離から覗《のぞ》き込まれ、秀美は頬を赤くする。

「すごくハードでした。でも……」

「でも？」

「すごく、嬉しかったです」

「……」

唇を塞《ふさ》がれ、そのまま押し倒される。口中を深く貪《むさぼ》られても、秀美は抵抗しなかった。骨太な身体の重みと、潰さないよう加減してくれる気遣いが、秀美を痺《しび》れさせる。

息が苦しくなったところで、キスは終わった。慧一の瞳に、焔《ほむら》が揺れている。

「もう一戦いくか？」

「ダメですよ。今度こそ、明日の仕事に差し障《さわ》ります」

「さすが、俺の秘書さんだな」

そう言って蕩《とろ》けそうな笑みを浮かべる。彼はベッドに潜《もぐ》り込み、秀美を腕の中に収めた。

慧一の胸は広くて、あったかい。こうして抱かれると、秀美は心からの安らぎを得られる。

「私、武宮さんに同情したんです」

「……ん？」

ベッドで他の男の名前を出すのは無粋《ぶすい》かもしれない。でも、慧一には今聞いてほしかった。

「武宮さんの疲れた様子と青白い顔を見て、私は実家の父を思い出しました」

「お父さん？」

秀美は頷くと、父親が昔、過労で倒れたことを話した。ブラック企業に勤めていたことも。

「私が社長秘書を志《こころざ》したのは、それがきっかけです。組織のトップを支えることで、会社全体の労働環境を整える手助けがしたかった」

「そうだったのか。だから君は……」

慧一は納得の表情になり、労《ねぎら》うように頬を撫でてくれた。秀美は幸せな気持ちになるが、そのぶん後悔が深まる。こんなにも愛してくれる慧一を、心配させてしまった。

「武宮さんに父の姿が重なり、気の毒に思って、つい親身になってしまいました。それをあの人には好意と受け取られたようで。その……プロポーズに至ったのかと」

「……なるほど」

彼はため息をつくが、もう怒ってはいない。秀美を思うさま抱いて、十分満たされたのだろう。

「しかし、秀美。前にも言ったように、武宮良和はそんなやわな男じゃない。君の前でふらついたのも、かなりわざとらしかった。彼の言動は、どうも芝居がかってるぞ」

そうかもしれないと、秀美は考え直す。今日の武宮は顔色も良く、元気そのものだった。

「ごめんなさい。やっぱり未熟者ですね、私」

秘書として多くの重役を見てきたから、裏表のある人間を見抜くことができる――そう豪語《ごうご》した自分が恥ずかしい。とんだひよっこである。

「いや……俺こそ、何も知らずに君を責めてしまった」

すまないと、彼はキスで詫《わ》びた。秀美は舌を絡ませ、許す意思を伝える。

「早く結婚しよう。すぐにでも君を独《ひと》り占めしたい」

「慧一さん……」

「仕事の山を越えたら、君のご両親に挨拶《あいさつ》する。俺の両親にもあらためて紹介するよ」

嬉しくて涙が出そうだった。だけど同時に、不安も湧いてくる。

会長は結婚を許してくれるだろうか。家柄、学歴、容姿、どれをとっても秀美は桜山家の嫁に相応《ふさわ》しくない。だから会長は不満なのだ。その上、今日はあんな場面を目撃されてしまった。

「……実は今日、武宮さんといるところを会長に見られてしまいました」

「ほう」

慧一の反応は意外に薄かった。秀美としては、絶対に見られたくない場面だったのだが。

「それで、親父に何か言われたのか」

「はい。会長はとても不機嫌になられて……」

――君も社長秘書として、自分の仕事に集中したまえ。

分《ぶ》をわきまえろと叱責《しっせき》されたに等しい。やはり慧一との結婚を許してもらえるとは思えず、秀美は話しながら絶望を感じていた。

「ふうん、親父がそんなことを……」

慧一は何ごとか考えている。さすがにまずいと思ったのだろうか。

「それはいい傾向だぞ」

「……えっ？」

目を丸くする秀美に、慧一は明るく笑いかける。

「親父は君に関心があるんだよ。不機嫌になったのは、俺達のことについて真面目に考えてる証拠さ」

「あ……」

「無関心よりはずっといいって、前にも言っただろ」

会長は気になる存在には自《みずか》ら近付き、どんな人間なのか、あるいは会社なのかを知ろうとする。反対に、関心がなければ見向きもしない。

「でも、あまりにも……冷たい気がして」

秀美が秘書を務めていた頃から、会長は厳しかった。だけど、父親のような温かさも感じられたのだ。それなのに、今は赤の他人よりも距離を置かれている。

「うーん、君にはそう見えるか。あの人は不器用だからな」

「不器用？」

「近付きたいけど、突き放してしまうというか……まあ、ツンデレってやつだね」

会長がツンデレ――

慧一の言い方が可笑《おか》しくて、秀美はつい噴き出してしまう。

「面白いだろ？」

「そ、そんなこと……もう、笑ってる場合じゃありません！」

ひとしきり笑うと心が軽くなった。秀美の傍には、いつも慧一がいる。問題は解決していないが、大切なことを思い出すことができた。

「とにかく自信を持て。親父は君に期待するからこそ、厳しく接するんだ」

「はい」

秘書の仕事に集中しろ、と会長は言った。仕事をもっと頑張れば、巨大な壁も越えられるかもしれない。会長の言葉が、これまでとは別の意味をもって胸に響いてくる。

「何度も同じところで躓《つまず》いてますね、私」

「何度でも立ち上がればいい。仕事も結婚も、あきらめずに頑張ろう」

ぎゅっと抱きしめてくれる慧一。彼の胸は秀美にとって、世界で一番安らげる場所だ。

「さて、どうする？　そろそろ日付が変わるから、お姫様はお帰りかな」

「……もう一度だけ」

スマートフォンのアラームが午前零《れい》時を告げる。けれど秀美は、覆《おお》い被さってくる彼に身体を開いた。

慧一の愛情は秀美のエネルギー源。明日の仕事のために、思いきり愛されたかった。


翌日、秀美は仕事帰りに、駅前のカフェに立ち寄った。武宮と待ち合わせて、ハート型のリングケースを返すためだ。

このことは慧一にも話してある。宅配便で武宮物産に送りつければいいと言われたが、秀美は直接会うことにした。ハッキリとプロポーズを断り、お付き合いの可能性もゼロだと伝えたい。

『心配だな。俺もついていこうか』

カフェのガラス窓に、慧一の過保護な顔が浮かぶ。武宮に会うと話したら、再び口説かれるのを心配してか、そわそわしていたのだ。

秀美はクスッと笑う。だって、武宮は本気でプロポーズしてきたわけではない。慧一が推測したとおり、彼は『社長秘書』に取り入りたいだけ。秀美自身に興味はないのだろう。

その証拠に、ケースに入っていた指輪は若い女性向けのデザインで、サイズも違っていた。つまり、そのていどの気持ちなのだ。

(でも、あの人なりに必死なんだろうな)

武宮のプロポーズを頭の中で再生する。彼は怖いくらい真剣な目で秀美に迫ってきた。きっと、それだけ追い詰められているのだ。

そう考えると、何だか気の毒になってしまう。方向性は間違っているが、武宮は現状を好転させるため、一生懸命に頑張っている。今の秀美には、その心情が分からなくもなかった。

「あと二分か……」

場所と時間は秀美が指定した。武宮は電話口で、『分かりました』と元気なく答えた。おそらく彼は、どんな返事がくるのか察している。

約束の時間ぴったりに、武宮が店に入ってきた。今日はスーツではなく、いつものクールビズスタイルだ。秀美は立ち上がって軽く手を上げ、彼に合図を送った。

「こんばんは、納谷さん。お待たせいたしました」

「こんばんは、武宮様。本日はお呼び立てして申し訳ございません」

ビジネスライクな挨拶《あいさつ》を交わすと、向かい合って座る。注文を取りに来た店員に、二人ともオリジナルブレンドを頼んだ。

「昨日は失礼いたしました。いきなりプロポーズするなんて、暴走しすぎたと反省しています」

「武宮様……」

恥ずかしそうな彼の表情を見て、秀美は少しためらう。だけど、ここで情けは禁物。今後のためにも、自分の意思をハッキリと示すべきだ。

バッグの中から小さな紙袋を取り出すと、武宮の前に置く。彼は黙ってそれを見つめた。中身が何なのか、言わなくても分かっているのだ。

「申し訳ございません。お気持ちは大変ありがたいのですが、お返しさせていただきます」

「……そうですか」

コーヒーが運ばれてきた。武宮は紙袋を端に寄せ、テーブルにスペースを作る。

「本当に、ごめんなさい」

秀美は感情を込めて詫《わ》びた。本気のプロポーズではないにせよ、彼の必死さは十分伝わっている。

「いいんです。元々、僕がいけないのですから」

武宮はコーヒーにクリームを入れると、スプーンでぐるぐるかき混ぜた。しばらくその渦《うず》を見つめていたが、突然、何かを決意したかのように顔を上げる。

「もうバレてると思うので、正直に言います。僕は、社長秘書のあなたに取り入ろうとしました」

「……えっ」

秀美はカップを持ち上げようとした手を止めた。

「と、取り入る……とは？」

知らないふりをして尋ねてみる。武宮はばつが悪そうにするが、目は逸《そ》らさなかった。

「あなたと仲良くなり、有益な情報を引き出して、ビジネスに利用するつもりでした」

秀美はびっくりして口もきけなくなる。そこまで白状するとは思わなかった。専務としての自分の立場を分かっているのだろうか。あまりにもバカ正直すぎる。

「先週、納谷さんの前でふらついたのも計算です。来期の契約内容に絶望した僕は、ハニートラップを思いつきました。あなたの前で具合の悪いふりをして、同情を引いたわけです。浅はかな考えですよね。納谷さんのような優秀な方が、それを見抜けないはずがないのに」

「うっ」

見抜いたのは慧一だ。秀美は武宮を庇《かば》って彼に食ってかかり、ひよっこだと叱られた。

「でも、信じてください。僕は最初から、あなたに好意を持っていました。真面目で、有能で、いつもきりっとしている。僕のほうが年上なのに、憧れてしまうというか……それに、あなたはとてもきれいになりましたよね。いつだったか久しぶりにお会いした時、ドキッとしました」

「は、はあ」

この人はまた、何を言い出すのだろう。しかもプロポーズの時みたいに真剣な目をしている。

「すみません。こんなこと言われても、迷惑ですよね」

「それは……」

迷惑というより、困惑していた。今度こそ本気の告白なのだろうか。

すがるような視線に耐えられず、秀美は目を逸《そ》らした。そして、テーブルの端に追いやられた紙袋に気付く。その中には、サイズの合わないリングが入っているのだ。

何だかとても疲れてきた。これ以上話していても時間の無駄である。彼は本気のつもりでも、いい加減な気持ちであるのは間違いない。

「ともかく、指輪はお返しいたします。武宮様のお気持ちに応《こた》えることはできません」

秀美は自分のコーヒー代をテーブルに置くと、席を立ちかけた。

「納谷さん、最後に教えてください。結婚を約束した人というのは、桜山社長ですか？」

「……はい」

いずれ分かることだと思い、秀美は肯定する。

「そうですか、やはり……」

武宮はがっくりとうなだれた。肩を落とした姿は、降参のポーズに見える。

「では、私はこれで。お先に失礼いたします」

仕事も恋も、あきらめたら終わりだ。

秀美は一度も振り返らず、カフェをあとにした。

「ハニートラップを認めた？」

次の日、秀美が武宮とのやり取りを報告すると、慧一は呆れ顔になった。

「開き直ったのか、それとも単にバカ正直なのか。どっちにしても底の浅い人間だ。見た目どおりの、ひ弱なお坊ちゃんだったわけか」

秀美は「はい」と返事をする代わりに、眼鏡《めがね》の奥で瞬《まばた》きする。社長室を照らす真夏の陽射《ひざ》しよりも、慧一のほうがまぶしい。青白くて弱々しい武宮を月とすれば、慧一は強烈な光を放つ太陽だ。同じ御曹司《おんぞうし》でも、これほどまでに差があるのはなぜだろう。生まれ持った能力か、それとも環境の違いか。二人の父親を比べると、後者の影響が大きいと秀美は思う。

「しかし、本当に君に好意を持っていたとはね。油断も隙《すき》もない」

慧一はデスクの上を片付けながら、忌々《いまいま》しそうに言う。その口調には、武宮に対する負の感情が滲《にじ》み出ていた。

「ともかく、今回の件は許容しがたい。あんな男が後継ぎとなると、武宮物産との取引は考えものだな。あそことは長い付き合いだが……」

秀美の頭に、武宮のうなだれた姿が浮かぶ。ハニートラップには呆れるけれど、彼の立場にはまだ同情していた。巨大な壁を乗り越えようと、彼も苦しんでいるのだ。

「さて、そろそろ時間だ。君も準備してくれ」

「かしこまりました」

ひとまず武宮良和の件は終わり。秀美は仕事モードに切り替えた。

これから技術部のエンジニアをともない、子会社の視察に出かける。試験運転中の工作機械を検分するためだ。

「昔世話になった会社だよ。懐かしいな」

「大学を出たあと、初めて就職された会社ですね」

山梨《やまなし》県に工場を構える、桜山製作所の子会社だ。工作機械に使用する部品を製造している。

「そう、キタジマ機械工業。正確に言うと、俺が所属していたのはその系列会社だけどね。仕事はハードだったが、貴重な経験をさせてもらった。今でも作業服を記念にとってある」

「作業服を？」

初めて働いた工場なので、思い入れがあるのかもしれない。それにしても物持ちがいい人だと、秀美は感心する。

「……ところで、明後日から夏季休暇に入るが、スケジュールに余裕はありそう？」

慧一は何か言いたそうにしていたが、話題を変えた。秀美はスマートフォンのスケジューラーを確認する。

「十一日は支部合同のゴルフコンペに参加。十六、十七日は会議が入っていますが、それ以外は特にご予定がありません。わりと余裕がありますね」

「いや、俺の予定は頭に入ってる。そうじゃなくて、君のスケジュールだよ」

「えっ？」

慧一は椅子の背もたれに身を預け、意味ありげな視線を投げてきた。秀美はドキッとする。

「私は十三日に実家に帰ります。あとは、特に予定はありません」

「それなら、泊まりがけでどこかに出かけないか？　久しぶりに、ゆっくりデートしたい」

「はいっ、喜んで」

思わず声が弾《はず》んでしまう。ここのところ、慧一のスケジュールはタイトだった。秀美もそろそろデートがしたくて、お誘いを待っていたのだ。

嬉しそうな秀美を見て、慧一は満足げな笑みを浮かべる。

「よしっ、決まりだな。行き先は今夜相談しよう」

彼は勢いよく立ち上がると、身支度に取りかかった。といっても、常に身ぎれいにしている彼は、ジャケットを羽織《はお》るだけなので簡単だ。

「君の実家は八王子だったね。久しぶりの帰省なんじゃないか？」

「ええ」

実家に帰るのは正月以来だ。帰ろうと思えばすぐ帰れるので、かえって足が遠のいている。昨夜も母から電話がかかってきて、お盆には顔を出すよう念を押された。

「結婚のこと、ご両親には？」

慧一は秀美の傍に来ると、真顔で尋ねた。

「今回の帰省で、きちんと話すつもりでいます」

「そうか」

まだ話していなかったのかと、慧一は拍子抜けした様子。だが、このことに関して秀美は慎重だった。

結婚の相手が桜山社長だと知れば、両親は腰を抜かすかもしれない。それ以前に、本気にしない可能性もある。だから電話よりも、面と向かって話したほうがいいと判断したのだ。

「帰省の前日に、手土産を預けるよ。本当は一緒にご挨拶《あいさつ》に伺《うかが》うべきだが、急に行って驚かせてはいけないからね。ご家族によろしく」

「ありがとうございます」

慧一は言わずとも察してくれたようだ。秀美は彼の気遣いに感謝した。

納谷家はごく平凡な家庭であり、秀美も一介の会社員。慧一の想いに応《こた》えるには、人一倍の努力が必要だ。会長はもちろん、誰もが納得するパートナーになりたいから。

(それには、仕事で成果を上げるしかない)

ここまできて自分を追い込むなんて、本当に堅物女《かたぶつ》だと思う。

だけど、それこそが秀美のアイデンティティー。どうしても譲れなかった。


桜山製作所の夏季休暇は八月十一日から二十日までの十日間。とはいえ、秘書は担当する重役に合わせて時々出社するため、まともに休みは取れない。それでも秀美は充実した時間を過ごしていた。

十三日に八王子の実家に帰り、慧一とのことについて家族に話した。予想どおり、両親は予期せぬ相手との結婚話に腰を抜かさんばかり。会社員の弟は『俺って桜山社長の弟になるわけ？　すげー』などと呑気《のんき》なことを言っていた。

秀美は慧一から預かった菓子折りを渡しつつ、彼が真剣であることをしっかりと伝えた。すると初めは半信半疑だった家族も、神妙《しんみょう》な顔つきになる。

『私達には身に余るお話だけど、社長のご両親はお許しになるのかしら』

『何しろ社長は、桜山家の御曹司《おんぞうし》だからなあ』

『身分差婚ってやつだね。姉ちゃん、やってけるの？』

家族も大きな壁を感じている。それはもっともな反応だった。

『大丈夫。慧一さんがついてるもの』

彼の愛情は絶対だ。秀美の返事を聞いて、皆とりあえず納得してくれた。


その五日後の今日、秀美は慧一と北海道旅行を楽しんでいる。広大な景色、美しい湖、何より食べ物が美味《おい》しい。社長と秘書はリゾート服に着替え、二人きりの時間を満喫した。

今は真夜中――秀美はベッドで慧一に寄り添い、広い胸に甘えている。

湖のほとりに建つホテルは静かで、空には数えきれないほどの星が輝いていた。

「あのね、慧一さん」

「うん？」

情事の余韻《よいん》が落ち着いた頃、秀美は家族の反応について彼に聞かせた。慧一は結婚を反対されなかったことを喜び、『壁』についても「心配ないよ」と微笑んでくれた。

「乗り越えられますよね」

「もちろんだ。俺がついてる」

秀美は、ほうっと息をつく。慧一のひと言にはいつも励まされる。

「だがな、秀美。こうも言えるんだぞ――俺には君がついてる」

「え？」

彼はクスッと笑い、額《ひたい》にキスをしてきた。

「君がいるから、俺は大きな山を乗り越えられる。ここまで来れたのも、君のおかげ……」

そこで慧一は、なぜか口をつぐんだ。

「慧一さん？」

彼の黒い瞳をじっと見つめる。その奥に、秘《ひ》された何かがあるような気がして。

「今度話すよ。何もかもね……」

抱きしめられて、秀美は反射的に目を閉じる。その時、一人の人物が瞼《まぶた》の裏に浮かんだ。

仕事が辛い時、落ち込んだ時、秀美を励まし続けてくれたあの人。もう長いことその写真を見ておらず、意識から遠く離れていたのに。

（……どうして？）

瞼《まぶた》の裏で、『彼』が優しく微笑んでいた。


連休明けの八月二十一日。社長室に吉報《きっぽう》が届いた。

九野商事が、桜山製作所と正式契約を結ぶという最終的な結論を出したのだ。

慧一はすぐに関係部署の責任者達を集め、社内会議を開いた。具体的な契約内容を確認し、スムーズに取引が進むよう指示する。

いつにも増して精力的に働く社長のもとで、秀美も秘書として多くの業務をこなした。

ビジネスチャンスが広がるのを肌で感じる。やはり慧一はただの御曹司《おんぞうし》ではない。生まれついての経営者なのだと、秀美はあらためて認識した。

「ふう、やっと落ち着いたな」

慧一はコーヒーカップを置き、大きく息をついた。デスクの上はきれいに片付いている。先ほどまで書類が山積みだったが、秀美が手際よくファイリングしたのだ。

「本当に、お疲れ様でした」

若き社長に労《ねぎら》いの声をかけ、空《から》のカップをトレイに載せる。

「疲れてはいないが、短時間で決めなければいけないことが多すぎて、さすがに目が回った。君が書類を整理してくれなければ、パニックになるところだよ」

「恐縮です」

秀美は言われた仕事を一つ一つ処理しただけ。何でもないことなのに、慧一は大げさだ。

「さて、そろそろ報告に行くか」

これから慧一は、九野商事との件を会長に報告する。秀美も必要なファイルを用意して、同席しなければならない。

その前にカップを片付けようと、一旦社長室を出た。

三浦は先に帰したので、フロントには誰もいない——はずなのに、人が立っていたので秀美は驚く。

「かっ、会長？」

薄暗い空間に佇《たたず》んでいるのは桜山会長だった。

いつからそこにいたのだろう。社長室のドアは開放してあるのに、気配を感じなかった。

「申し訳ございません。気付きませんで……あの、今社長をお呼びいたします」

慧一に知らせようとする秀美を、会長は厳格な声で引き止めた。

「構わん。私が勝手に行く」

「え……」

戸惑う秀美をよそに、会長はのしのしと歩いて社長室に入ろうとする。秀美が呆気に取られているると、慧一が顔を出した。

「会長、いらしてたんですか」

「うむ」

会長は社長室に足を踏み入れてから、思いついたようにこちらを向く。そして、ぎろりと睨《にら》んできた。とてつもなく怖い目つきに、秀美は身がすくんでしまう。

「君はもう帰りなさい」

「は、はい……えっ？」

聞き間違いだろうか。秀美は確認しようとするが、会長は部屋に入ってしまった。

呆然とする秀美に慧一が近寄り、低い声で囁《ささや》く。

「あの様子では、どうも長くなりそうだ。君は帰っていいよ」

「しかし、ファイルが……」

「心配するな。君がきれいに整理してくれたから、俺にも使える」

ぽんと肩を叩かれ、秀美は「はい」と返事をするしかなくなる。慧一が社長室のドアを閉めるのを、複雑な気持ちで見つめた。


午後九時。通用口からビルを出ると、生温かい風が吹いてくる。雨が降るのかなと思って空を見上げた時、背中に強い視線を感じた。得体の知れない恐怖を覚え、ゆっくりと後ろを振り向く。

「お疲れ、秀美。今帰りなの？」

「加奈子……」

視線の主は女友達だった。くよくよしているから、悪いほうに想像してしまったのだ。

「どうしたのよ。せっかく九野商事と正式契約が結べるってのに、顔が暗いじゃん」

「うん、ちょっとね」

加奈子は意味ありげな目つきになり、肘《ひじ》で突《つつ》いてきた。

「慧一さんとケンカでもしたのかなー？」

「ちっ、違うわよ。ただ、会長が……」

「会長？」

しまったと口を押さえるが、もう遅い。加奈子は好奇心にあふれた顔を近付けてくる。

「結婚を反対された？　それとも、お尻フェチがバレたとか？」

「ちょっと、加奈子。声が大きい！」

彼女の身体を近くの植え込みに押しつける。通用口を振り返ったが誰もおらず、秀美はホッとした。

「当たらずといえども遠からず……って感じ？」

「……」

女の勘はあなどれない。秀美の反応を見て、加奈子は大体のことを察したらしい。

「そっかあ、御曹司《おんぞうし》が相手となると大変ね。ハッキリ反対されたの？」

「ううん。ただ何となく、そう感じるっていうか……」

「気のせいかもしれないじゃん」

だといいけれど。どちらにしても、会長に嫌われているのは確かだ。

「でも、さすがにフェチはバレてないでしょ？」

「もちろん。それは絶対に秘密だもの」

加奈子は安堵《あんど》の表情になる。フェチがバレて秀美がクビになったら、仕事帰りに飲むこともできなくなるからだろう。

「元気出しなさいよ。そうだ、こんな時こそスポーツすれば？　ジムでたくさん汗をかいて、すっきりしたらいいじゃない」

「うん……」

「ストレス解消には運動が一番よ。あとは、お酒とかセック……」

「バカッ、会社の前で何言い出すのよ！」

あけすけな加奈子の口を慌てて塞《ふさ》ぐ。地声が大きいので余計にハラハラする。

「分かった分かった。まったく、あんたは真面目なんだから。うーん、お酒に付き合ってあげたいけど、今夜はデートだし……困ったわね」

真剣に悩み始める彼女を見て、秀美は首を横に振る。

「ごめん、加奈子。心配しないで。会長のことは、たぶん私の気のせいだから」

そう言って、にこりと笑ってみせた。

「提案どおり、スポーツクラブに行ってみる」

「そう、それがいいわよ。たまには汗を流して、思いっきり発散しなさい！」

加奈子も一緒に笑う。友達の明るさが、秀美にはありがたかった。

友人と別れ、秀美は一旦社屋《しゃおく》に戻った。更衣室からスポーツバッグを取ってくると、再び通用口を出て時計を確かめる。

「ジムの最終入場時間は午後十時。まだ余裕があるけど、急ごう」

通りでタクシーを拾い、スポーツクラブに直行した。


加奈子の提案は正解だった。ジムのマシンと格闘し、汗をたっぷり流した秀美は、身も心もすっきりしている。シャワーを浴びたあと、自動販売機で野菜ジュースを買い、ロビーの椅子でくつろいだ。遅い時間なのに、結構人がいる。

秀美はふと、慧一と初めてここを訪れた夜を思い出す。あの頃はまだ彼に反発していた。それなのに、魅惑のパーツに吸い寄せられて、まんまと彼の術中《じゅっちゅう》に嵌《は》まったのだ。

（でも私、あの頃から慧一さんを好きだったのかも……ううん、たぶんもっと前から）

なぜだかそう思えた。今なら様々なことをポジティブに解釈できそうな気がする。

秀美はジュースを飲みきり、元気よく立ち上がった。

外に出ると、街は人も車も少なくなっていた。いつもは慧一と一緒なので気付かなかったけれど、案外寂しい景色である。

時刻は午後十時半を回っていた。駅に急ごうと思い、秀美は歩き出す。

「あのう、すみません」

「ひっ」

街路樹《がいろじゅ》の陰から突然声をかけられた。驚きのあまり、秀美はその場で固まってしまう。

酔っぱらい？　ナンパ？　変質者？　いろんな単語がグルグル頭を駆け巡るが、それも一瞬のこと。歩道に出てきたのは、思いもよらない人物だった。

「たっ、武宮様？　なぜ、あなたがここに……」

声が上ずってしまう。武宮はまるで幽霊のように、ぼうっと佇《たたず》んでいたのだ。

「驚かせてしまい、すみません。あなたを待っていたのです」

「は、はあ？」

相変わらずの礼儀正しさだが、登場の仕方が不気味すぎる。秀美はばくばくする胸を押さえ、冷静になろうとした。

「待っていたって……なぜ私がここにいると分かったんですか」

武宮はばつが悪そうにするが、素直に答える。

「先ほど御社《おんしゃ》に出向いたところ、納谷さんがタクシーに乗車されるのを見かけました。失礼かとは思いましたが、後をつけてきたのです」

「ええっ？」

武宮の車に追跡されていた――そんなこと、まったく気が付かなかった。

「なっ、中に入る前に、声をかけてくだされればよかったのに」

「でも、お急ぎのようでしたので」

一時間以上ここに立っていたのだろうか。秀美は困惑するが、武宮のほうもなぜか困っている。その様子から、何かを企《たくら》んでいるようには感じられない。

「こんなところにまで押しかけてすみません。実は、納谷さんにぜひ聞いていただきたいお話があるのです。立ち話でも構いません。五分ほどお時間をくださいませんか」

「お話……ですか？」

プロポーズの件なら先日お断りしたはずだ。警戒する秀美に、武宮は慌てて手を振る。

「今回は仕事のお話です。個人的な用事ではありません」

仕事と聞いて、秀美は眉を動かす。とりあえず、用件のみ聞くことにした。

「どのようなお話でしょう」

武宮はきょろきょろと辺りを見回し、歩道の隅《すみ》を指さす。

「すみませんが、まだ公《おおやけ》にできない情報なので、こちらで……」

「はあ」

立ち話で構わないと言っておきながら、何だかこそこそしている。

秀美は再び警戒心を持つが、街中でおかしなことはできないだろうと思い、歩道の隅《すみ》に移動する。

そして武宮から少し距離を置いて向き合った。

「納谷さんは、弊社が七原《ナナハラ》自動車の子会社、カヤマモーターズと取引があるのはご存じですね」

「はい、存じております」

七原自動車は国内最大手の輸送機器メーカーだ。その子会社であるカヤマモーターズも、電気自動車の開発により、伸び盛りの企業として注目されている。

「我々は残念ながら、資材調達において御社《おんしゃ》のご要望に応《こた》えることができませんでした。しかし販売先の開拓には、これからも協力させていただきます。今回のお話は、その第一歩です」

「……と、申されますと？」

秀美が聞く姿勢を見せると、武宮は前のめりになって話を続けた。

「カヤマモーターズは増産体制を整えるため、ロボットに強い工作機械メーカーを探しています。その候補に、御社《おんしゃ》が挙がっているのです」

「えっ、桜山製作所が候補に？」

武宮は力強く頷いた。

「我々は他のメーカーさんともお付き合いがありますが、御社《おんしゃ》を推《お》したいと考えています。品質、信頼、実績とどれをとっても、桜山ブランドは群を抜いていますから」

それが本当なら願ってもない話だ。しかし、武宮社長は何と言っているのだろう。

「もちろん、父も乗り気でいます。ただ、もう少し検討してから桜山さんに持ちかけるつもりらしくて。でも、今回は短時間勝負なんです。うかうかしてると他の商社に取られてしまう」

気が急《せ》くのか、武宮は早口で説明する。つられて、秀美もそわそわしてきた。

慧一も販売先の新規開拓を望んでいる。成長著《いちじる》しいカヤマモーターズなら、将来的にも多額の売上が見込めるだろう。武宮物産の紹介があれば、契約もスムーズに進められる。

武宮の表情は真剣だ。もし桜山とカヤマモーターズの契約が成立すれば、彼にとって逆転の好機となる。武宮物産は桜山と、これまで以上の結び付きで取引を継続できるだろう。

「でも、なぜ私にそのお話を？」

疑問をぶつけると、彼は睫毛《まつげ》を伏せた。

「桜山社長は、僕のことを信頼していない。というか、嫌っていると思います。ですから、秘書のあなたに力になってもらえると、大変ありがたいのです」

確かに慧一は、武宮に不信感を抱いている。秀美にアプローチしたことも原因の一つだろう。

しかし、先入観にとらわれてビジネスチャンスを逃《のが》してはもったいない。

考え込む秀美の顔を、武宮がひょいと覗《のぞ》き込んだ。

「あなたにとっても、チャンスじゃないですか」

「えっ？」

心を見透《みす》かされたようで、ドキッとする。今、秀美も同じことを考えていた。

「桜山会長に、社長との結婚を反対されているのでは？」

「ど、どうしてそれを」

「会長の、あなたに対する態度は冷たい。桜山家は武宮家と違い、かなり保守的な家柄だと聞いています。失礼ですが、一介の社員が御曹司《おんぞうし》と結婚するには、相当な努力が必要でしょう」

「……」

秀美は絶句する。武宮はそこまで見抜いていたのだ。

「僕もあなたの力になりたいのです」

「相互協力……ですか」

「はい」

武宮は明るく笑う。親しみのこもった笑顔に、秀美の警戒が解けていく。

これは確かにチャンスだ。秘書の自分にしかできない仕事だとも思える。

「協力し合いましょう、納谷さん。僕はあなたのことを理解している。振られてしまったのは残念ですが、仕事の上では良いパートナーになれると思うんです」

「武宮さん……」

「失恋して目が覚めました。僕は桜山社長を超えるような、立派な人になりたい」

自分の至らなさを自覚し、必死で成果を上げようとする姿にはシンパシーを感じる。秀美は彼の申し出を、ポジティブに受け止めることにした。

「分かりました。私でよろしければ」

「あ、ありがとうございます！」

武宮は安堵《あんど》したのか、手の甲で額《ひたい》の汗を拭《ぬぐ》う。真剣な気持ちが伝わる仕草だった。

「後日、もう少し具体的な情報をいただけますか。詳しい資料も必要ですし……」

「それはもちろん。資料は車に用意してあるので、すぐにお渡しできます」

「えっ、本当ですか？」

「はい。この近くに営業所がありまして、そこのビルの駐車場に車を停めました」

彼は通りの向こうを指さした。

「納谷さんならお話を聞いてくださると思い、必要な資料を前もって揃えておいたのです」

「そ、そうなんですか」

納谷さんならと言われ、秀美は面映《おもは》ゆくなる。それにしても、武宮の意気込みはすごい。

「車で秘書が待機しています。急ぎましょう」

秀美という協力者を得て自信がついたのだろう。武宮は胸を張り、勢いよく歩き出した。


「あれっ。納谷さんじゃないか」

通りを渡ったところで、野太い声に呼ばれた。振り返ると、コックコート姿の大柄な男が立っている。エストレリャ・ポラルのオーナーシェフ、南波玲央だった。

「南波さん、お久しぶりです」

「今日は慧一と一緒じゃないのか」

南波は大股で歩き、こちらに近付いてくる。そして秀美の前に立つと、武宮にちらりと視線を向けた。

「おやおや、浮気かい？」

小声で囁《ささや》かれ、秀美は慌てて手を振る。

「違います！　取引先の方《かた》ですよ。仕事の用事が済んだら、すぐに帰りますから」

「ふうん……こんな時間にねえ」

いかにも疑わしげな言い方と目つきだ。秀美は少しムッとして、逆に質問する。

「南波さんこそ、こんなところでおサボりタイムですか？」

「そんなわけないだろ。最後のお客様を送り出したところだよ」

「えっ、あ、そうなんですか？　失礼しました」

エストレリャ・ポラルの営業は午後十一時まで。もうそんな時間なのだ。

「それにしても、仕事とはいえ夜遅くに男と二人きりってのは……慧一はこのこと――」

「納谷さん、早く行きましょう」

南波は何か言いたそうにしていたが、武宮が割り込んできたので口をつぐんだ。

「すみません、今日は急ぎますので。また、ゆっくりお邪魔させていただきます」

「ああ、いつでもおいで。そちらの方《かた》も、エストレリャ・ポラルをどうぞよろしく！」

南波が声をかけると、武宮は遠くから頭を下げた。南波はコワモテなので、近寄りにくいのだろう。

南波に見送られ、秀美は再び歩き出した。武宮の歩調はさっきより速く、秀美はほとんど駆け足になる。パンプスのかかとに痛みを覚えるが、何とかついていく。

（慧一さんなら、ペースを合わせてくれるのに）

南波に出会ったせいか、慧一のことが頭に浮かんできた。仕事のやり方、女性への接し方、どちらも武宮より慧一のほうが優《すぐ》れていると感じた。

フェチ目線での評価は、さらに厳しくなる。武宮のバックスタイルは貧相で、秀美の理想からはほど遠い。すらりとした体形は女性受けが良さそうだが、どうにも頼りなく見えた。

《理想のヒップラインの持ち主が、理想の男性》

あの掲示板の書き込みは、けだし名言である。慧一は理想のヒップラインを持つ理想の男性だと、秀美は日々実感していた。

（慧一さんに対抗できるとしたら……）

秀美はふいに立ち止まる。ある考えが天啓《てんけい》のごとく降りてきたのだ。

慧一に匹敵する男性を、秀美は一人だけ知っている。

（……ちょっと待って）

慧一と『彼』を頭の中で並べてみた。よく考えると、彼らの共通点はパーツだけではない。

二人とも背の高さが同じくらいで、体つきも似ている。張りのある声、厳しくも優しい口調、硬派な態度。爽《さわ》やかで紳士的で、体育会系な雰囲気もそっくりではないか。

武宮が振り返り、眉をひそめるのが分かった。それでも秀美はその場に留まり、考え続ける。

『彼』に出会ったのは六年前。年齢は二十五、六に見えた。ということは、今は三十一か三十二。まさに慧一の年齢だ。

作業服をスーツに着替えて、帽子とゴーグルを外したら、『彼』は――

「どうしたんです、納谷さん。駐車場はすぐそこですよ」

「えっ？」

じれったそうに呼ばれ、秀美は現実に立ち戻る。いつの間にか武宮が近くに来て、秀美を見下ろしていた。

「あ、ごめんなさい。私……」

「急ぎましょう」

秀美は頷くが、心ここにあらず。まるで夢の中にいるようにふわふわしている。

（嘘でしょ？　まさか、そんな……）

今すぐ確かめたい。でも、もしそうだったらどうしよう。『彼』に再会できるのだ。いや、もう再会していたことになるわけで……

考えがまとまらないまま、足だけを前に進めていた。

「ここです」

たどり着いたのは古い中層ビル。大通りから一本入っただけなのに、辺りは薄暗く、人の気配がない。地下の駐車場に車を停めていると武宮は言った。

（どの窓も真っ暗。誰もいないのかしら？）

無人の建物に入ろうとする武宮の後ろで、秀美は再び立ち止まる。ここに来たとたん、激しい違和感を覚えていた。

本当に、信じていいのだろうか——

カヤマモータースは大きな会社だ。系列の工作機械メーカーも一流企業であり、産業用ロボットの技術力も高水準のはず。それなのに、なぜ今さら新規の取引先を探す必要があるのか。

(冷静に考えると不自然だわ)

武宮良和は、おそらく嘘をついている。たとえ本当だとしても、こんなやり方はルール違反だ。社長の慧一を差し置き、秘書と相互協力なんてとんでもない。

「あの、武宮さん」

秀美の声が、夜の静寂を破った。武宮はガラスドアの前で立ち止まる。

「やはり、私の一存では動けません。この件は一旦持ち帰り、桜山に相談いたします」

「……桜山社長に？」

武宮はカードキーでドアを解錠《かいじょう》すると、ゆっくり振り返った。薄暗い外灯が、彼の顔を青白く照らしている。

「なぜです。僕が信用できませんか」

「いえ、そうではなく……」

「やっぱり、僕より桜山社長なんですね」

「えっ？」

返事をするより先に、手首を掴まれる。武宮はドアを開け、秀美を玄関ホールに引っ張り込んだ。

「なっ、何を……」

乱暴な行為に驚き、秀美は思わず手を振り払う。そして武宮から後ずさり、離れたところに立った。

「痛いなあ、もう……」

武宮はドアの前に立ち、手の甲を撫でさすっている。振り払った時、秀美の爪が当たったらしい。

「そこをどいてください。帰ります」

薄暗いホールには誰もおらず、管理人室の窓にはカーテンが下りている。奥に階段はあるが、その先に出口はない。秀美は恐怖を覚え、背中に汗を滲《にじ》ませた。

「せっかくのチャンスをふいにするつもりですか？　この仕事を成功させるには、納谷さんの協力が必要なんです。あなたにしかできない、大きな仕事ですよ」

秀美は顔を左右に振る。そもそも、それが間違っているのだ。

「ここで活躍して、あなたが有能だということをアピールしましょう。そうすれば会長も結婚を許してくれるはずです」

「個人的な願望のために、勝手なことはできません」

――君はなぜ秘書という仕事を選んだ？

――初心を忘れるな。会社にとって、君がどれだけ重要な役割を果たしているのか……

慧一の言葉を思い出す。秀美の仕事ぶりを一番認めてくれているのは彼だ。そして、なぜ秘書を志望したのかも知っている。

六年前の夜、ひよっこの秀美を励ましてくれたのは、『彼』――慧一だったのだ。

「大げさだなあ。たかが秘書じゃないか」

武宮はぞんざいに言うと、間合いを詰めてきた。大人しい羊の皮を脱ぎ、狼《おおかみ》になりつつある。

「カヤマモータースの話は嘘だったのね。最初から、私を騙《だま》すつもりで……」

壁際に追い詰められて、秀美は逃げ場を失う。振られたことを根に持ち、仕返しする気なのだと思った。しかし、武宮の目的は少し違っていた。

「どいつもこいつも、何かと桜山慧一を引き合いに出す。ちょっと仕事ができるからって褒めすぎなんだよ。あんたもあんただ。あんなやつのどこがいいんだ。いつもいつも、僕を上から見下ろしやがって。威張《いば》りくさった体育会系の、傲慢《ごうまん》野郎じゃないか」

武宮は慧一を嫌うあまり、すべて悪いように受け取っている。慧一はいつも堂々としているから、威圧的に感じるのかもしれない。だけど自信に満ちた態度には、ちゃんとした根拠がある。同じ御《おん》曹司《ぞうし》でも、武宮とは実績が違うのだ。

「桜山慧一の女を、僕がモノにしてやる。あの偉そうな若社長が、どれだけ悔しがるか見ものだな」

「も、モノにって……」

つまり、武宮の真の目的とは――

秀美の全身に悪寒《おかん》が走る。それは生理的な嫌悪感からくるものだった。

「やめてください！　そんなことをすれば、あなたもあなたの会社も、ただでは済みません！」

「会社？　会社なんてどうでもいい。僕は社長になんてなりたくないッ」

「――っ」

両肩を掴まれ、秀美は声にならない悲鳴を上げる。バッグを振り回し、武宮の顔面にぶち当てた。

「うわっ」

「誰か、助けてえっ」

秀美は走り出すが、ガラスドアの手前で手首を掴まれる。床に落ちたバッグを、武宮が蹴り飛ばした。

「どこに行くんだ。駐車場はこっちだよ」

「放してください。放してっ」

ずるずると引きずられるように、階段のほうへ連れていかれる。見かけはほっそりしているのに、男である武宮の力は強く、その手を振り払うことができない。

「僕の車はシートを倒すと、広いベッドになるんだよ。そこであんたを味見してやる」

「やめて！」

抵抗も空《むな》しく、秀美は地下へと引っ張られた。

駐車場には車が一台しか停まっておらず、その中に秘書の姿はない。ほとんど真っ暗な空間は、外の世界と隔絶《かくぜつ》されている。

「いやああっ、慧一さーん！」

「無駄だってば。でも、叫びたかったら叫んでいいよ。そのほうが興奮する」

武宮は車の鍵を開けた。中に連れ込まれたら終わりだ。秀美はパニック状態になり、手首を掴んでいる武宮の指に思いきり噛みついた。

「ひゃああっ！」

武宮は女のような叫び声を上げ、自《みずか》ら手を振り解《ほど》く。秀美は咄嗟《とっさ》に逃げようとするが、彼は反対の手で彼女の髪を掴み、乱暴に引き戻した。

「いい気になるなよ、この堅物《かたぶつ》女！」

「きゃあっ」

車のボディに肩を押しつけられ、身動きが取れなくなる。武宮の指は血に濡れていた。

至近距離でまともに目を合わせ、秀美は硬直した。彼の暗い瞳には、嫉妬《しっと》、怒り、憎しみといった、あらゆる負の感情が渦巻《うずま》いている。

「お前のような面白みのないやつ、誰が好きになるんだ。秘書としてどれだけ有能なのかは知らないが、可愛げがないんだよ。女としての魅力ゼロ。桜山慧一も、とんだ物好きだぜ」

「……」

乱雑な口調でぶつけられたのは、武宮の本音だろう。でも、秀美は傷つかない。日ごと夜ごと慧一が注《そそ》いでくれる愛情が、ゆるぎない自信を与えていた。

「いやっ」

強引にキスしようとする武宮に、秀美は全力で抗《あらが》う。噛まれた指が痛むのか、肩を掴む武宮の力が弱まる。それを感じた秀美は、脱兎《だっと》のごとく逃げ出した。

「この女っ」

薄暗い駐車場を全力で走る。恐怖のあまり何も考えられない。

階段を駆け上がり、ロビーに戻ったところで、後ろから羽交《はが》い締《じ》めにされた。再び絶望感に襲われるが、秀美はいつか慧一が教えてくれた護身術《ごしんじゅつ》を思い出した。

（そうだ、あの方法なら……）

名付けて『軟体動物作戦』。秀美は全身の力を抜いて、タコのようにぐにゃぐにゃになる。

「おっ、おい？」

脱力した女の体重を支えきれず、武宮が拘束を緩《ゆる》めた。その一瞬の隙《すき》に、秀美は猛ダッシュする。

「ああっ、こら待て！」

血に染まる手指を押さえながら、武宮が追いかけてくる。秀美は落ちていたバッグを拾うと、ガラス戸を押し開けて外に飛び出した。

捕まったら、今度こそ大変なことになる。何もかも失ってしまう。

「慧一さんっ……」

パンプスのかかとが痛くて、うまく走れない。武宮の足音がどんどん迫ってくる。

（もうダメ……）

あきらめかけた時、まばゆい光が周囲を照らした。車のヘッドライトだ。

ブレーキの音と同時に、運転席のドアが開いて人が飛び出してくる。

「秀美！」

その人は立ちすくむ秀美の両腕を掴み、全身を見回してきた。張りのある声、大きくて逞《たくま》しい身体は慧一のものだ。

「大丈夫か？　怪我は？」

息も絶え絶えに答えると、慧一は安堵《あんど》の息をついた。秀美を背中に庇《かば》い、追ってきた武宮と対峙《たいじ》する。

「だ……大丈夫です……」

「さ、桜山社長。どうしてここに……」

武宮は青ざめ、声も震えている。慧一が今どんな顔をしているのかは、見なくても分かった。

「違います！　僕はただ、納谷さんにお仕事の話を……僕はっ……」

慧一はひと言も発さず、仁王立《におうだ》ちしている。怒鳴るより恐ろしい無言の圧力だった。

「……参りました。僕はもう……お終《しま》いですね」

武宮は膝《ひざ》から崩れ落ち、アスファルトにへたり込む。今度こそ、慧一の前に完全降伏したのだ。

「なぜこんなことをしたのか言ってみろ」

地獄の底から響くような恐ろしい声。武宮は震えながら、すべてを打ち明けた。

武宮は学生時代、役者になるという夢を持っていた。けれど会社後継者の彼に未来の選択権などない。だから泣く泣く夢をあきらめ、さして興味のない商社の仕事に就《つ》いた。

仕事は辛いし、後継者としてのプレッシャーも半端ない。何より堪《たま》らないのが、父親をはじめとする周囲の人間に、桜山家の御曹司《おんぞうし》と比べられることだった。

慧一が社長に就任してからは、特に比較されたという。最も身近にいる秘書の如月までもが慧一を褒め上げ、武宮を下に見る発言をした。だから頭にきて、彼女をクビにしたのだ。

そんなことが重なり、武宮はますます慧一を恨むようになったという。

慧一は黙って聞いていたが、最後はやりきれないといったふうに首を振り、大きなため息をついた。

「お門違《かどちが》いだな。しかも秀美を巻き込むなど言語道断。身勝手がすぎる」

「はい……そのとおりです」

武宮と一緒に、秀美もしゅんとなる。武宮の話を真に受け、こんなところまでついてきてしまった。自《みず》ら巻き込まれたようなものだ。

「武宮さん、あなたがぶつかるべき相手は俺じゃない。分かりますね」

「……」

元をたどれば、これは武宮親子の問題である。それを直視しなければいけないと、慧一は説《と》いている。怒りを抑えた声は、これ以上なく真剣だった。

「人生は一度きり。あきらめたら終わりです」

武宮は泣いていた。返事もできず地面にひれ伏す男を、秀美は呆然として見つめる。さっきまで狼《おおかみ》だった彼が、今は哀《あわ》れな仔羊のようだ。

「秀美、行こう」

「えっ?」

慧一の穏やかな呼びかけで、秀美は我に返る。見上げると、彼はいつものように優しく微笑んでいた。

「あとのことは全部俺に任せて。何も心配しなくていい」

秀美は胸を震わせた。どうして今まで気付かなかったのだろう。ずっと会いたかった人が、ここにいる。こんなにも傍に寄り添い、見守り続けてくれていた。

「慧一さん。私……」

「おいで。今夜は俺の部屋に泊める」

肩を抱かれて歩き出す。ゆったりとした歩調だけれど、慧一の足取りに迷いはない。前に進めと秀美を促《うなが》していた。


部屋に入ると、秀美は慧一にしがみついた。身体はがたがたと震えている。安全な場所にたどり着いたとたん、今夜自分の身に起きたことを、ありありと思い出したのだ。

武宮は本気で秀美を襲うつもりだった。もし慧一が助けに来てくれなかったら、どうなっていただろう。今さらながら怖くて堪《たま》らなくなり、涙が零《こぼ》れ落ちる。

「秀美……」

この恐怖を拭《ぬぐ》い去ることができるのは、この世界でたった一人。秀美が誰より愛している、桜山慧一という男だけだ。だから、すがるように彼を見つめて懇願《こんがん》した。

「抱いてください」

「……」

慧一は何もかも承知していた。濡れた頬に優しくキスをし、ふわりと抱き上げてソファに運ぶ。

こちらを見返す瞳は、どこまでも優しい。

「ベッドのほうがいい？」

秀美は首を横に振り、頼もしい肩に抱きつく。今すぐ安心させてほしい。

ソファに下ろされた秀美は、自《みずか》ら眼鏡《めがね》を外す。彼に見つめられ、頬に口付けを受ける。それは愛情のこもった、丁寧な慰《なぐさ》めだった。

「私は慧一さんのものです。身も心も、ぜんぶ。あなたじゃなきゃダメなの」

「知ってる」

涙声は熱い唇に吸い取られた。チュッと音をさせてから、慧一は身体を離す。

「どこに行くの？」

「大丈夫。すぐに戻るよ」

温《ぬく》もりが遠ざかり、しばらくするとシーリングライトが消えた。

窓から射し込む月明かりに、慧一のシルエットが浮かび上がる。彼が服を脱いでいくのを、秀美は震えながら見守った。

均整のとれた肉体美。何より麗《うるわ》しい腰つきとヒップライン。

「大好き……」

思わず呟《つぶや》いていた。慧一を独占したい。自分だけの彼でいてほしい。そんな強い気持ちが湧いてきて、抑えきれなくなる。

全裸《ぜんら》になり、準備を整えると、彼は覆《おお》い被さってきた。大きな手で秀美の身体をまさぐりながら、衣服を脱がしていく。

ブラのホックを外し、ショーツを下ろす手つきは器用だけれど、決して性急ではない。秀美が怯《おび》えないよう、気遣ってくれているのだ。

「あっ……ん」

露《あら》わになった乳房の先端を、彼が口に含む。唇と舌で愛撫《あいぶ》し、硬くなったところを指で摘《つま》んだ。

それは秀美が最高に感じるやり方だった。

「慧一さん……」

首筋に顔を埋《うず》める彼の背中に、腕を回してぎゅっと抱きつく。彼は耳にキスしながら、脚の間に指を忍ばせ、反応を確かめようとする。

「秀美。もう少しだけ脚を開いて……そう」

幾度となく抱いた恋人の身体を、処女のように扱う慧一。今夜の彼は、囁《ささや》く言葉も指先の動きも、深い愛情に満ちている。嬉しくて、秀美は睫毛《まつげ》を震わせた。

「んっ」

柔らかな秘部に、彼の中指が挿入《そうにゅう》された。ゆっくりと抜き差しするたびに、くちゅくちゅと水音が聞こえる。十分に濡れているのが分かると、慧一は安堵《あんど》の笑みを浮かべた。

「……君にこんなことをしていいのは、俺だけだ」

悦楽に喘《あえ》ぎながらも秀美は頷く。唇から漏れる吐息は熱く、感じていることを彼に教えた。

「慧一さ……ん、あっ、あ……」

優しい動きが気持ち良くて、背中を仰《の》け反《ぞ》らせた。温かな蜜が、際限なくあふれている。

「俺が君を守る。そして、啼《な》かせる」

慧一の下で裸体をくねらせ、彼がいじりやすいように脚を広げた。劣情を刺激されたのか、彼の表情に余裕がなくなり、瞳には獰猛《どうもう》な光が宿る。

だけど彼は誘惑に乗らず、秀美のナカをさらにほぐしていく。いつもよりじっくりと、丁寧に。

感じすぎて、秀美は何度も啼《な》かされた。

「慧一さ、ん。もう、私っ……」

潤《うる》んだ目で見上げる。快感は最高潮に達し、早く欲しくて堪《たま》らなかった。今すぐ彼のものになりたい。そして、彼を自分のものにしたい。

「君は、俺のすべてだ」

熱いため息をつき、彼は指を抜いた。秀美は身体を起こされ、彼の腿《もも》にまたがる格好になる。

「秀美、ゆっくりでいいよ。腰を下ろして」

怒張《どちょう》した彼の分身には、既にゴムが被さっていた。今からこれを、秀美のナカに収めるのだ。

慧一の肩に掴まり、ゆっくりと腰を沈める。内側は十分に濡れて滑《すべ》りがよく、ズブズブと彼を呑み込んでいく。

「こんなにも可愛くていやらしい人を、他のやつに渡してたまるか」

「いやらしい……の？」

「ああ。君は可愛くて、いやらしくて、とんでもないほど淫《みだ》らで、きれいだ……」

秀美の腰を支えながら、耳元で囁《ささや》く。慧一の言葉は、ますますナカを潤《うる》わせた。

「……こんな感じで、いい？」

「いいよ、上手だ」

「んっ」

彼の先端が奥まで到達した。これまでになく深く繫がったのを実感する。

繫がったまま、広い胸に甘える。彼は両手で秀美の尻を撫でさすり、もっと深くとばかりに抱き寄せた。

「きゃ……」

慧一の腰が大きく動き始めた。秀美を軽々と支え、下から突き上げている。

「はあっ、はあっ……や、ああっ……」

次第に速くなるリズムに合わせ、秀美の身体が上下に揺れる。噴き出す汗によって皮膚が密着し、一体感が高まっていく。

「け……いちさ……あっ、こんなの……って」

「きれいだよ」

慧一が弾《はず》む乳房に顔を埋《うず》め、硬くなった突起を口に含んだ。飴のように舌で転がされ、秀美のナカが反射的に締まる。

「くっ……」

快楽に耐えるセクシーな表情。秀美も彼を限界へと追い詰めているのだ。

（私は、慧一さんの女。慧一さんは、私の男……）

秀美の腰を支え直して安定させると、彼は本気で攻め始める。

何度も何度も突き上げられ、秀美は悦《よろこ》びの涙を零《こぼ》した。

求められて、感じて、一つになっている。

誰よりも大好きな人と――

腰の動きが止まり、慧一は天井を仰いだ。仰《の》け反《ぞ》った喉《のど》がひくつくのを、秀美は潤《うる》んだ目で見つめる。ナカに注《そそ》ぎ込まれる熱い滾《たぎ》りは、彼の目一杯の愛情だった。

「秀美……」

優しい愛撫《あいぶ》も、激しい突き上げも、全部大好きだ。慧一になら、何をされてもいい。

「もっと、好きにして。私を、あなたのものに」

「……どうなっても知らないぞ」

恋人の淫《みだ》らな誘いに、彼は応じた。自身を抜くと、秀美をソファに横たわらせる。こちらに背中を向け、じれったそうな動きで次の準備を始めた。

「俺は秀美を好きにする。君も、俺を好きにしていい」

「うん……」

汗ばむ背中に、甘えた声で返事をする。愛《いと》しくて愛《いと》しくて、堪《たま》らない。

「きて、慧一さん……」

愛情と欲望に満ちた顔で、彼が覆《おお》い被さってくる。重量感のある男らしい身体を、秀美は素直に迎え入れた。すぐに入ってきた熱い彼自身を、ナカできつく締めつける。

「すごいな……」

辛そうに、彼が目を閉じる。秀美の内側で、みるみる硬くなっていくのを感じた。

「……感じてるの？」

「それはもう」

苦しげに微笑む彼を、可愛いと感じる。もっともっと感じさせたい。

今の秀美には慧一しか見えず、慧一のこと以外何も考えられなかった。

「秀美……っ」

二人は完全に繋がると、慧一は前後運動を始める。ソファの脚がガタガタと音を立てた。

「もっと、あ……いい……っ。はあん……」

こんなにも互いを欲している。二人はどこまでも愛し合える。

「お願い……私を、連れていって。これからも、ずっと……」

「もちろん、そのつもりだよ」

「……好き……っ。ずっと前から、あなたのことが……っ」

慧一は秀美の憧れであり、理想の男性。最初からそうだったのに、今頃気付くなんて。

きれいな瞳が秀美を覗《のぞ》き込んだ。野獣のように攻められながら、同時に守られる安心感を覚える。

いつもどんな時も、私を愛してくれる人——

「イくよ。覚悟して」

「ん、ああっ……」

ソファが軋《きし》み、愛欲の激しさを物語る。

秀美はぐちゃぐちゃになりながら、至上の快楽を味わった。

「け……いちさ……っ」

「好きだよ、秀美。君は、俺の大切な……」

甘い囁《ささや》きを夢の中で聞く。愛されて、愛されて、秀美は天国に連れていかれた。

身も心も求め合い、一つになって――


二人でシャワーを浴びたあと、さっきまで愛し合っていたソファで寄り添う。情熱の余韻《よいん》が、秀美の頬を薔薇《ばら》色に染めていた。

「寒くないか？」

「大丈夫。あったかい……」

慧一が優しく抱きしめてくれる。秀美は逞《たくま》しい胸に顔を埋《うず》め、彼に思いきり抱かれた喜びを感じていた。もう、何も怖くない。

秀美が落ち着くのを待って、慧一がウイスキーカクテルを作ってくれた。

「ありがとう」

バーボンの力強さと、柑橘《かんきつ》の香りは相性がいい。爽《さわ》やかな刺激が喉《のど》を下りていく。

アルコールがほどよく回った頃、秀美は武宮との間に何があったのかを話した。すべてを聞いた慧一は頷いてから口を開く。

「秀美のことは、南波が知らせてくれたんだ。ひょろっとした兄ちゃんと一緒に、夜の街を歩いてるって。取引先の人間らしいと聞いて、武宮良和が頭に浮かんだ」

そしてエストレリャ・ポラルの裏手に、武宮物産の営業所があるのを思い出したという。古いオフィスビルで、夜は無人になることも。

「これは罠《わな》だと直感し、すぐに車を走らせた。生きた心地がしなかったよ。君に電話をかけても、ちっとも通じないし」

「……ごめんなさい」

スマートフォンを入れたバッグを、玄関ホールで落としてしまったのだ。秀美はうなだれるが、慧一に優しく抱き寄せられる。

「俺のほうこそすまなかった。よく考えると、南波に頼んでビルに走ってもらえば良かったんだ。あの時は俺も、かなり動転していたらしい」

そんなに慌てさせて、もし事故でも起きたら取り返しのつかないことになっていた。全部自分のせいだと秀美は震える。

「責めてるんじゃないよ。あんなギリギリの状況にいながら、君はよく頑張った。軟体動物作戦を使って、脱出に成功したじゃないか」

「それも護身術《ごしんじゅつ》を教えてくれた慧一さんのおかげです」

秀美は感謝の気持ちを込めて慧一を見つめる。この人が守ってくれたのだ。

「何はともあれ、無事で良かった」

恋人のキスは甘く、愛情にあふれていた。

「慧一さん」

「うん？」

秀美はグラスをテーブルに置くと、慧一の手を取る。

「私、あなたとの出会いを、ようやく思い出したの」

慧一は目を大きく見開いた。驚きと喜びが、顔じゅうに広がっていく。

「六年前の、少し肌寒い夜。私は新人研修で東海工場の第一加工部にいた。あの時の『彼』は、あなただったんですね」

「秀美……」

自分で思い出さなきゃ意味がない。思い出してほしいと、慧一は望んでいた。それほどまでに、二人の出会いを大切にしている。

彼は秀美の手を、大きな手のひらで包んだ。

「そうか。でも、どうして突然？」

「何ていうか、天啓《てんけい》のように降りてきたんです。私にとって最高のパーツの持ち主が二人もいる。こんな奇跡があるだろうかと思って、私は『彼』と慧一さんを比べてみました。そうしたら……」

「パーツどころか、何もかもがそっくり同じだった？」

慧一はにやりとする。この表情は、すべてを察しているようだ。

秀美はそっと手を離すと、バッグからスマートフォンを取り出した。アプリを開いて暗証番号を入力し、例の写真を表示させる。

「私の宝物です」

手渡されたスマートフォンの画面を、慧一は見つめた。可笑《おか》しいような、悔しいような、何とも複雑な感情が顔に表れている。

「あの時、シャッター音が聞こえたけれど、何を写したのかは謎だった。でも君と再会し、パーツフェチだと分かって、やっと納得したよ」

「……すみません。あまりにも素晴らしい腰つきとお尻だったので、誘惑に抗《あらが》えず……」

「宝物か。大切にしてたんだな」

「はい。携帯の機種を変えても、データを移して保存し続けています。この写真を見ると仕事の疲れも吹き飛ぶし、元気になれるんです。大好きな、その……お尻だから」

慧一はしばらく画面に見入り、無言でスマートフォンを返した。どこか不機嫌な様子だ。

「あの、どうかしましたか？」

「気分が悪いな」

「ええっ？」

秀美はショックを受ける。慧一なら、すんなり許してくれると思っていたのに。

「違うよ。俺は嫉妬《しっと》してるんだ。写真の男に」

「はい？」

意味が分からず、秀美は首を捻《ひね》った。

「写真に写ってるのは、慧一さんですよ？」

「ああ、間違いなく俺だ。だが、君はずっと俺だと気付かなかった。つまり、社長として目の前にいる俺より、昔工場で出会った技術者の男を大切にしている」

「……自分自身に、やきもちを？」

珍しく慧一の顔が赤い。自分自身に嫉妬《しっと》するなんて、おかしな人だ。

「俺だってバカげてると思う。だがこれは感情の問題でね、どうにもならない」

秀美はスマートフォンをバッグに仕舞うと、慧一の腕に絡みついた。恥ずかしそうな横顔が新鮮で、じろじろ見てしまう。

「何だ」

「慧一さん、聞いてください。私は慧一さんとお付き合いするうちに、あの写真を開くことがなくなったんです」

「え？」

きょとんとした目で、秀美を見返す慧一。無防備な反応は、少年のように可愛らしい。

「私は、目の前にいるあなたに夢中です。今の私にとって、あなたは誰よりも大切な人なんです」

「……本気で言ってるのか」

「はいっ」

慧一は照れくさそうに笑い、前髪をかき上げる。嬉しさを隠しきれない様子に、秀美まで照れてしまう。

「まあ、どっちも俺だし、こだわるのも妙だけどな。……あっ、そうだ秀美！」

「えっ？　な、何ですか」

急に大きな声を出すのでびっくりした。黒い瞳をきらめかせ、慧一はソファから立ち上がる。

「少し待ってろ。いいものを見せてやる」

楽しそうに言うと、リビングを出ていった。五分ほどして戻ってきた彼を見て、秀美は小さく叫ぶ。

「久しぶりに着てみたよ。どうだ、似合うか？」

「け、慧一さん……それって」

ライトグリーンの作業服。胸元には赤い糸で『Mino《ミノ》 Parts《パーツ》 Industry《インダストリー》』と会社名が刺繍《ししゅう》されている。帽子を被り、ゴーグルとマスクを装備した姿は、六年前に出会った『彼』そのものだ。

似合うなんてものではない。肩幅が広く、筋肉質で厚みのある身体に、現場で働くためのユニフォームがフィットしている。スーツ姿とはまた違う、頼もしい魅力にあふれていた。

「ああ、君はこっちがお好みかな」

彼はくるりと回り、背中を向けた。六年前と変わらない、見事なバックスタイル。ちょっと突き出してみせたヒップラインは完璧すぎて、感動のあまり口もきけなくなる。

慧一はこちらに向き直ると、再びソファに座った。ゴーグル越しに秀美を見つめ、そっと抱き寄せる。

「ご感想は？」

「素敵すぎて言葉になりません……嬉しくて……」

会いたくて仕方なかった人と、恋人として再会する。そんなこと考えもしなかった。

でも、どうして――

嬉しさの片隅《かたすみ》に、ほんの少し責める気持ちがあった。

「あなたは、何の手がかりも残さず消えてしまった。どうしてですか？」

慧一はゴーグルとマスクを取り去る。男らしくもきれいな顔が現れ、すまなそうに笑う。

「全部話すよ。君と出会ってから、再会するまでのことを……」

秀美は頷くと、静かに耳を傾けた。

「あの頃、俺はキタジマ機械工業に技術者を派遣する、美濃部品工業という会社に世話になってたんだ。腕のいい職人が揃う少数精鋭の職場で、かなり鍛《きた》えられたよ」

慧一は就職時、美濃部品工業ではなく、キタジマ機械工業を就職先として公表した。それは、身分を隠すためのカムフラージュだったという。

「社長の息子が孫会社のエンジニアをしていると知っていたのは、桜山製作所でも一部の人間のみ。東海工場では工場長だけに知らされていた」

（そうだったんだ……どうりで）

――夜食の差し入れだよ。秘書課の新人なら適任だ。

いずれ経営者になる慧一への差し入れを、ひよっこ秘書に持たせる。いわば将来のための予行演習というわけだ。工場長の発想は飛躍《ひやく》しすぎだが、そのおかげで秀美は慧一と出会うことができた。

「お忍びで仕事をされていたのですね」

「ああ。周りに気を遣わせてはいけないからな。俺も自然体で、現場を経験したかったし」

慧一の素性はトップシークレットだった。だから工場長は、慧一の素性と行方を曖昧《あいまい》にしたのだ。

「あれからすぐ、俺はアメリカに渡った。君との出会いを胸に抱いて」

「え……」

君との出会いを胸に？　どういう意味だろう。

秀美は首を傾げながら、話の続きを待つ。

「渡米は親父の命令だった。『すんなり経営者になれると思うな。一人前と認められたいなら海外で実績を上げろ』ってね。北米支部の経営と、現地工場の運営を立て直すという無茶な課題を突きつけられた。でも、どうすればいいのか分からず悩んでいたんだ」

そんな時、秀美に出会ったと彼は言う。

「え、でも……私は何もしていませんよ？」

慧一との出会いを、あらためて回想する。差し入れを渡して、秘書を志望する理由を話しただけのような……今考えると、ずいぶん生意気なことを言った気がするが。

「ヒントをもらったんだ」

「ヒント？」

「ああ、俺は君の話を仕事に応用したのさ。例えば、最初の赴任先であるミネソタ工場では、日本式の労働体制の押しつけが問題になっていた。ノルマが終わらないなら皆で残業しようというやり方だ。役割のハッキリしない労働を米国人は嫌う。そこで俺は、従業員の能力と勤務状況をデータ化し、適材適所に配置して、個別にスケジュール管理するよう班長に指導したんだ。すると、どうなったと思う？」

慧一に問われ、秀美は少し考えてから答える。

「生産性が向上し、無用な残業もなくなる。その結果、従業員の不満が大幅に解消され、業績もアップするという好循環が生まれた……？」

「そのとおり。さすが俺の秘書さんだ」

よしよしと髪を撫でられ、秀美は恐縮する。

（信じられない。私の話が慧一さんの仕事のヒントになっただなんて。しかも、あの頃の私は新人で、まさにひよっこだったのに……）

今さらながら脚が震える。でも、こんなに嬉しいことはない。

「私……慧一さんのお役に立つことができたんですね」

「そうだよ。俺は君のおかげで使命を果たすことができたんだ。親父もちゃんと知ってる」

「えっ、会長も？」

秀美の頭に、会長の厳しい顔が浮かんだ。

「だけど、私は会長に……」

認められていないのでは？　ネガティブな言葉が漏れそうになり、秀美は口をつぐむ。

「いいか、よく聞け」

慧一は秀美の腰に腕を回し、力強く抱いた。二人は互いの頬が触れんばかりに密着する。

「あの、慧一さ……ん？」

「まず言っておくが、親父は俺達の結婚に賛成してる。むしろ本当に結婚できるのかと、不安になってるそうだ」

「はあ？」

間抜けな声が出てしまった。慧一の言わんとすることが、よく理解できない。

「君は秘書という立場をわきまえすぎなんだ。親父はそんなこと、まったく気にしてないぜ」

慧一は面白そうに笑う。一体、何がどうなっているのだろう。

「親父について、本当のことを君に教える。ただし、誰にも言うなよ」

「は、はい」

秀美は素直に頷く。会長に関することなら、何でもいいから知りたかった。

「親父は昔、秘書の女性を口説いて恋人になり、求婚して振られている」

「……ええええっ？」

あの会長が秘書の女性を口説いた？　しかも、求婚して振られた――

「もちろん、お袋と見合いする前だよ。まだ社長になりたての頃だ。トップの立場に慣れず、精神的に疲弊《ひへい》する親父を支えてくれたのが、社長秘書の女性だった。年上で、美人で、頭の切れる女性《ひと》だったとか。親父は彼女に惚《ほ》れ込み、ある日ついに結婚を申し込む。だが彼女は……」

慧一と至近距離で目を合わせたまま、秀美は固唾《かたず》を呑む。

「『私は一介の社員です。社長をお慕いしておりますが、結婚はできません』と答えたらしい」

「そ、そんな……」

何ということだ。『身分差』を理由に、会長はプロポーズを断られてしまったのだ。

「彼女の割り切った返事に、親父はショックを受けた。断られるとは夢にも思わなかったんだろう。ともかく、親父はプライドが高い上に不器用だから、それ以上押すこともせずにあきらめたんだ。ちなみに彼女は、その一年後に他社の一般社員と結婚し、退職してしまった」

「全然知りませんでした。そんなこと……」

「俺も知らなかった。今夜、初めて聞いたんだ」

「今夜？　……あ、もしかして」

会長が社長室に来て、慧一と二人きりで話をした。あの時のことだろう。

「そう。親父は、君が本気で俺と結婚したがっているのかどうか疑っていた。自分を振った女性を勝手に重ね合わせ、厳しい目で君を見てたってことさ」

「そう、だったんですか……」

秀美は慧一の胸に、くたりともたれかかる。これまで悩んだことは、まったくの見当違いだった。

あの会長が、そんなことを考えていたとは。

「親父は過去について語った上でこう言った。『九野商事との契約が正式に決まった。お前もこれで社長として、一本立ちできるだろう。あとは伴侶《はんりょ》を得て落ち着くことだ。納谷君に逃げられないよう、早く結婚しろ』ってね」

「に、逃げられない……って、会長……」

意外すぎる発言に、秀美は面食らう。逃げるどころか、必死にしがみついていたというのに。

「それと、こんなことも言ってたぞ」

「えっ、えっ、何ですか？」

会長の言葉をもっと聞きたかった。秀美は前のめりになって、知られざる本音に耳を傾ける。

「『私は納谷君を、実の娘のように思っている。彼女を泣かせるようなことがあれば、いくらお前でも許さない。勘当《かんどう》するからな！』」

「勘当《かんどう》……慧一さんを？」

「どうやら親父は、息子の俺より君のほうが可愛いらしい。まったく、究極のツンデレだよ」

秀美は驚きつつも笑顔になる。何とも言えない喜びが胸に広がっていく。やはり、会長は厳しくて温かい、父親のような人だった。

「分かりにくい親父でごめん。俺と一緒で、不器用だから」

すまなそうに言う慧一を、秀美はじっと見つめる。

「以前、南波さんから聞きました。慧一さんは不器用なところがあると」

「我ながら融通《ゆうずう》がきかなくてね。結婚のことも、最初から何もかも告白してプロポーズすればいいのに、それはできなかった。……秀美」

「はいっ」

真面目な声音にドキッとする。秀美は身体を起こし、姿勢を正した。

「初めて会った夜から、俺は君に恋してる。アメリカに渡ってからも、君のことを想っていたよ。俺はいつしか、本気で君を人生のパートナーにすると決めていた。帰国したら求婚しようってね。

そして約束どおり社長秘書となった君に再会し、薔薇《ばら》の花束を贈って……」

慧一は少し悔しそうに睫毛《まつげ》を伏せた。

「でも、君は俺を覚えていなかった」

「……ごめんなさい」

秀美もうつむくが、彼に顎《あご》を支えられて上を向く。

「謝らなくていい。六年前の俺は素性を隠してたんだ。無理もない」

「でも……」

キスで言葉を遮《さえぎ》られる。秀美の身体は熱くなり、首筋まで薔薇《ばら》色に染まった。

「楽しかったよ。大好きな君を口説いて、俺のものにする。あっさり正体を明かして求婚するより、もっと深く君を知ることができたと思う。そうだろ?」

「ええ、私も」

最初から『彼』だと分かっていたら、憧れが先に立ち、表面《パーツ》ばかり追いかけたことだろう。でも、慧一の魅力はそれだけじゃない。強引だったり、野獣だったり、独占欲が強かったり、様々な面を持っている。

反発しながらも、慧一のすべてに惹《ひ》かれていた。そんな彼を、愛《いと》しいと感じている。

「いつか必ず思い出してくれる。その時こそ、愛が成就《じょうじゅ》する日だと信じていた」

「それが、今夜……」

今度は秀美からキスをした。慧一の腕が背中に回り、丸ごと抱きしめられる。もう離さないと言わんばかりの、情熱的な抱擁《ほうよう》だった。

「……そうだ、秀美」

腕を緩《ゆる》めると、慧一は作業服の胸ポケットを探り、何かを取り出した。

「返そうと思ってたんだ。君の落とし物を」

「落とし物？」

抱擁《ほうよう》の余韻《よいん》に浸《ひた》りながら、秀美はそれを受け取る。

「……あっ、これは」

ガラスビーズのストラップ。六年前、秀美が携帯電話につけていたものだ。慧一を撮影したあと、慌てて携帯をポケットにねじ込んだ時、紐が切れてしまったのである。

「『落とし物だぞ！』って大きな声で教えたけど、君は振り向きもせず出ていった。あとで事務所に届けるつもりでポケットに入れて、うっかり持ち帰ってしまったんだ」

慧一はそこまで言うと、きまりが悪そうに前髪をかき上げた。

「納谷秀美。彼女と俺は近い将来、必ず再会する。その時に渡そうと決めて、勝手に預かったのさ。そしてずっと、お守りにしていた……君の『宝物』と同じように、大切にして」

「あ……」

秀美は慧一の写真を、慧一は秀美のストラップを大切にしていた。感激のあまり、秀美の目に涙が滲《にじ》む。離れていても、互いの心は通じていたのだ。

「まるで、シンデレラの靴ですね」

ストラップを目の高さに掲《かか》げると、ガラスビーズがきらりと光った。ロマンティックなムードに酔いしれ、慧一の胸に甘える。

まるで、おとぎ話のよう。王子様は実在したのだ。

「そうだな……ガラスの靴もいいけど」

慧一はストラップを握る秀美の手を取り、薬指に口付ける。

「指輪を贈りたい。永遠の愛を約束するよ」

「慧一さん……」

誰よりも大切な人。そして誰よりも愛する人に抱かれ、秀美は幸せを噛みしめる。

あなたに出会えて良かった――


夏の暑さが和らぐ頃、慧一と秀美は互いの両親に挨拶《あいさつ》をして、結婚の意思を伝えた。

その直後から、両家の顔合わせをはじめ、結納《ゆいのう》、式場の申込み、引っ越しの手配など、秀美が戸惑うくらいのスピードで結婚準備が進んでいる。

それらをリードするのは慧一だ。新婚生活を心待ちにする彼は、見るからにウキウキしている。

秀美は照れながらも、そんな姿に心を和《なご》ませた。

一方、周囲も賑《にぎ》やかになっている。二人が婚約したというニュースは社内外に広まり、一部マスコミにも取り上げられた。その見出しは、『シンデレラウエディング』――

秀美は苦笑するが、無理もないと思う。一般庶民が王子様と結婚するのだ。

（確かに奇跡のような出来事だけど、夢じゃない。私は慧一さんのパートナーとして、これからも生きてゆく。もっともっと仕事を頑張って、公私ともに彼を支えよう）

秘書としての矜持《きょうじ》を胸に、秀美は前を向いた。


季節は移り、十二月――

今夜、都内のホテルにて九野商事の創業七十周年パーティーが開かれた。秀美も慧一とともに招待されている。秘書としてではなく、婚約者として招かれたことに驚くが、それも当然のことだった。

「私、四月には桜山秀美になるんですね」

「ああ、そうだよ」

パーティーの帰り道。二人はハイヤーの中で手を繋いでいた。車窓《しゃそう》を流れる景色は明るい。クリスマスの装飾が施《ほどこ》された街は、夜が更《ふ》けても賑《にぎ》やかだ。

「嬉しい……」

万感《ばんかん》の思いを込めたひと言に、慧一は優しく微笑む。秀美はそっと彼にもたれ、繋いだ手を意識した。薬指に、約束のダイヤモンドが輝いている。

「眠くない？」

「ええ、まだ大丈夫です」

「それは良かった」

耳元で囁《ささや》かれ、秀美は頬を染めた。

今夜は慧一のマンションに泊まる。結婚後は新居になる予定の部屋だ。

「早く一緒に暮らしたいな。どうだい、秀美。予定を前倒しして同居しないか？」

顔を覗《のぞ》き込まれ、秀美は首を横に振る。

「一度決めたスケジュールは守らないと。これは、けじめでもあります」

「やっぱりね。さすがは俺の秘書さんだ」

慧一は肩をすくめるが、余裕の笑みを浮かべていた。

マンションに到着し、二人はハイヤーを降りる。秀美はエントランスの前で、ふと立ち止まった。

「秀美？」

男らしくて低い声。大好きな人が名前を呼んでくれるのだ。これからも、ずっと――

「私も、早く一緒に暮らしたい」

それは偽《いつわ》らざる本音だった。傍《かたわ》らに立つ彼を見上げると、肩を抱かれた。

「おいで」

慧一の胸は大人の香りがする。秀美は素直に寄り添い、エントランスを歩いた。

部屋に入ると、慧一は明かりをつけず、リモコンで窓のスクリーンをすべて開く。そしてコートを脱いだ秀美のほうを振り向き、ドレス姿に目を細めた。

「きれいだよ、お姫様」

「あっ？」

ふわりと抱き上げられ、窓辺に運ばれる。眼下にはきらめく夜景が広がっていた。

「俺はいつも、独《ひと》りでこの景色を見ている。だが、これからは君と一緒だ。それがどんなに幸せなことか分かるかい？」

「慧一さん……」

スケジュールでは縛《しば》りきれない、大切な人を想う気持ち。

秀美は頷くと、頼もしい肩にすがりついた。

「この先、どこかに住まいを移しても、景色が変わっても、君が傍にいる。二人で暮らす場所、それが俺達の城になるんだ」

慧一と恋をして、秀美は変わった。タイムリミットを忘れ、王子様と踊るシンデレラ。彼女の気持ちを理解できるようになった。愛する人をずっと探していた王子様の気持ちも。

「秀美？」

「堅物《かたぶつ》と呼ばれていた私なのに、夢みたいです。魔法が解《と》けませんように」

ありのままの気持ちを、素直に告げられることが嬉しい。こんなふうに変えてくれたのは慧一だ。

王子様も魔法を使うだなんて知らなかった。

でも、何て素敵な魔法なんだろう。

「魔法が解《と》けても愛してる。君のすべてが大好きなんだ」

秀美は涙に濡れた頬を上げる。優しい瞳が、こちらをまっすぐに見つめていた。

「君が、俺のお姫様だよ」

午前零《れい》時――

鐘の音が響く愛の城で、二人は永遠のキスを交わした。

二十四歳の誕生日に、花嫁修業としてお茶を習うよう母から命じられた織江。
しぶしぶお稽古先に向かうと、そこには和服姿のイケメン男性が…!
この人が先生!? と驚く織江だったが、さらに先生が結婚前提の付き合いを迫ってきて…!?

B6判 定価:640円+税 ISBN 978-4-434-21270-3

～大人のための恋愛小説レーベル～

ETERNITY
エタニティブックス

装丁イラスト／千川なつみ

エタニティブックス・赤

スイートホームは実験室!?

藤谷 郁

27歳の春花《はるか》は、高い身長とボーイッシュな外見のせいで、何度もお見合いに失敗している。ところが6回目のお見合いで、お相手の有名大学准教授・陸人《りくと》が積極的に迫ってきた！　彼からの猛アプローチで、あれよあれよという間に二人の結婚が決まる。そして陸人は、夫婦なんだから、とアブナイ研究を持ちかけてきて……!?

装丁イラスト／motai

エタニティブックス・赤

ガーリッシュ

藤谷 郁

ハプニングで、とあるイケメン男性が大切にしていたネックレスをなくしてしまった亜衣《あい》。お詫びに彼の手伝いをすることになったけど、その仕事内容は……超売れっ子“エロ漫画家”のアシスタント!?　しかも亜衣は、作画資料にとエッチなコスプレを強要されて……。純情乙女と爽やかイケメンの、どきどきラブストーリー！

※エタニティブックスは大人の女性のための恋愛小説レーベルです。ロゴマークの色で性描写の有無を判断することができます（赤・一定以上の性描写あり、ロゼ・性描写あり、白・性描写なし）。

詳しくは公式サイトにてご確認ください。
http://www.eternity-books.com/

携帯サイトはこちらから！

EB エタニティ文庫

装丁イラスト／倉本こっか

エタニティ文庫・赤

まさかの…リアル彼氏ができました！

藤谷 郁

２次元で“理想の王子様”を完成させることを人生の目標にしている、オタク女子の萌花《もえか》。ある日、勢いあまって３次元の王子こと、上司の誉《ほまれ》に全裸モデル依頼をしてみたら、なんと引き受けてくれるという。でも、そのためには“彼の恋人になる”という条件がついて……？　キュートでえっちなラブストーリー！

装丁イラスト／蒼ノ

エタニティ文庫・赤

星月夜の恋人

藤谷 郁

画材メーカーで働く未央《みお》は、仕事先でセクハラにあって大ピンチのところを、大手広告代理店のイケメン営業マン、俊一《しゅんいち》に助けられた。素敵さにひと目惚れするも、エリートの彼は雲の上の人。この恋、叶うわけがない……。あきらめていた未央だったが、なんと、とある画廊で彼と再会！　しかも、その場で彼に自宅に誘われて⁉

※エタニティブックスは大人の女性のための恋愛小説レーベルです。ロゴマークの色で性描写の有無を判断することができます（赤・一定以上の性描写あり、ロゼ・性描写あり、白・性描写なし）。

詳しくは公式サイトにてご確認ください。
http://www.eternity-books.com/

携帯サイトはこちらから！

藤谷郁（ふじたにいく）
愛知県在住。2009年よりwebに創作小説を公開。趣味は小旅行。

HP「ふじたに創作小説集」
http://fujitaninv.sakura.ne.jp/index.html

イラスト：緒笠原くえん
https://twitter.com/qentter?lang=ja

堅物《かたぶつ》シンデレラ

藤谷郁（ふじたにいく）

2016年 10月 31日初版発行

編集－及川あゆみ・宮田可南子
編集長－塙綾子
発行者－梶本雄介
発行所－株式会社アルファポリス
〒150-6005東京都渋谷区恵比寿4-20-3 恵比寿ｶﾞｰﾃﾞﾝﾌﾟﾚｲｽﾀﾜｰ5F
TEL 03-6277-1601（営業） 03-6277-1602（編集）
URL http://www.alphapolis.co.jp/
発売元－株式会社星雲社
〒112-0005東京都文京区水道1-3-30
TEL 03-3868-3275
装丁イラスト－緒笠原くえん
装丁デザイン－ansyyqdesign
印刷－図書印刷株式会社

価格はカバーに表示されてあります。
落丁乱丁の場合はアルファポリスまでご連絡ください。
送料は小社負担でお取り替えします。

ISBN978-4-434-22570-3 C0093